Sweetest Scoundrel
by Elizabeth Hoyt

慕る想いは花束にして

エリザベス・ホイト
白木智子[訳]

ライムブックス

SWEETEST SCOUNDREL
by Elizabeth Hoyt

This edition published by arrangement with
Grand Central Publishing, New York, USA
through Tuttle-Mori Agency, Inc., Tokyo.

募る想いは花束にして

主要登場人物

イブ・ディンウッディ……………………前モンゴメリー公爵の娘
エイサ・メークピース……………………ハート家の庭園の所有者
バレンタイン（バル）・ネイピア　………モンゴメリー公爵。イブの異母兄
ジャン・マリー・ペピン…………………イブの護衛
コンコード・メークピース………………エイサの兄
アポロ・グリーブズ………………………キルボーン子爵。ハート家の庭園の設計者
マルコム・マクレイシュ…………………建築家
ハンス・ボーゲル…………………………作曲家兼音楽監督
ジョージ・ハンプソン……………………ハンプソン子爵。ハート家の庭園への出資希望者
ミスター・シャーウッド…………………キングス劇場の所有者
ブリジット・クラム………………………モンゴメリー公爵のタウンハウスのハウスキーパー
アルフ………………………………………モンゴメリー公爵の使い走り

1

むかしむかしあるところに、自分の子どもたちを食べてしまう、恐ろしい王様がいました……。

『ライオンと鳩《ダブ》』

一七四一年九月
イングランド、ロンドン

よほど挑発しなければ、イブ・ディンウッディを怒らせることはできない。
この五年間というもの、彼女は毎日を平穏に過ごしてきた。ロンドンの、さほど高級ではないが、まずまず環境のいい地域に立派な家がある。使用人は三人――彼女の護衛を務めるジャン・マリー・ペピンと、彼の妻であり料理人でもある、ふくよかでかわいらしいテス、そしてかなりそそっかしい、若いメイドのルースだ。イブには細密肖像画を描く趣味もあり、それでわずかながら収入を得ていた。ペットのようなものもいる。白い鳩で、名前はまだつけていない。

イブは静かな暮らしが気に入っていた。ほとんど外出せず、のんびり細密画を描いたり、名前のない鳩にオート麦の粒を与えたりしながら毎日を過ごしている。率直に言って、彼女はかなり内気だった。

だがそんなイブでも、怒りをかきたてられれば、気力を振り絞って行動に出ることもある。ハート家の庭園の所有者であり、支配人でもあるミスター・ハートは、かなり癪《しゃく》に障る人物だった。ロンドンにあるハート家の庭園は、ほかに例を見ない、すばらしい娯楽用の庭園だ。少なくとも、一年ほど前に焼け落ちるまではそうだった。いま、ミスター・ハートは彼の庭園を再建しようとしており、そのためにとんでもない大金を注ぎ込んでいた。

イブが月曜日の朝っぱらからいかがわしげな下宿屋の三階の廊下に立ち、かたく閉ざされたドアをにらんでいるのは、そのせいだった。

かぶっている帽子の縁から雨水が一滴、擦り切れた床板の上に滴り落ちた。まったく、外はうんざりするほどいやな天気だ。

「ドアを壊しましょうかね？」ジャン・マリーが陽気な声で尋ねた。一八〇センチをゆうに超える長身で、薄暗い明かりのもとでは、白いかつらの下の黒檀《こくたん》のように真っ黒な顔が輝いて見える。フランス領西インド諸島で若い頃を過ごした彼は、いまでもかすかにクレオール訛《なま》りがあった。

イブは肩を怒らせた。「いいえ、結構よ。ミスター・ハートのことはわたしが自分でなんとかしなければ」

ジャン・マリーが片方の眉をあげた。

彼をにらみながら繰り返す。「なんとかしなければならないの」イブは再度ドアを叩いた。「ミスター・ハート、中にいるのはわかっているわ。どうか、いますぐ出てきてちょうだい」

実のところ、すでにこの動作を二回繰り返しているが、二度目のノックのあとに室内で何かぶつかる音がしただけで、成果は得られていなかった。

なんとしてもミスター・ハートに応じさせようと決意して、イブが四度目のノックのために拳を振りあげたそのとき、ドアが勢いよく開いた。

驚きにまばたきしてあとずさりした彼女は、ジャン・マリーの広い胸にぶつかった。戸口に現れた男性はひどく……威圧的だった。

背が高いというわけではない。ジャン・マリーより一〇センチほど低く、イブ自身より頭ひとつ分ほど高いだけだろう。だが、身長の不足分を補うかのように肩幅が広かった。両肩がもう少しで戸枠に触れそうだ。彼は白いシャツを着ていたが、首元のひもを解いているため、もつれた濃い色の胸毛がV字形に見えている。乱れた黄褐色の髪が肩にかかっていた。きれいな顔立ちではない。むしろ反対だ。たくましく獰猛《どうもう》で、男らしさに必要な要素をすべて備えている。

イブが何より恐れているすべてを。

男性はジャン・マリーをちらりとうかがって目を細めると、戸枠に肩をもたせかけ、イブに注意を向けた。「なんの用だ？」彼の声は、まるで眠りから――ひどくみだらな眠りから起こされたばかりのように、低くかすれていた。

イブは背筋を伸ばした。「ミスター・ハート？」

返事をする代わりに、彼は大きくあくびをして片手で顔をこすった。「すまないが、うちの劇場であんたにまわしてやれるような役は、もうないんだよ。二カ月ほどしたら『お気に召すまま』を上演するから、そのときにもう一度来てくれ。なんとかできるかもしれない」言葉を切って、無作法にもイブの鼻を凝視する。「たぶん、メイド役なら」

彼は肩越しにうしろを振り向いて言った。「『お気に召すまま』にメイドは出てきたよな？」

「女羊飼いよ」返事があった。魅力的な訛りのある女性の声だ。

ミスター・ハートは――この男性がそうだとしたら――イブに目を戻した。怖い顔つきに、本気ですまないと思っている様子はうかがえない。「ということだ。悪いね。まあ、あんたの年齢とそれを考えると」今度は視線だけでなく、実際に彼女の鼻に向けて手をひらひらさせた。「裏方の仕事を検討したほうがいいだろうな」

そう言うと、彼はイブの目の前でドアを閉じた。

少なくとも、閉じようとした。大きなお世話よ、もううんざりだわ。イブは隙間に足を突っ込み、ドアを肩で押した。そのまま勢いでミスター・ハートにぶつかってしまう。

幸い、イブを受け止めた彼はびくともしなかった。

目をしばたたき、眉をひそめて彼女を見おろしている。

これほど近づくと、充血した目に浮かぶ赤く細い血管が見え、彼の体から発せられる、むっとする酒のにおいまでわかった。それだけでなく、彼がこの数日は剃刀《かみそり》を使っていないらしいことも。

あまりにも男性的で、圧倒されそうだ。

胸にせりあがってきた覚えのある恐怖を、イブは懸命に押し戻した。この人はわたしに害を及ぼす存在ではないわ。ともかく、あんなふうには。それに、すぐうしろにジャン・マリーがいてくれる。わたしはもう成人した女性で、何年も前にあの恐怖を乗り越えていなければならないはずよ。

イブは顎をあげた。「離れてちょうだい」

「いいか、あんた」彼がうなるように言う。「あんたの名前も、何者かも知らない。だが、おれの劇場の女優が、こんなやり方で役をもらってると考えているなら――」

「女優じゃないわ」はっきりと告げた。この人は酔っ払いのまぬけというだけでなく、聴覚にも問題があるのかもしれない。「それと、わたしの名前はミス・イブ・ディンウッディよ」

「ディンウッディ……」その名前を聞いても、ミスター・ハートの眉間のしわは消えるどころか、ますます深くなるばかりだ。そんな様子を見せられて反感を抱いても当然なはずなのに……どういうわけか、イブは不快に思わなかった。

彼が気を取られている隙を利用して横をすり抜け、勝ち誇った顔で部屋の中に足を踏み入れる。

そのとたん、イブは驚いて立ち止まった。

不ぞろいな家具と埃をかぶった物でいっぱいの部屋は、ひどく散らかっていた。椅子とテーブルに積まれた書類や本の山が崩れ、床の上に折り重なっている。片隅には色鮮やかな布が大量に積み重なり、てっぺんに金色の王冠がのっていた。別の隅にはひげ面の男の等身大の肖像画が立てかけられ、隣には、帆や索具も完備した、高さ一メートル以上の船の模型が置いてあった。炉棚から、剝製《はくせい》のカラスが目をきらめかせてこちらを見ている。暖炉の上ではケトルが湯気をあげ、すぐそばにある汚れた皿やカップの山は、いまにも崩れそうだ。実際あまりにも物があふれているせいで、イブはすぐにはベッドに裸の女性がいることに気づかなかった。

部屋の中央に鎮座するベッドはとにかく大きく、トルコのハーレムを思わせる金と真紅のカーテンがかかり、真ん中にハーレムの女奴隷のように女性が横たわっていた。金色の上掛けをかけているものの、体の曲線はほとんど隠れていない。とても官能的な女性だ。黒檀のように黒い髪がオリーブ色の肩に広がり、唇は何もつけていなくても深い臙脂《えんじ》色だった。

イブは、はっと目を見開いた。おそらくほんの少し前にこの部屋で何が行われていたか、不意に気づいたのだ。確認するかのように、思わずミスター・ハートをうかがう。

彼は大きく、男らしく、そしていらだっているように見えた。

イブは首をかしげた。いったいなんと言えば……？

女性が起きあがり、上掛けがまさに胸の先端ぎりぎりのところまで滑り落ちた。

「この人たちは誰？」女性は強いイタリア訛りで尋ねた。

ミスター・ハートが胸の前で腕を組み、脚を開いた。そういう姿勢を取ると、二の腕の筋肉の盛りあがりが強調される。「おれにもわからないんだ、ビオレッタ」

「申し訳ありません」イブは堅苦しい口調で、ビオレッタという名前らしいその女性に話しかけた。ただでさえ狭苦しい部屋なのに、ミスター・ハートがかなりの空間を占拠しているせいで、よけいに圧迫感がある。「あなたが服を着ていらっしゃらないと知っていれば、けっして――」

ミスター・ハートが大きな声で意地悪く笑った。「あんたは有無を言わさず押し入ってきたじゃないか。いったい、いつ確かめる暇が――」

「わたしはけっして――」イブは不愉快な男をにらみつけながら、話を続けようとした。

「かまわないのよ」女性が同時に口を開く。にっこりすると歯が見えたが、色っぽい外見に似つかわしくなく、前歯のあいだに隙間が空いていた。彼女が肩をすくめると、上掛けがついに腰まで滑り落ちてしまった。

女性をちらりと見たミスター・ハートが動きを止めた。あらわになった胸を凝視している。やがて彼はイブに注意を戻したが、はたから見ていても、無理やり視線を引きはがしたのがわかった。「それで、あんたは誰なんだ？」

「だから先ほども言ったように」イブは歯を食いしばって繰り返した。「わたしはイブ・ディンウッディで――」

「ディンウッディか！」無礼にも彼女を指差して、ミスター・ハートが叫んだ。「モンゴメリー公爵の代理人の名前だ。彼の手紙に、見たこともないくらい気取った字で〝E・ディンウッディ〟と署名がしてあって……」

そこで急に顔をしかめる。

ジャン・マリーとベッドの女性が彼を見た。

イブは眉をあげ、続きを待ち構えた。

ミスター・ハートの緑色の瞳が見開かれる。「ああ、これはまずいことになりそうだ」

「ええ、そうでしょうね」イブはまったく心のこもらない笑みを浮かべて言った。「わたしはあなたへの出資を打ち切るために来たんですもの」

これはきっと昨夜飲みすぎたことに対する、当然の報いに違いない。エイサ・メークピース――一部の限られた人々以外には、ミスター・ハートとして知られている――は不機嫌に思いをめぐらせた。まず、ワインで頭がぼうっとしていたせいで、ふたたびビオレッタとベッドをともにするのがいい考えだと思ってしまった。彼女はハート家の庭園にとって非常に重要な人材で、感情のもつれを生む危険は冒せないというのに。さらに飲酒の後遺症――こめかみがずきずきして、全体的に力が入らない――のせいで、目の前の口やかましい女に不利な状態で対処しなければならなくなった。

エイサは痛む目をすがめてミス・ディンウッディをにらんだ。女性にしては背が高く、男のように平らな胸で、大きくて長い鼻が目立つ。地味でありきたりで、魅力を感じないのは都合がいい。何しろこの魔女は、彼の血と汗の結晶、すなわち彼の夢を奪い取ろうとしているのだから。不安で眠れず、悪魔と契約することさえ厭《いと》わないと思いながら、必死で計画を練った長い夜。希望であり、誇りであり、そのために生きていると言っても過言ではないのに、神はそれを取りあげて、この哀れな魂を打ち砕こうというのか。ずっと欲しくてたまらず、一度は失って絶望を覚えたのち、取り戻そうと奮闘している、彼のすべてを。

この女性は彼の庭園を奪おうとしている。

エイサは口を開いた。「きみにそんな権利はない」

「間違いなくあるわ」彼女がぴしゃりと言い返す。王妃ですらうらやみそうな、堂々とした口調だ。ミス・ディンウッディはエイサを恐れていない。それは評価してやってもいいだろう。ただ、いまはその事実にいらだって仕方がないのだが。

「モンゴメリー公爵は最大限の出資をすると約束してくれた」ばん、と音を立ててテーブルに手をついたエイサは、その体勢だとふらつかずにいられることを発見した。「あとひと月もしないうちに再開する予定だ。奏者たちには楽譜を渡したし、踊り子たちは稽古をしている。衣装を仕上げるために、一〇人以上のお針子が夜も昼もなく働いている。いまさら打ち切るなんてありえないんだ！」

「公爵は、いくらでも盗んでいいと白紙委任状を与えたわけではないのよ」彼女は〝盗んで〟と口にするときに、わずかに唇をゆがめた。それにしても、長すぎる鼻越しにこちらを蔑みの目で見ているこの女性は、いったい何者なんだ？「わたしは帳簿を見せてほしいと、あなたに何度も何度も手紙を送ったわ。購入したものの領収書を調べて、何千ポンドもの大金をいったい何に使っているのか知らせてほしいと。だけど、あなたはわたしの書簡をことごとく無視したのよ」

「書簡！」エイサは信じられない気持ちで彼女を見つめた。「おれには、いまいましい書簡を読んでいる時間なんてないんだ。劇場を完成させなきゃならないし、庭園に植物を植えて、テノールやソプラノや――ああ、くそっ、カストラート（高い声を保つため少年期に去勢した歌手）も、パントマイム役者や楽団員も必要だ。それらを手配して機嫌よくさせて――少なくとも、機嫌を損なわないよう懸命に努力して、オペラを作りあげなくてはならないんだ。おれを誰だと思っている？　何もせず気取っているだけの貴族だとでも？」

「あなたのことは実業家だと思っているわ」彼女が反論した。「少なくとも、自分が使った経費の説明くらいできるはずの実業家だと」

「そんなものは庭園へ行けばはっきりする」エイサは声を張りあげた。「建物や植物や、雇った人々を見ればいい。おれに説明を求めるとは、きみは何者なんだ？」彼はミス・ディンウッディの全身をじろじろ眺めまわした。「いったいどんな理由があって、公爵は女性の代理人を雇っているんだ？　彼との関係は？　愛人なのか？　はっきり言って、もっと選びようがあるだろうに」

背後でビオレッタが鋭く息をのむ音が聞こえた。ミス・ディンウッディの従僕がエイサをにらみつけてくる。

ミス・ディンウッディが目を見開いた。青い瞳だ。雲ひとつない夏の空のような青。エイサは無遠慮な発言を、もう少しで後悔しそうになった。

もう少しで。

「わたしは」彼女がきわめて明瞭に言った。「公爵の妹よ」

エイサは疑わしげに眉をつりあげた。自分で〝ミス・ディンウッディ〟だと名乗ったじゃないか。公爵の妹なら〝レディ・イブ〟と称するはずだ。

彼の表情を見て、ミス・ディンウッディが唇を引き結ぶ。「わたしたちは母親が違うの。言うまでもないことだけれど」

ああ、なるほど、それで説明がつく。彼女は婚外子なのだ。だが、貴族であることに変わりはない。「高貴な血のおかげで、庭園の資金管理を任されたというわけだな?」

「わたしに権限があるのは、そうするよう兄にゆだねられたからよ」彼女は息を吸い込み、姿勢を正して薄い胸を張った。「ともかく、それは関係ないわ。いまこのときから、あなたへの資金提供は打ち切るつもりよ。キングス劇場のミスター・シャーウッドから、ハート家の庭園への兄の出資分の権利を買い取りたいとの申し出があるの。警告しておきますけど、わたしは彼の提案を真剣に考えているところよ。兄のお金を回収する唯一の方法のようだから。礼儀として、あなたには直接伝えるべきだと思って立ち寄っただけなの」

彼女はきびすを返し、まるで王女のように堂々とした態度で部屋を出ていった。大男の従僕はエイサを見てにやりとすると、女主人のあとに従った。

礼儀だって？　エイサはあっけにとられ、ドアを閉めながら、声に出さずにその言葉を言ってみた。あの女性はこの五分間に、自分が多少なりとも礼儀正しいふるまいをしたと思っているのだろうか？　彼はビオレッタを振り返り、両手を大きく広げて言った。

「くそいまいましいシャーウッドめ！　彼女はおれの最大のライバルに庭園を売りたがっている。もちろん、シャーウッドが適当なことを並べたてたんだろう。モンゴメリーの出資分を買い取る金なんて、あいつがそんな大金を持っているわけがない。ちくしょう！　あんな理不尽なことを言う女に会ったことがあるか？」

ソプラノ歌手は肩をすくめた。ロンドンで一番美しいに違いない胸が揺れる。まあ、いまはどうでもいいことだが。「あなたが目下のところ、もっとも重視すべき問題じゃない？」彼女が言った。

「なんだって？」エイサは頭を振った。くそっ、女の物言いというのはまるで謎かけのようだが、読み解こうにも、こんなに朝早くては頭がまわらない。

ビオレッタがため息をつく。「エイサ、いとしい人《カーロ》――」

「しいっ！」顔をしかめてドアをうかがい、彼女に視線を戻す。「その名前は誰にも聞かれたくないと知っているだろう」

「ミス・ディンウッディと彼女の従僕がドアの外にひそんでいるとは思わないけど」

ビオレッタがあきれて目をぐるりとまわした。「ミスター・ハート、あの女性が牛耳っているお金を欲しくないの？」

「もちろん欲しいさ」かっとして叫んだ。

癇癪《かんしゃく》を起こした彼に、ビオレッタが眉をひそめる。「それなら追いかけたほうがいいわ」

「無礼で偉そうで、けちな女なんだぞ」エイサは背後のドアに向かって激しく手を振りまわした。「それを追いかけろだなんて、正気か？」

「ええ」彼女が微笑んだ。「ここに立って怒り狂っていれば何かが変わるとでも思っているなら、あなたのほうが正気じゃないわよ。ミス・ディンウッディはあなたの財布のひもを握っていて、彼女なしなら――」ふたたび肩をすくめる。「わたしはよそへ移ることになるでしょうね。あなたの美しい庭園に関わるほかの人たちも。愛しているのよ、カーロ。わかっているでしょ。だけど、わたしだって食べたり飲んだり、きれいなドレスを着たりしなくちゃならないの。庭園を救いたいなら、いますぐに行きなさい」

「ああ、ちくしょう」ビオレッタの言っていることは正しい。

「それから、エイサ？」

「なんだ？」すでにドアへ向かっていた彼はうなるようにきいた。

「ひれ伏すのよ」

下宿のがたつく木製の階段を弾むように駆けおりながら、エイサはふんと鼻を鳴らした。だが、ビオレッタの人を見る目は鋭い。その彼女が、金を得るためにはあの魔女にひれ伏さねばならないと言うなら、そうするまでだ。

たとえそのせいで頭に血がのぼり、卒中の発作を起こすことになったとしても。

エイサは玄関のドアから外の通りに出た。霧雨が降る空は灰色に曇っている。数歩先に、待たせてあったらしい貸馬車のほうへ歩いていくミス・ディンウッディと従僕の姿が見えた。

「おい！」エイサは声を張りあげ、ふたりのあとを追って走った。「ミス――」

ただ彼女の足を止めさせるために、肩に手を置こうとしただけだった。それなのに従僕が突然あいだに割り込んでくる。

「お嬢様に触れるな」従僕が抑揚のある口調で言った。

「危害を加えるつもりはない」エイサは両の手のひらを上にし、肩の高さまであげて言った。愛想よく微笑もうとしたのだが、どうやら怒ったしかめっ面にしか見えなかったらしい。

〝ひれ伏すのよ〟「きみのご主人様に詫《わ》びたいんだ」体を傾けてミス・ディンウッディをのぞき込もうとするものの、同じ方向に動いた従僕に阻止される。「平身低頭して許しを請うよ。聞こえているかい？」最後の言葉は従僕の肩越しに叫んだ。エイサのところからは、彼女のマントの黒いフードしか見えないのだ。

「ちゃんと聞こえているわ、ミスター・ハート」落ち着き払った冷たい声で、ミス・ディンウッディが答えた。

ようやく黒人の従僕が、無言の命令を受けたかのように脇によけ、エイサは気づくと、ふたたびあの青い瞳をのぞき込んでいた。

厳しいままの瞳を。

彼は鋭い反論をのみ込み、歯を食いしばって言った。「申し訳なかった。レディに対してどうしてあんな口のきき方をしたのか、自分でもわからない。とりわけ」彼女の美しさを称《たた》えようとして、いくらなんでもやりすぎだと気づく。「きみのように立派なレディに対して。怒りを胸におさめておれの無礼を許してくれることを願っているが、無理だと言われても、それは仕方がないと思う」

従僕がばかにするように鼻を鳴らす。

エイサは彼を無視して笑みを浮かべた。

満面の笑みを。

どうやらミス・ディンウッディは彼の笑顔に――あるいは男性全般に――影響されないようだ。スカイブルーの目が細められる。「あなたの謝罪を受け入れるわ、ミスター・ハート。だけど、そんな見え透いた戯言《たわごと》を並べたてて、兄のお金に関するわたしの考えを変えさせられると思っているなら、あなたはひどい思い違いをしているわよ」

そして彼女は、ふたたびエイサに背を向けて歩きだした。

こんちくしょう。

「待ってくれ！」止めようとした手が今回は、割り込んできた従僕の肩に当たった。エイサは彼をにらみつけた。「そんなに警戒しないでくれないか？　サザークのど真ん中で、きみの女主人を殺したりするもんか」

「ミスター・ハート、もうじゅうぶん時間を割いて差しあげたわ」従僕をよけてまわり込んできたミス・ディンウッディが、腹立たしいほど貴族的な取り澄ました口調で話しはじめた。

「くそっ、少しくらい考えさせてくれないか？」意図したよりも大きな声になった。

彼女が目をしばたたいて口を開けた。かなり憤慨しているようだ。なるほど、エイサのような庶民に話しかけられるのは慣れていないのだろう。

「いや」エイサは手のひらを上に向けて差し出した。彼女に厳しい言葉を投げかけられ、ますますかっとなることだけは避けたい。

彼は息を吸い込んだ。怒りをぶつけてもうまくいかなかった。侮辱してもだめ。ひれ伏しても効果はなかった。

そのとき、ひとつの考えが頭に浮かんだ。

エイサは制止しようとする従僕の動きを無視してわずかに身を乗り出し、ミス・ディンウッディを見つめた。「来ないか？」

彼女が眉をひそめる。「どこへ？」

「ハート家の庭園へ」

返事をする前に、ミス・ディンウッディはすでにかぶりを振っていた。

「ミスター・ハート、わたしは——」

「だが、問題はまさにそこなんだ」彼女の視線を——注意を——純粋に意志の力のみで引きつけながら、エイサは言った。「再建が始まってからのハート家の庭園を、まだ見たことがないだろう？　きみの兄さんの金をおれが何に使っているか、確かめに来るといい。これまで成し遂げたことを見てくれ。そしてきみが許可してくれさえすれば、これから何を実現させられるか、きみ自身の目で見てほしい」

彼女は首を横に振ったが、青い瞳はやわらいでいた。

もうひと息だ。

「頼むよ」親しげに低めた声で言う。エイサ・メークピースが熟知していることがひとつあるとすれば、それは女性を誘惑する方法だ。たとえ相手が堅苦しくて面白みのない女性だとしても。「お願いだ。おれに——いや、おれの庭園に一度だけ機会をくれ」

悪名高い彼の魅力がついに通じたのだろう。それが理由か、あるいはミス・ディンウッディが思ったよりやさしい心の持ち主だったからかはわからないが、彼女は唇をすぼめてうなずいた。


首を縦に振った瞬間にもう、イブは自分が間違いを犯したことに気づいた。どうしてうなずいたのか、まったくわからない。もしかすると、横幅があって筋骨たくましく、雨に濡れて透けたリネンのシャツを肩に張りつかせているミスター・ハートの存在感に押されてしまったのかもしれない。あるいは、懇願してやさしくなった彼の声のせいかも。それとも、いまだに血走っているものの、肌寒い気温の中では温かくさえ感じられる、暗い森を思わせる緑色の瞳のせいだろうか？

もしくは彼が魔法使いで、ふだんは思慮深い女性たちになんらかの呪文をかけて、自らの不利になる行動を取らせることができるからなのかもしれない。

いずれにせよ、もう同意してしまったのだ。観念して雨の降るサザークをもうしばらくさまよい、好意すら感じていない男性と見知らぬ場所へ行くしかないだろう。

イブがそう考えていたとき、驚くべきことが起こった。

ミスター・ハートが微笑んだのだ。

それほど驚くことではないかもしれない。笑みなら、彼は少し前にも浮かべていた——意地悪く、または怒って、あるいは説得を試みながら。けれど、この微笑みは違う。

彼は心の底から笑っていた。

幅の広い唇が開くとまっすぐな白い歯が見え、両頰にくぼみが現れる。目元にしわが寄っても、どういうわけかとても好ましく見えた。魅力的に。シャツ姿で雨の中に立ち、髪が濡れ、日焼けした頰の片側に雨粒が流れ落ちている姿は、ハンサムと言ってもいい。

怖いのは——本当にひどく恐ろしいのは——ミスター・ハートの笑みはイブのために向けられたものだという、ばかげた考えを抱くことだ。

彼女だけのためのものだと。

ばかばかしい。イブの中の現実的で合理的な部分は、彼はただ笑いたいから笑っただけだとわかっている。間違いない。彼女とはなんの関係もないのだ。けれども、あの微笑みは自分のものだと主張したがる心の中のごく小さな一部を、完全に押しつぶすことはできなかった。体の内側が温かくなるのだ。温かく、そして少し……わくわくする。

ミスター・ハートも、そのことを承知しているのがわかった。微笑みが広がってにこやかな笑顔になり、緑色の瞳がお見通しだと言わんばかりにこちらを見てくるのだから。

イブは体をこわばらせて、何もかも拒絶しようと口を開いた。彼を立ち去らせ、自宅へ戻って心を静めてくれる紅茶を楽しむために。

だが、ミスター・ハートは狡猾《こうかつ》だった。即座にお辞儀をして、イブの背後の貸馬車のほうを示した。「そちらの馬車で行かないか?」

行くと言ってしまったのだ。少なくともうなずいた。言葉であろうと合図であろうと、淑女なら、いったん承諾したことを安易に撤回するべきではない。

五分後、イブはサザーク地区の通りを走る馬車の中に、ジャン・マリーと隣りあわせて座っていた。彼らの向かいに腰をおろしたミスター・ハートはとても満足げだ。

「通常はもちろん、客たちは川から到着するんだ」彼が話している。「船着き場には石段があって、紫と黄色のお仕着せを着た従者たちが出迎えることで、別世界へ足を踏み入れるような気持ちにさせる。入場券を見せたあと、客たちはたいまつと小さな明かりに照らされた小道を進んでいく。途中には光の滝があったり、曲芸師や、踊る牧神や木の妖精がいたりして、お望みならしばらくそこで過ごしてもいい。庭園をさらに探索するのもいいだろう。そのまま進んでいけば、劇場にたどりつく」

イブは一年か二年前に一度だけ、焼け落ちる前のハート家の庭園を訪れたことがあった。ひとりで出かけたにもかかわらず、劇場ではとても楽しい夜を過ごした。当然ながらジャン・マリーは同行したけれど、友人が一緒だったわけではない。イブには友だちがひとりもいないからだ。

彼女は頭を振って、無関係な物思いを振り払った。

「どれもかなりお金がかかりそうだわ」責める口調になるのが抑えられなかった。

ミスター・ハートの顔にいらだちがよぎったものの、彼はすぐに穏やかな表情を浮かべ直した。なぜわざわざ取り繕おうとするのか、イブには理解できなかった。この男性は感情がすべて表に出る質《たち》だ。そして彼女が関わった場合、ほとんどが否定的な感情なのだ。もちろん、そうとわかったところでイブは少しも困らないが。

「実際に金がかかる」ミスター・ハートが言った。「だが、必要なんだ。おれの庭園を訪れる客は壮大な見せ物を求めてやってくる。驚嘆しておののくために。ロンドンのどこを探しても、ハート家の庭園ほどの場所はない。いや、世界を見渡してもないだろう」彼は馬車の座席で身を乗り出し、両膝に肘をついた。肩幅が広いので、馬車じゅうを彼が占めているような感覚になる。あるいはミスター・ハートという人物の存在が、馬車を狭く感じさせているのかもしれない。彼は機会をつかもうとするかのように、大きな手を広げた。「金をもうけるために、金を使わなくてはならないんだ。おれの庭園がほかの娯楽場と同じなら——衣装は擦り切れ、演出はおとなしく退屈で、植物もありきたりなら、誰も訪れたいと思わないだろう。入場料を払う気にならないさ」

イブはしぶしぶながら、もしかすると結論を急ぎすぎたかもしれないと思いはじめた。尊大で、仰々しくて、非常にいらだたしいけれど、この男性が正しいのかもしれない。すばらしい庭園を造りあげて、投資した兄に利益をもたらすことが可能かもしれないのだ。

それでも、彼女はもともと用心深い性質だった。「いまの話がすべて真実だと、あなたが証明してくれることを期待しているわ、ミスター・ハート」

すでにイブの支持を得たも同然と考えているのか、彼は満足そうに座席に深く座り直した。

「ああ、ぜひ証明しよう」

馬車が角をまわると、背の高い石壁が見えてきた。なんというか……実用的なデザインだ。イブはミスター・ハートをちらりとうかがった。

彼が咳払《せきばら》いして言う。「もちろん、これは裏口だ」

がたん、と揺れて馬車が止まった。

すぐさまジャン・マリーが立ちあがって踏み段を設置し、イブに手を貸す。

「ありがとう」彼女は小声で言った。「御者に頼んで、ここで待っていてもらって」

ミスター・ハートはさっと馬車から飛びおり、壁に作りつけられた木製のドアへ、イブたちを先導して歩いた。ドアを開け、中へ入るよう身振りで示す。

石壁の向こうには、絡まりあって伸びた生垣と、数本の泥だらけの小道があった。娯楽用の庭園にはとても見えなかったが、たしかミスター・ハートは、ここが裏口だと言っていたはずだから、仕方がないのかもしれない。

イブはたったいま入ってきたドアに目を向けた。「鍵をかけておくべきでは？」

「ああ」ミスター・ハートが言う。「開園したら、ふだんは施錠しておく予定だ。入場料を払わずに入ってくることがないように。だが、いまはまだ建設中だからな。資材やなんかを運び込むのに、開けておくほうが便利なんだよ」

「泥棒の心配はいらないの？」

ミスター・ハートが顔をしかめた。「おれは――」

そのとき、小道のひとつを通って足早にこちらへやってくる、若い赤毛の男性の姿が見えた。イブは即座に、それが劇場を建て直すために兄が雇った、建築家のミスター・マルコム・マクレイシュだと気づいた。

「ハート！」ミスター・マクレイシュが声を張りあげる。「よかった、ここにいたのか。屋根用の石板《スレート》が届いたんだが、半分が割れていて使い物にならない。それなのに配達人は、荷おろしの前に代金を払えと要求しているんだ。全部送り返すべきか、とりあえず使えるものだけで作業を進めるべきか、ぼくには判断できない。すでに予定より遅れているうえに、この雨で劇場が雨もりしているんだ。防水布では持ちこたえられないだろう」ひと息にまくしたてた彼がそこで視線をあげ、イブの存在に気づいて目を見開いた。「ああ！　ミス・ディンウッディ。ここでお目にかかれるとは思いませんでした」

気づまりなのか、彼の顔がまだらに赤く染まった。

ミスター・マクレイシュが気の毒で胸が痛む。最後に会ったとき、彼はイブの兄の影響から逃れたいので手を貸してほしいと、彼女に懇願したのだ。ここで顔を合わせることになって、きっとばつの悪い思いをしているに違いない。

イブは安心させるように小さく微笑みかけた。「こんにちは、ミスター・マクレイシュ」

ようやく礼儀作法を思い出したらしく、彼は優雅にお辞儀をした。「ごきげんよう、ミス・ディンウッディ」息を吸い込み、明らかに無理をして続ける。「あなたはこの陰鬱な朝に輝く唯一の光です」

いつもながら、この若い建築家には人を和ませる魅力がある。

イブはうなずいて応じた。「届けられたそのスレートを見に行きましょうか」

「ええと――」ミスター・マクレイシュが困惑した顔でミスター・ハートをうかがう。

庭園の所有者が眉をひそめた。「裏方のつまらない問題を見せるために連れてきたわけじゃない、ミス・ディンウッディ」

「だけどそれこそが、わたしが見るべきものじゃないかしら」彼女は反論した。「どうかお願い。さあ、案内してちょうだい、ミスター・マクレイシュ」

建築家はミスター・ハートがうなずくのを確認してから、ぬかるんだ小道に戻った。

イブはスカートの裾を持ちあげて、慎重に足を踏み出した。今朝家を出てくるとき、泥よけ用のオーバーシューズを履いてくればよかった。このままでは雨と泥で靴がだめになるかもしれない。

「実を言うと、あなたの口振りからして、庭園はもっと……」頭を垂れるアイリスの茂みのそばを通り過ぎながら、イブは如才ない言い方を探して口ごもった。

「仕上がっているかと」ジャン・マリーが、配慮した表現とは言えないにせよ、彼女の言葉を補った。

使用人に口をはさまれ、ミスター・ハートの眉間のしわがいっそう深くなる。

「そもそも雨の日は最高の状態を見せられない。ああ、ここだ」一行が背の高い木をまわり込んで池の見える場所へやってくると、彼が声をあげた。「ハート家の庭園がどういうものになるか、ここから見ることができる」

とても美しい池だった。中央に島があり、アーチ状の橋で岸とつながっている。池の端に植えられた一本の若くてまっすぐな木が額縁の役割を果たし、まるで絵を眺めているようだ。霧雨の中でさえ、その光景は現実離れした魅力をたたえていた。

すっかり魅了されたイブは、もっと近づこうとして……水たまりに足を突っ込んでしまった。冷たい泥水が靴に染み込み、あっというまに魔法が解ける。

彼女はミスター・ハートに向き直った。

イブの汚れた足元からあがってきた視線が、彼女の視線をとらえた。「もちろん、開園までに小道も修復する予定だ」

「当然よ」冷ややかに応え、足を振って水分を飛ばした。

彼らは無言で先へ進んだ。ミスター・ハートの広い背中のあとを追いながら、寒さのためにイブのつま先から徐々に感覚が失われていく。

さらに五分ほど進むと、いくつかの建造物が見えてきた。中央の建物が劇場に違いない。

幅の広い大理石の階段の先に円柱が並ぶ正面入り口が続き、その上には演技をする役者の姿や劇場を描写した、古典的な浅浮き彫りの切妻《ペディメント》があった。見事な建物だ。たとえ屋根を覆っているのが、スレートではなく防水布だとしても。

建物の外に、数頭の馬に引かせた巨大な荷車が止まっていた。そばに三人の男が立ち、半円状に彼らを取り巻く人々と声高に言い争っている。さまざまな類《たぐい》の人々だ。そろいの鮮やかな黄色いドレスを着た五、六人の女性たち。恥知らずなほど裾が短いところを見ると、ダンス用の衣装なのだろう。目立つ紫のドレスを身にまとい、顔に舞台化粧を施したままの女性もいる。かたわらには縫いかけの胴着《ボディス》を手に持った、ごくふつうの服装の地味な女性が立っていた。数人の男性たちは作業員や庭師に違いない。ひとりは肩に熊手をかついでいる。彼らよりはいい服を着て、脇にさまざまな楽器を抱えた者たちもいた。

「代金を全額支払ってくれ。さもなきゃ荷車の向きを変えて、川の向こうへ持って帰るからな！」配達人のひとりが言った。

「なんの代金だ？」賢そうな顔つきの細身の男があざ笑った。「割れた破片の山に金を払えというのか？　ふん！」あきれたように両手をあげる。「この劇場はいつまで経っても完成しそうにない。首に雨水が滴り落ちるような場所で、うちの楽団員たちに練習させるわけにはいかないぞ」

「屋根用のスレートが割れていたそうだが、どういうことだ？」

ミスター・ハートの低い声を聞いて、集まっていた人々がいっせいに振り返った。数人が同時に話しはじめる。

ミスター・ハートが両手をあげて制した。「ひとりずつにしてくれ。ボーゲル？」

黒髪の男性が、黒い目を光らせて前へと進み出た。「またしても劇場ができあがらない。先月、マクレイシュは約束した。それで完成したか？　いや、まだだ！　彼は今週には必ずと――」

「雨のせいで建設が進まないのはぼくのせいじゃない」ミスター・マクレイシュが顎を突き出して反論する。「言っておくが、楽団員たちがいるところでの作業は簡単じゃないんだ」

ミスター・ボーゲルの上唇がめくれあがった。「われわれに、練習せずに開演の日を迎えろというのか？　はっ！　オペラや音楽のことなど何も知らないくせに、きみたちイングランド人ときたら」

「ぼくはスコットランド人――」

ミスター・ハートがミスター・マクレイシュの胸に手を当て、ミスター・ボーゲルとのあいだに割って入った。「スレートはどうなった？」

「割れていたとしても、こっちのせいじゃない」責任者らしき男が、急になだめるような口調になって言った。「うちのやり方で仕入れて、うちのやり方で運んできただけだ」

「それなら、うちのやり方で全部送り返そう」ミスター・ハートが言う。「おれは屋根用のスレートに金を支払ったのであって、割れた破片に払ったわけじゃない」

「引き取るのはかまわないが、次に品物が届くのは早くても一二月になるぞ」

ミスター・ハートが脅すように一歩前に出た。「そんなばかなことがあるか――」

そのとき、劇場へ続く両開きのドアが開いて、燃えるようなオレンジ色の上着を着た、背の低いがに股の男が階段をおりてきた。イブは驚いて目をしばたたいた。キングス劇場の所有者であるミスター・シャーウッドだ。こんなところでいったい何を？

「シャーウッド！」ミスター・ハートが吠《ほ》え、自分より小柄な男性に向かって威嚇するように近づいた。「おれの劇場で何をしている？」

「ハート」そう応えたシャーウッドは、どうやら危険が迫っていることに気づいていないらしい。「これはうれしい驚きだ。朝のこんなに早い時間に、きみが起きているとは思わなかったよ。おや、ミス・ディンウッディ！」彼はミスター・ハートの背後をうかがい、イブに気づいた。「お目にかかれてうれしく存じます。実に光栄だ！」

「ミスター・シャーウッド」彼女は警戒しつつ、うなずいた。

「このうえなく優美なあなたのお姿が、今日という日を輝かせるのです」うまく言えたとばかりに、ミスター・シャーウッドは満面の笑みを浮かべ、つま先を立てて軽くお辞儀をした。白いかつらをかぶっているが、ややくたびれているうえに、少し傾いている。「ハートにわたしの申し出をお伝えになりましたか？」

「モンゴメリーの出資分を買い取る資金などないはずだ」ミスター・ハートが鼻であしらう。「たしかに、わたしにはない」ミスター・シャーウッドが陽気な声で返した。「だが、わたしの支援者にはある」

両脇で拳を握りしめ、怒りをふくらませているミスター・ハートの体が、ひとまわり大きくなったように思える。イブは緊張してうしろにさがり、気持ちを落ち着かせてくれるジャン・マリーの陰に逃げ込んだ。

「支援者だと？」ミスター・ハートがうなった。「あんたを支援する人間など――」

ちょうどそのとき、劇場から背の高い男性が現れて階段のてっぺんに立った。ラベンダー色の巻き毛をたっぷり使ったかつらをかぶり、袖口と襟を銀のレースで縁取った、きらびやかなルビー色の上着を身につけている。

階段の下にさっと視線を走らせた彼は、ミスター・ハートの姿を認めた瞬間、大げさなほどの驚きを見せた。「だめだ」男性は叫び、この庭園の所有者を押しとどめるかのように手を突き出した。「説得しようとしても無駄だ、ハート、いくら弁の立つあんたでも無理だよ」

「何をしている、ジョバンニ？」ミスター・ハートの声は不穏な響きを帯び、ひどく低くなっていた。

イブはあたりを見まわした。ミスター・ハートがいまにも感情を爆発させそうなのに、誰も心配していないのだろうか？

けれども全員の視線は、劇場の階段をおりてくる男性に向けられていた。おそらくこの人が、有名なカストラートのジョバンニ・スカラメッラに違いない。

「きみのもとから去ろうとしているのさ」ミスター・シャーウッドが高らかに宣言した。イブは恐れていたことが現実になり、ミスター・ハートが怒り狂うだろうと確信した。「ジョバンニはキングス劇場へやってくる。ロンドンでもっとも才能のあるカストラートは、今後うちの劇場の専属になるんだ」

「そんなことはできない、ジョー」ミスター・ハートが言った。「今シーズンはおれのところで歌うと同意したじゃないか。決まったはずだ」

「そうだったか？」歌手は目を見開いて尋ねた。「ミスター・シャーウッドにはちゃんと完成した劇場があって、すばらしいオペラを上演する準備が整っているし、報酬も多い。だけどハート、ここにあるのは、ぬかるみと雨もりする屋根だけだ」彼が肩をすくめる。「それならキングス劇場で歌おうと思うのが、そんなにおかしなことだろうか？」

「契約書には必ず署名させなければ」手にした紙を振り、ミスター・シャーウッドが楽しそうに言った。「もうきみもわかっているだろうがね、ハート」

ミスター・ハートが目を細め、低い声でうなるのを聞いて、イブは無意識のうちにあとずさりしていた。「この野郎――」

「ふん！」跳ねるように階段をおりきったミスター・シャーウッドが誇らしげに言う。「きみはロビン・グッドフェローを奪ったかもしれない。ラ・ベネツィアーナもだ。だが優れたカストラートなしにどこまでやれるか、試してみるといい、ハート！」

ミスター・ハートはひとことも反論しなかった。ためらいのまったくない動きで前に進み出ると、彼はキングス劇場の所有者の顔に巨大な拳を打ち込んだ。

ミスター・シャーウッドが悲鳴をあげて倒れた。鼻から血がほとばしる。

彼を見おろすミスター・ハートは、帽子もかぶらずシャツ姿だ。雨に濡れた布地が背中や肩に張りつき、筋肉の隆起をあらわにしていた。

野蛮で、残酷で、まさに男性そのものに見えた。

イブは息を吸い込んだものの、うまく吐き出せなかった。暴力は嫌いなのだ。好きだったことなど一度もない。

やはり間違いだったのだ。恐ろしい間違い。庭園は最悪の状態で、オペラは上演にこぎつけられるとはとても思えない。そしてミスター・ハートは残忍な獣だった。

「ここから連れ出してちょうだい、ジャン・マリー」イブはか細い声で言った。

その王様は、初めての息子の誕生に際して神託を求めました。すると神官は、王の子どもがひとりでも一八歳の誕生日の真夜中まで生きながらえたならば、王は命を落とすだろうと告げたのです。しかし、生まれてくるわが子の心臓を食べれば、王は永遠に生き続けるだろうと……。

『ライオンとダブ』

2

ブリジット・クラムは、イングランドでもっとも危険な人物の屋敷を切り盛りしている。モンゴメリー公爵バレンタイン・ネイピアは、女性と見まがうような美貌に加えて富と権力を兼ね備えた男性で、彼女の見るかぎり、道徳心というものをまったく持ちあわせていなかった。雇われたのは、公爵が国外へ追放を余儀なくされるほんの数週間前だ。彼の数多い手先のひとりが、ロンドンで最高のハウスキーパーとのブリジットの評判を聞きつけ、レディ・マーガレット・セントジョンのハウスキーパーとして得ていた給金の倍額を支払うと申し出てきた。ブリジットはすぐさま仕事を引き受けたのだが、正直なところ、お金だけが理由ではなかった。ヨーロッパへ出発する前の短い期間で、モンゴメリー公爵が彼女と直接話をしたのは一度きり——そういえば執事はどうした、とさほど気にしていない様子で尋ねられたときだけだった。ブリジットは、執事は故郷のウェールズへ帰ったと説明した。厳密に言えば、それは嘘ではない。ただ、完全な真実でもなかった。彼女が執事をたきつけ、引退して店を開く夢をぜひともかなえるべきだと思わせたことは、わざと言わなかった。

代わりの執事を雇っていないが、それも説明から省いた。ブリジットが権限を握ることに疑問を抱くかもしれない男性使用人を、わざわざ迎え入れる理由があるだろうか？

いまや彼女はヘルメス・ハウス——モンゴメリー公爵のロンドンのタウンハウス——のすべてを任されていた。公爵のもとで働くと決めたほかの理由を考えれば、それは非常に都合がよかった。

けれども執事がいなければ、誰かが訪ねてきた際に、しばしばブリジットが自ら対応しなければならない。

そして今日も、ノックの音を耳にした彼女は、灰色の筋が入った派手なピンク色の大理石の床——今朝六時に磨いたばかり——を滑るように進んで玄関へ向かった。金メッキで装飾を施した鏡の前で足を止め、頭をすっぽり覆う室内帽《モブキャップ》がずれていないか、顎の下できちんとひもが結べているか確かめる。ブリジットはまだ二六歳だ。この年齢ですでにハウスキーパーの地位を得るというのはほとんど前例がなく、それだけ彼女が有能ということだった。おかげで強い権限を持ち、屋敷内の秩序を常に完璧に保つことができる。

玄関のドアを開けると、モンゴメリー公爵の妹が護衛を引き連れて立っていた。ミス・ディンウッディは公爵と違って地味な女性だが、髪だけは兄と同じで、ギニー金貨を思わせる金色だった。「おはようございます、お嬢様」

ブリジットは脇に寄ってふたりを中へ通した。

ミス・ディンウッディは彼女にしては珍しく、少し動揺しているように見えた。

「おはよう、ミセス・クラム。兄の会計帳簿を見に来たの」

「さようでございますか」ブリジットは小さな声で応じた。公爵がイングランドを離れてから、ミス・ディンウッディは週に一、二度ヘルメス・ハウスを訪れていたが、いつもハート家の庭園への公爵の出資状況を確認するのが目的だった。「図書室へお茶と軽食をお持ちしましょうか？」

「いいえ、結構よ」ミス・ディンウッディは雨に濡れたマントを脱いでブリジットに渡した。「長居するつもりはないから」

「かしこまりました、お嬢様」ブリジットは言った。玄関広間に控えていた従僕のひとりに合図して、受け取ったマントを手渡す。「お兄様からのお手紙が一時間ほど前に届いております。ただちにお送りせず、申し訳ございません」

「ちっともかまわないわ」ミス・ディンウッディが応える。「また、あの変わった男の子が運んできたの？」

「はい、お嬢様。アルフが厨房のほうへ持ってきました」

ミス・ディンウッディは首を横に振り、小声でぶつぶつ言った。「なぜ郵便馬車を使わないのか、わたしには理解できないわ。そもそも、兄からの手紙がどうやって海峡を渡ってくるのか、誰にもわからないのよ」

ブリジットには心当たりがあったが、公爵のふつうでない連絡手段について意見を言う立場にはない。彼女は先に立って大階段をのぼり、広い廊下を図書室へ進んだ。公爵が不在のため、ヘルメス・ハウスでは使用人の数を減らしているものの、ブリジットは少ない人数でもしっかり管理していた。この階の部屋はすべて、一週間おきに徹底的に空気を入れ替えて埃を払うようにしている。たまたま今日がその日だった。ドアが開け放たれた部屋のひとつに差しかかった彼女は、木工細工を布で拭いているメイドを目にして足を止めた。

「アリス、そこはいいから、図書室に火をおこしてちょうだい」

アリスは床に膝をついたまま躊躇《ちゅうちょ》している。たしか一九歳くらいのかわいらしい娘で、少し頭の回転が鈍いものの、働き者だった。ただ、残念なことに迷信深い。

「あの、図書室ですか？」

「そうよ、アリス」ブリジットは鋭い口調で言った。「いますぐに」

「はい、ミセス・クラム」娘はぴょこんとお辞儀をして、急いで部屋を出ていった。

図書室にたどりつくと、ブリジットはドアを開けてミス・ディンウッディを先に通し、部屋の隅にある、手紙を置いた紫檀材の机のほうをうなずいて示した。「ほかにご用はございませんか、お嬢様？」アリスは火を灯したろうそくを片手に暖炉のそばにひざまずき、青い顔で室内のあちこちを不安そうにちらちらとうかがっている。

「いいえ、何もないわ」ミス・ディンウッディは小声で答え、手紙の封を切った。内容を読み進めるにつれて、薄い唇にひだが寄る。ブリジットはその様子を見ながら、モンゴメリー公爵の婚外子の妹というのは、かなり大変な人生に違いないと思った。

けれども、ブリジットにはまったく関係ない。

すでに火をおこし終えていたアリスに顎で合図すると、娘は急いで立ちあがり、逃げ出すようにして部屋を出ていった。

退室してドアを閉めたブリジットは思わずため息をついた。ヘルメス・ハウスに幽霊はいないと、アリスにはすでに何度も言い聞かせている。もう一度注意したところで無駄だろう。とりわけブリジット自身が、絶対にいないとは確信できずにいるのだから。

イブがジャン・マリーとともに自分のタウンハウスへ戻る頃には、すでに正午を過ぎていた。

当然ながら、タウンハウスは兄が見つけてくれた住まいだった。家探しだけでなく支払いもしてくれた。それを言うなら、ジャン・マリーとテスとルースの給金もバレンタイン――バルが払っている。兄は妹が快適に過ごせるように取り計らってくれているのだ。けれども彼が急いでイングランドを離れざるをえなくなった際に、イブがハート家の庭園への出資の管理を請け負ったのは、その恩に報いるためではない。

ときどき、彼女が頼みを引き受けた理由を兄は果たしてわかっているのだろうかと思うことがある。バルは貸し借りだとか、お金だとか、穏やかな脅迫だとかに関わりすぎていて、人が純粋に愛情から何かをしても、気づかないのかもしれない。

そう思うと、なんとも悲しい気持ちになった。

イブは廊下でボンネットを脱いだ。「テスに昼食のトレイを持ってきてくれるよう頼んでちょうだい、ジャン・マリー。それとお茶も」

ジャン・マリーは心配そうに彼女を見たものの、うなずいて屋敷の奥へ姿を消した。

彼は今朝の外出について、テスになんと話すのだろう？　イブがハート家の庭園から逃げ出したことについて。大きくて空っぽな兄の屋敷へ行って、そこで手紙を読んだことについて。

バルの手紙には、ミスター・ハートへの出資の打ち切りも権利の売却も許可しないと、はっきり書いてあった。

まったく、バルときたら。おかげでイブは厄介な立場に置かれてしまった。大金を管理しながら、実際にはなんの力も持たない。兄が許してくれなければ、庭園やミスター・ハートに、直観のおもむくままには対処できないのだ。ハート家の庭園への出資分をミスター・シャーウッドと謎の支援者に売却できさえすれば、そのお金を運用にまわせる。自分なら兄に利益をもたらせると、イブは確信していた。この五年以上のあいだ、彼女は小遣いを船会社に投資し、元金を大幅とは言わないまでも、そこそこに増やしてきたのだ。

あいにく、ハート家の庭園に関して言えば、バルの最大の関心事がお金なのかどうかわからない。

イブはため息をついて階段へ向かった。のぼりきったところの居間に入り、部屋を横切って作業机に近づく。その上にブロンズ製の拡大鏡があった。楽にのぞき込めて両手も自由になるように、腕木付きのまっすぐな台に取りつけてある。拡大鏡のそばには何も描かれていない薄い板状の象牙が数枚と、絵の具箱が並べて置かれていた。拡大鏡の真下に据えられているのは、いまイブが取りかかっている細密画――ヘラクレスの習作だ。彼女は身をかがめて拡大鏡をのぞいた。ヘラクレスはライオンの皮とサンダルを身につけ、布切れで慎《つつ》ましく腰を覆った姿で、片足に重心を置いて立っている。いかにも英雄らしいポーズのはずなのに、気の毒にヘラクレスはどういうわけか女々しく見えた。唇をすぼめ、頬はピンク色で、顔がやさしすぎる。もちろん、男性をやさしく描くのも作風のひとつで、しかもイブはその作風を得意としていたが、なぜか今日は急にそれでは満足できなくなってしまった。

ミスター・ハートの顔が頭から離れない。たくましい腕を振りあげてミスター・シャーウッドに殴りかかった彼は眉を寄せ、口を厳しく引き結び、濡れた髪を頬や額に張りつかせていた。暴力を振るう姿がいやで――怖くて――たまらないのに、ミスター・ハートに生き生きとした何かを感じずにはいられなかった。彼は活気にあふれて力強く、実際より大きく見えた。彼が放つ刺激的な何かがイブの鼓動までも速め、彼女もまた自分が生きていることを実感したのだ。

椅子に腰をおろし、イブは気の毒なやさしいヘラクレスをぼんやりと見つめた。ミスター・ハートは乱暴だ。誰が見ても、そう思うだろう。理性の声に耳を傾けないし、常識的な礼儀にも、帳簿を見せてほしいという彼女の丁重な依頼にも従おうとしない。それだけでなく、イブの目の前でミスター・シャーウッドに殴りかかった。そんな男性と関わって務めが果たせると、バルは本気で考えているのだろうか？

自分に正直になるなら、兄を失望させてしまった事実と向きあわねばならない。投資の状況に気を配ると約束したのに、劇場が再開せず、権利の売却もできないとすれば、兄のお金は戻ってこないだろう。

何千ポンドもの大金を失うことになる。

イブは眉をひそめると新しい象牙板を手に取って、なめらかな表面に指を走らせた。すでにハート家の庭園に投資した金額をすべて合わせても、バルの莫大《ばくだい》な財産からすれば大海の一滴のようなもので、おそらく痛くもかゆくもないに違いない。でも、イブは兄と約束したのだ。

あきらめたくない。

けれど、バルから手紙が届いた。いつもの軽薄な調子でつづられていた手紙の最後には、珍しく端的な追伸が加えられ、あの不愉快な男性と彼の庭園に出資を続けるように指示がなされていた。イブはミスター・ハートに詫び状を送り、今朝の発言をすべて取り消すと告げなければならないだろう。考えただけで憂鬱になる。

そこへルースがやってきた。昼食のトレイを掲げてゆっくりと歩いてくる。メイドはイブの肘のあたりにトレイを置き、にっこりしてうしろにさがった。「さあ、どうぞ、お嬢様！テスが立派なニシンを揚げたんです。サヤインゲンの煮込みも添えて。今朝焼いたばかりのパンもありますよ」

「ありがとう、ルース」イブが礼を言うと、メイドは膝を曲げてお辞儀をしてから、跳ねるような足取りで部屋を出ていった。

ルースはとても若い。わずか一五歳で、どこかの田舎から出てきたばかりだった。彼女にすれば、何もかもが目新しいのだろう。天真爛漫《らんまん》なところがあって、それが魅力であり、心配の種でもあるとイブは思っていた。世の中は怖いものだと、まだわかっていない。誰にも傷つけられた経験がないのだ。

テーブルに置かれた小さな四角い籠の中で、鳩が不思議そうにくうくう鳴いた。イブは近くの皿から穀粒をいくつかつまみ、格子の隙間から中に押し込んでやった。鳩はすぐさま自分の昼食をつつきはじめた。

イブもフォークとナイフを取ったものの、手を止めてじっとニシンを見つめた。この居間はなんと静かなのだろう！　鳩が動きまわる小さな音と、銀製の食器同士が当たる軽やかな音しかしない。階下の厨房の話し声すら届かない。

目を閉じれば、世界には自分ひとりきりだと思えてしまいそうだ。

身震いしたイブが気を取り直してニシンを切ろうとしたそのとき、頭の中で描いた孤独な世界にそぐわない恐ろしげな音がした。玄関のドアを思いきり叩く音だ。

彼女はナイフとフォークを置いて座り直した。不意に、ほとんど喜びと言っていい感情がこみあげてくる。

ジャン・マリーの速い足音に続いてドアが開く音が、さらには怒りに語気を強める男性の声が聞こえてきた。

イブの顔に笑みがよぎった。彼は本当にしぶとい人だ。

階段の上まで出ていくべきだろうか？　いや、その必要はなさそうだ。階段の吹き抜けを通して、のぼってくる足音が響いている。彼はどうにかして、ジャン・マリーという関門をくぐり抜けてきたに違いない。

慎重に澄ました顔を作り、イブはふたたびフォークとナイフを手にした。急に食欲が戻ってきた。

居間のドアが勢いよく開いたとき、彼女は魚をひと口食べたところだった。

「きみはおれの話を聞くべきだ！」ミスター・ハートが吠えると同時に、ジャン・マリーが彼の首に腕をまわした。

ミスター・ハートはひょいと頭をさげて拘束を逃れ、反転してイブの護衛に向きあうと、拳を握りしめて身構えた。

「ミスター・ハート！」大きな声を出したくはないけれど、ジャン・マリーが傷つけられるのを黙って見ているわけにはいかない。「話を聞いてほしいなら、わたしの居間でボクシングの試合を始めないほうがいいと思うわ」

ミスター・ハートはますます不機嫌な顔になったものの、おとなしく両手を脇におろした。だが、ジャン・マリーは防御姿勢を崩さない。「外へ連れて出ましょうか?」

「やれるものならやってみろ」ミスター・ハートがうなるように言う。

あきれて目をぐるりとまわさないためには、相当の努力が必要だった。

「ありがとう。でも結構よ、ジャン・マリー。ミスター・ハートが座ってくれるなら話をするわ」

庭園の所有者は即座に反応し、長椅子にどっかりと腰をおろした。

イブは咳払いした。「ティーカップをもうひとつ持ってきてもらえるかしら、ジャン・マリー?」

護衛が眉を寄せる。「わたしはこの場を離れないほうがいいと思いますが」

もちろん、いつもならここにいてもらっただろう。ジャン・マリーはふだん、イブを男性とふたりきりにしない。けれども彼女は、ミスター・ハートに弱い人間だと思われるのが我慢ならなかった。子守が必要だと思われたくない。たとえ、ときどきジャン・マリーを必要とするのが真実だとしても。

少なくともミスター・ハートの前では、自分を強く見せたかった。

彼女は顎をあげた。「そうでしょうね。でも、わたしひとりでも対処できると思うの」

「会ってくれてありがとう」それ以上ジャン・マリーが反論する前に、ミスター・ハートがすばやく言った。

イブはうなずいた。「昼食はもうすませたの？」

「いや、まだだ」

「それなら、ルースにもうひとつトレイを持ってくるように伝えてちょうだい」ジャン・マリーに告げる。

彼はもうひとりの男に不満げな視線を向けたが、何も言わずに部屋を出ていった。

「さて」イブは膝の上で両手を重ねて言った。「わたしに何を話したいのかしら、ミスター・ハート？」

きっとすぐさま、出資を続けてほしいと懇願するに違いない。彼女はそう予想していた。けれどもミスター・ハートは片方の足首を反対の膝にのせ、青灰色の長椅子の背にもたれかかった。まるで日向ぼっこをするライオンみたいにくつろいだ姿だ。

「きみはやけに急いで帰ってしまったな」

イブは唇をすぼめた。「暴力は嫌いなの。それに率直に言うと、ミスター・スカラメッラを失って――あなたも平静を失って、とどまっている意味がないと思ったのよ」

「別のカストラートを雇えばいい」ミスター・ハートは濃い緋《ひ》色の上着とベストを身につけていたが、黄褐色の髪は肩のあたりで解いたままにしていて、それがどこか粗野な印象を与えていた。野蛮な感じだ。この上品な居間で、彼なら何かを――それこそなんでも――できると言わんばかりに。「平静を失ったことに関しては」彼が上唇をゆがめた。「きみだって、シャーウッドは当然の報いを受けたと認めざるをえないはずだ」

どうしてわたしが認めなくてはならないの？　だが、イブは反論を控えた。好奇心に駆られてミスター・ハートをうかがう。「今日のような状況に直面した場合、あなたはいつもあんなふうに……力に訴えるの？」

「おれの仕事場は劇場だ」それで乱暴な行動の説明がつくとでもいうような口振りだ。「おれたちは、たぶんきみがいつも接している人たちより、少しばかり荒々しいんだろう。なんでも包み隠さず、あからさまでもある」

今朝、自分のベッドに女性がいた件について、彼なりに気をまわした言い方をしているのだろうか？

「わかったわ」イブは口をとがらせ、手の甲をじっと見つめた。「ほかのカストラートを雇えるかもしれない。でも、こんなに短期間でジョバンニ・スカラメッラほどの声を持つ人材が見つかるかしら？　ミスター・スカラメッラの名声が人々を引きつけていたのよ。ミスター・シャーウッドが、どうしても彼を手に入れたいと思った気持ちは理解できるわ。ロンドンで彼ほどよく知られた歌手がほかにいる？」

「おそらくいないだろう」ミスター・ハートが認めた。「だが、大陸からカストラートを呼び寄せることができる」

彼女は顔をあげた。「そうだとしても、ひと月以内に開園する準備ができるの？」

彼がイブを見た。緑色の瞳と目が合う。ふたりとも、あとひと月足らずで庭園を再開させるのはほとんど不可能だとわかっていた。

「いいか」ミスター・ハートが身を乗り出し、膝に肘をついて、大きな手を握りあわせた。「オペラを観たことがあるなら、どういうことが行われるかわかるだろう。楽団員たちがいて、踊り子たちがいる。ボーゲルの作曲したオペラがある。新作で、彼の作品の中でも最高のものになるだろう。ラ・ベネツィアーナもいる。今朝、きみが会ったビオレッタのことだよ。彼女はロンドンでもっとも有名なソプラノ歌手だ。あとはカストラートさえいればいい」

イブはうなずいた。「カストラートが必要ね。獲得できなければ、あなたは何も持っていないも同然よ。あなたの庭園に人を呼び寄せるのは歌手たちの名声だもの。そしてカストラートが鍵になるわ。誰よりもうっとりする声の持ち主で、みんなに見たい、聴きたいと思わせるような人物でなければ」

彼の口元がこわばる。「すでに大陸へ手紙を送った。ロンドンにいる知りあいにも。一週間もすれば、新しいカストラートが決まるだろう」

「それだと、下稽古に取れる時間はかろうじて二週間というところね」

ミスター・ハートが歯を食いしばった。「なんとかできる。してみせるよ。そのために、きみの兄さんの金が必要なんだ」

イブは微笑み、そっと首を横に振った。「だめだと言ったはずよ。何度も何度も。それなのに、あなたはどんどん押してくる。ねえ、ミスター・ハート、あなたがあきらめることはあるの？」

「絶対にない」緑色の目が細められ、口元が引きしまる。ミスター・シャーウッドに殴りかかったときと、よく似た表情だ。獰猛で、妥協せず、あなどれない力に満ちている。

イブが怖がるべき男性だった。実際に、もう恐れているのかもしれない。胸がどきどきして呼吸が速まっているのは、恐怖のせいかも。

けれど、そうだとしても無視しなければならない。「よくわかったわ」

彼が椅子に座り直し、片頬をゆがめて大きく笑みを浮かべたそのとき、トレイを持ったルースが部屋に入ってきた。

ミスター・ハートが座る長椅子の前の低いテーブルをイブが示すと、ルースは急いでそこにトレイを置いた。体を起こして彼を凝視する。イブに来客があるのは珍しいのだ。

「ありがとう、ルース」

メイドがはっとした。彼女はうしろめたそうな視線で女主人をちらりとうかがい、部屋を出ていった。

「うまそうだな」ミスター・ハートがトレイに手を伸ばし、パンの塊を取った。テスは魚市場でニシンをたくさん買ってきたに違いない。ルースが持ってきたふたつ目のトレイにも、イブのトレイと同じ料理がのっていた。

パンをちぎる彼の指の動きを目で追う。「もう一度あなたが兄の資金を使えるようにしてもいいけれど、それには条件があるの」イブは少し考えてからうなずき、つけ加えた。「実際にはふたつの条件よ」

ミスター・ハートがぴたりと動きを止めた。長くたくましい指は、ちぎったパンを持ったままだ。「どんな条件だ?」

神経がぴりぴりする気がして、彼女は音を立てずに息を吸い込んだ。興奮している。

自分が生き生きしているのがわかった。

「ハート家の庭園がふたたび開園するまで、わたしが会計を引き受けるわ」

彼がさっと眉を寄せた。「ちょっと待て――」

「それと」反論をきっぱりさえぎって続ける。「あなたには、わたしのために座ってほしいの――絵のモデルとして」

エイサ・メークピースは、彼をひどくいらだたせる女性をじっと見つめた。それから首をのけぞらせ、大きな声で笑いだした。泣いてもいいくらいだ。裸のビオレッタの温かい体の隣で、夢も見ずにぐっすり寝ていたところを無理やり起こされた瞬間から、彼の一日は悪化の一途をたどってきた。ミス・イブ・ディンウッディはまるで、神話に出てくる不運な英雄のまわりにいつもひそんでいる死の使いのようだ。上半身が女性で鳥の翼と爪を持つ、ハーピーのような。そういえば、彼女の鼻はくちばしに似ている。ミス・ディンウッディと出会ってからというもの、エイサは激しい頭痛に見舞われ、カストラートを失い、いまいましいシャーウッドとけんかになり――まあ、勝利したからいいのだが――そしていま、ふたたび信用状を与えて資金を使えるようにするのと引き換えに、彼の仕事にミス・ディンウッディが口を出すだけでなく、絵のモデルを務めることまで要求されている。庭園を離れてのんびりポーズを取っている暇など、彼にあると思っているのだろうか？

しかし、何より重要なのは庭園だ。そうだろう？　自分の庭園を完成させるための資金が得られるなら、ボンドストリートの真ん中で、生まれたままの姿で踊ってもかまわない。それに比べれば、彼女の居間で裸になるくらいなんでもない。それに彼は内気な性質でもないのだ。

エイサは深呼吸して視線をあげた。どうやらハ、ー、ピ、ーは、彼が笑ったことを不快に思っているらしかった。

「わたしがあなたの帳簿つけを手伝うのがどうしてそれほど面白いのか、少しも理解できないわ」ミス・ディンウッディがこわばった声で言った。「さらに言えば、わたしにあなたを描かせるのはそんなにおかしなことかしら」彼女の唇――エイサが見るかぎり、彼女の中で唯一のやわらかい部分――がかすかに震えている。

ミス・ディンウッディの感情を傷つけるつもりはなかった。

「気にしないでくれ」パンを噛みちぎりながら、エイサは言った。「おれの帳簿を見れば、きみにもすぐに理由がわかるよ。もうひとつの件に関しては――」パンを置き、上着を脱ぐ。

「すぐに始めるかい？」

するとミス・ディンウッディが大きく目を見開くのが見え、エイサはにやりとせずにいられなかった。彼がベストのボタンを外しはじめても、口にものを詰め込みすぎたかのように言葉を発せずにいる。自分の手に余る提案をしたと気づいたのだろうか？

「いったい何をしているの？」彼女の声は高く、動揺がにじんでいた。エイサは理解できないふりをして、膝丈ズボン《ブリーチズ》からシャツを引き出した。「いますぐやめて」

「なぜ？」彼は不思議そうに尋ねた。手はシャツをつかんだままだ。彼女はエイサのむき出しのへそを一瞥《いちべつ》して、さっと視線をそらした。醜い野良猫におびえる、かわいらしい小さなカナリアのように。「きみがおれにモデルをしてほしいと言ったんだぞ」

「服を脱いでとは言っていないわ！」ミス・ディンウッディは〝服を脱いで〟という部分を、まるで汚物にまみれた忌まわしい言葉であるかのような言い方をした。

エイサは顔をしかめた。「それなら、どういうつもりだったんだ？」

彼女が息を吸い込み、背筋をこれまで以上にまっすぐに――人間の背がここまでまっすぐになるとは知らなかった――伸ばした。「ありのままのあなたを描きたいというつもりだったの。服を着た状態で。それに始めるのは今日ではなく、明日からがいいわ」

彼はミス・ディンウッディを見つめ、それから自分の体を見おろした。ベストにはしわが寄り、シャツにはまだ今朝の雨の染みがついている。もしかすると彼女は、羊飼いや畑で野良仕事をする男の、いかにもそれらしい肖像画を描きたいのだろうか？　彼女の目には、エイサが実際にそう映っているのかもしれない。図体が大きくて野暮ったく、裸体を描くには見苦しすぎる労働者階級の無骨者に。

それがどうした？　少なくとも、モデルを務めても寒い思いをせずにすむじゃないか。

「わかった」エイサはシャツをおろし、前かがみに座って、ふたたびパンを手に取った。

ミス・ディンウッディが緊張を解いたのがわかった。このおれが体を覆い隠して、女性にあからさまに安堵《あんど》されるとは。

彼女が咳払いをした。「もうひとつについては」エイサも徐々に慣れてきた、いかめしい口調で話しはじめる。「帳簿をわたしに見せないつもりなら――」

「ああ、それは誤解だ」彼はパンを持った手を振り、相手の懸念を否定した。「きみが望むなら、明日の朝一番に見せよう。九時でどうだ？」何食わぬ顔で尋ねる。

たいていの貴族は正午前に起きることはないので、彼女がいやがると思ったのだ。

だが、ミス・ディンウッディはたいていの貴族とは違った。考えればわかることだ。なんといっても彼女は、朝の一〇時過ぎにエイサの下宿へやってきたのだから。

ミス・ディンウッディが頭を傾けた。「結構よ。またあなたの部屋を訪ねればいいのかしら？」

「劇場へ来てもらうほうがいい。裏に事務室があるんだ。小さくて狭苦しいが、座る椅子はある。箱やなんかも」

上手に料理されたおいしいニシンを食べながら、エイサはひとりでほくそ笑んでいた。彼の事務室を目にすれば、ミス・ディンウッディはまた逃げ出すに違いない。彼女のように取り澄まして几帳面《きちょうめん》な性格の女性は、劇場でよく目にする、にぎやかで混沌《こんとん》とした場所を気に入らないだろう。

「必ずうかがうわ、ミスター・ハート」彼女が小声で言った。「それから、モデルになってもらう時間が取れるかもしれないから、スケッチブックも持っていくつもりよ」

その落ち着き払った声を耳にして、エイサは一瞬目を細めた。何事もミス・ディンウッディを動揺させ続けることはできないのだろうか？　庭園から逃げ出したときでさえ、彼女は騒ぎを起こさず、静かに帰っていった。シャーウッドを叩きのめしたあと、うしろを振り返って初めて、彼はミス・ディンウッディがその場にいないと気づいたのだ。彼女には、まるで男のように率直なところがあった。優雅で貴族らしい態度が、厳格で感情に左右されない中身をほとんど覆い隠している。その両面――鋼鉄のような芯と繊細な外側――を並べてみると、妙に興味をそそられた。

敵としては手ごわい相手だ。

ふと、ミス・ディンウッディのふだんの生活が気になり、エイサはあたりを見まわした。

「なるほど、きみはこういうところで暮らしているんだな？」

部屋の隅の書棚には、何列もの本がきちんと並べられていた。窓には薄いカーテンがかかり、光を取り込みつつ、外界から室内が見えないようになっている。彼が座る長椅子は、トレイが置かれた低いテーブルの前にまっすぐ設置され、反対側にはピンクがかった赤い椅子が二脚あった。ミス・ディンウッディが腰をおろしているのは長いテーブルの向こう側だ。エイサはもっとよく見ようと立ちあがった。

その動きに反応して彼女が体をこわばらせる。エイサは笑みを押し殺しながら、身をかがめてテーブルの上を観察した。腕木に装着した、ぴかぴかに磨いた美しい拡大鏡や、一列に並べた壺《つぼ》や絵筆がある。絵の具の土っぽいにおいと、ほかにも何かの香りがした。ごくかすかな花のような香り。ミス・ディンウッディがつけている香水だろうか？　そうだとしたら、彼女によく似合っている。

エイサが手を伸ばして絵筆の一本を取ろうとすると、彼女が顎をぴくりとさせた。

「どうか触らないで」

相手を怒らせるためだけに指で筆を突こうかと考えたものの、ミス・ディンウッディの困った表情を見て思い直した。代わりに彼女の右肘のあたりに置かれた、背の低い小さな籠をのぞき込む。

ビーズのような黒い目が彼を見つめ返してきた。籠の中の白い鳩は首をかしげ、くうくうと鳴いた。

「彼の名前は？」エイサは尋ねた。

「雌だと思うわ」ミス・ディンウッディが籠の鳥をじっと見ながら答える。「でも、確信があるわけではないの。それから、その子に名前はつけていないわ」

彼は体を起こして眉をあげた。「手に入れたばかりなのか？」

「数カ月前に兄からもらったのよ」彼女はそう答えると、魚料理の皿の横にフォークとパンとナイフを並べ直した。「もちろん、兄がイングランドを離れざるをえなくなる前だけど」

〝離れざるをえなくなる〟だって？　それは興味深い情報だ。モンゴメリー公爵は七月に突然エイサに――彼が知るかぎり、ほかの誰にも――ひとことも知らせず、イングランドを去ったのだ。当時のエイサは憤慨していた。公爵からの信用状が有効で、変わらず資金を引き出せると気づくまでは。そして、変わり者の公爵が気まぐれで姿を消したに違いないと思うことにしたのだった。話の続きを期待して、エイサはミス・ディンウッディを見つめた。しかし彼女は反応せず、エイサを見つめ返すばかりなので、彼はしかたなく自分から促した。

「離れざるをえないとは、どういう意味だ？」

「あなたが気にする必要のないことよ、ミスター・ハート」ミス・ディンウッディが小さな声で言った。「魚をもっといかが？」

「いや、結構」いくぶんきつい調子で応じた。何を気にして何を気にしないかは、自分で判断するつもりだ。「債権者から逃れるためとか？」

彼女には面白い質問だったらしい。「兄が債権者ともめているとしたら、あなたの庭園の再建に出資できると思う？」

「彼なら出資するかもしれない。気を悪くしないでほしいんだが、きみの兄さんには正気とは思えないところがあるからな」

「気にしないわ」ミス・ディンウッディは言った。「バルは少し……風変わりだもの。でも昔から、お金や事業のことになると、かなり冷静な判断を下すのよ。あなたの庭園に投資したのも、必ず利益があがると考えたからでしょう。それでも……」眉を寄せる。「わたしはバルをよく知っているから、ほかに理由があったとしても驚かないけれど」

それは気がかりだ。「たとえば？」

「わたしにわかると思う？　支援したいオペラ歌手でも見つけたんじゃないかしら？　それとも、ぜひ上演したいお芝居があるとか」彼女は肩をすくめた。「本当に、バルだったらなんでも可能性がありそうだわ」

エイサはミス・ディンウッディの座るテーブルの角に腰をおろし、非難をこめてにらみつける視線を無視して言った。「それなら、彼とは仲よくないんだな？」

「そんなことは言ってもいないのに決めつけてくれてありがとう」彼女がエイサを見あげる。「この世の誰よりも、わたしはバルを愛しているわ」

ミス・ディンウッディの激しい口調に、彼は首をかしげた。そして不意に、何もかも間違っていたのかもしれないと気づいた。おそらく彼女の中身は無感情で冷血なのではない。冷たい外側の下に、礼儀正しく貴族らしいうわべの下に、ふつふつとこみあげる感情を隠している情熱的な女性が存在するに違いない。

外側をはぎ取ったらどうなるのだろう、とエイサは思った。氷に覆われた上品な壁を壊して、彼女の中心にある熱源に爪を立てたら、いったい何が起こるのだろうか？

王様は広い宮殿の奥のハーレムで、何百人もの側室たちと暮らしていました。残虐で好色な王は、毎年何十人もの子どもをもうけたのです。けれども一七歳に達すると、その子どもたちは祝いの食事をともにするために、父王のもとに呼ばれました。
そしてそのあとは、ひとり残らず姿を消してしまったのです……。

『ライオンとダブ』

3

翌朝、イブは九時ちょうどにハート家の庭園にやってきた。ジャン・マリーと、一緒に連れてきた数名の従僕とともに、帽子を取って会釈する庭師たちの横を通っていく。劇場の屋根に作業員がいるところを見ると、配達されたスレートの一部を利用することにしたようだ。劇場内には女性たちの一団がいた。到着したばかりらしく、帽子を脱いだり肩掛けを外したりしている。イブに気づいた彼女たちが急におしゃべりをやめた。挨拶をすると、口元にほくろのある一番年下らしい娘が恥ずかしそうに微笑んだ。けれどもイブが通り過ぎたとたん、押し殺したくすくす笑いが起こる。彼女は屈辱を感じ、頬が赤く染まるのを抑えられなかった。

ここにはまったく場違いな存在だと思い知らされたようだ。舞台に近づくと、集まった楽団員たちに両腕を振るミスター・ボーゲルの姿が見えてきた。気配を感じたのか、彼が振り向いてイブを見た。「何か？」

彼女は咳払いして言った。「おはようございます。わたしはミス・イブ・ディンウッディです」

ミスター・ボーゲルが首をかしげて目を細める。「それで？」

「ミスター・ハートにお会いするためにうかがいました」返答を待ったものの、相手が何も言わないので、いくぶん口調をやわらかくして続けた。「彼の事務室の場所をご存じですか？」

ミスター・ボーゲルがぶっきらぼうにうなずいた。「案内しよう」彼はイブに背を向け、楽団員たちに向かって声を張りあげた。「五分後に再開する。準備しておくように」

脅かすように告げ、頭で合図して彼女を舞台の後方へ案内する。

「では、あなたが公爵の妹なんだな？」舞台裏の入り組んだ廊下に足を踏み入れると、彼が口を開いた。「ハートによれば、出資を続ける予定だとか」

そんなことまで、みんなが知っているのだろうか？

イブの驚いた表情に気づいたらしく、ミスター・ボーゲルがにやりとした。すると、彼女が見当をつけていたより一〇歳は若い印象になった。おそらく四〇よりは三〇に近い年齢だろう。「舞台に関わる者はみんなそうだが、噂話が好きでね」

「ああ、なるほど」事務室らしい部屋の前まで来ると、彼女は咳払いして言った。「出資の件なら、ミスター・ハートの帳簿を見てから判断することになると思います」

「それなら、せいぜい祈っておかなければ」作曲家はそうつぶやき、なんの前置きもなくいきなりドアを開けた。「幸運を。われわれにはそれが必要になりそうだ」

ミスター・ボーゲルはきびすを返して来た道を戻っていった。

イブは目をしばたたき、小さな部屋の中へ足を踏み入れた。

ミスター・ハートは大きなテーブルの前の椅子にゆったりと座っていた。交差させた足をテーブルの縁にのせている。

短剣をかたどった真鍮《しんちゅう》製のレターオープナーを指でくるくるまわしていたが、イブが入ってきた気配に気づいて顔をあげた。「おはよう」

彼はふたの開いた浅い箱を片手でイブのほうへ押しやった。箱はテーブルの上を、書類をはねのけながら滑ってくる。

そしてテーブルのイブに近い端で止まった。彼女は箱をちらりと見てからミスター・ハートに視線を戻した。彼はうさんくさいほどにこやかな笑みを浮かべている。

「これは何かしら？」

「おれの会計記録だ」

どんなことにでも対応できるよう準備してきたつもりだ。昨日の午後、事務室について言及したときのミスター・ハートのほくそ笑みに気づかないほど愚かなわけではない。きっと、イブが想像する事務室ほどは片づいていないのだろうと思っていた。

それでも、これは予想していなかった。

「あなたの会計記録とは、どういうこと？」彼女は突きつけられた箱を見つめた。領収書の山や走り書きのメモ、そして硬貨が入っているらしい小さな袋がある。イブはその袋を手に取って口を開き、中身を手のひらに出した。硬貨ではなかった。クルミだ。

視線をあげ、この混乱を作り出した元凶に目をやる。

「どこへいったのかと思っていたんだ」ミスター・ハートは不快そうな彼女を見て楽しんでいるらしい。服装は昨日と同じ。顎のひげがきちんと剃《そ》られ、髪がまだ湿っていなければ、服を着たまま寝たのかと思うところだ。彼は真鍮製のレターオープナーを脇に放り出すと、立ちあがってテーブルに身を乗り出し、長い手を伸ばしてイブの手のひらからクルミをふたつ取った。拳を握りしめる。

イブの耳に、かちりという音がはっきり聞こえた。

ミスター・ハートが開いた手を差し出した。「クルミはどうだい？　先週手に入れたばかりで新鮮だ」

「ありがとう、でも結構よ」残りのクルミを小さな袋に戻しながら、いかめしく答えた。

「会計記録がこれだけとは思えないわ。まだどこかにあるんでしょう」

彼はふたたび椅子に腰をおろすと、クルミの殻から中身をつまみ出し、空中に放りあげて口で受け止めた。「残念ながら、ないんだ。これでじゅうぶんだと思うが」

そう言って、ミスター・ハートはクルミをぼりぼり嚙み砕きながら、あのいまいましい笑みを向けてきた。えくぼが浮かぶ、あの笑みを。

かっとなって、イブは視線をそらした。あんな笑顔やふざけたふるまいで懐柔されるつもりはない。知性のある人間なら、そんな間違いは犯さないはずだ。

彼女はミスター・ハートが事務室と呼ぶ場所を観察した。ひどく小さな部屋だった。ここを見た人は、ほかに部屋がないので仕方なく使っているだけで、いずれ新たな建物を別に建設して仕事場を構えるつもりに違いないと思うだろう。

でも、そうではないようだ。ここへ来る途中で、少なくともこの事務室の倍の広さがある楽屋をいくつも通り過ぎてきたのだから。

片側の壁に小さな暖炉があった。反対側の壁には、ロンドンの巨大な地図が傾いて留めつけられていた。部屋の中央に置かれたテーブルが床面積のほとんどを占めている。テーブルの周囲の床に書類が積みあげられているので、歩くのもままならなかった。片隅には、朽ちかけたぬいぐるみのアナグマ。それを見つめたイブは深く息を吸い込んだ。幸いなことに、前もって対策を立ててあるのだ。

彼女は戸枠にもたれかかっていたジャン・マリーのほうを向いた。「従僕たちを呼んだほうがよさそうね」

ジャン・マリーは白い歯を見せて笑い、部屋を出ていった。

ミスター・ハートに向き直ってみると、彼はクルミを噛むのをやめて目を細めていた。

「従僕たち？」

イブは愛想よく微笑んだ。「兄の屋敷から、今日だけ借りてきた従僕たちよ」

言い終わったとたん、ジョージとサムが部屋に入ってくる。

彼女は床の上の書類を示した。「これを片づけてちょうだい」

ミスター・ハートの目が激しい怒りに見開かれた。「ちょっと待て――」

けれども従僕たちはすでに彼を通り過ぎ、山になった書類を拾いあげはじめていた。

「おい！」ミスター・ハートがイブを振り返った。「おれの書類を持っていくつもりか！」

「整理し直すだけよ」なだめるように言う。

「整理なんてする必要はない！」

「あるわ。わたしの机をここに置くつもりだから」ジョージとサムが荷物を抱えて立ち去ると、イブは落ち着いた様子で指し示した。

続いて、ボブとビルが桜材の小さな机を運んでくる。

「ここでよろしいですか、お嬢様？」ミスター・ハートのテーブルの向かいにできた空間を示して、ボブが尋ねた。

「うーん、そうね、そこがいいと思うわ」頭を傾けて考えながら答える。「テーブルをもう少し向こうへ押して、わたしの机をくっつけて置けば、お互いに空間が確保できるでしょう」

従僕たちは指示されたとおりに動いた。今日はもう帰っていいと告げられた彼らが去ると、イブはすぐさま、最後に運び込まれた背もたれのまっすぐな椅子に腰をおろした。机の横には籠が、上には愛用の文具箱が置かれている。彼女は箱を開けてインク瓶と羽根ペン、余分なインクを吸わせるための砂、そして新しい帳簿を取り出し、机の上にきちんと並べた。

「さてと。これで心おきなく、あなたの会計を調べられるわね」だが、乱雑に書類が放り込まれた箱に目を向けたとたん、わずかに気力がそがれる。「大丈夫、たいしたことないわ」

「あの椅子は?」ミスター・ハートが部屋の隅の、アナグマの隣に押し込まれた布張りの椅子を指差した。

「当然ジャン・マリーの椅子よ」イブが答えたところへちょうどジャン・マリーが戻ってきて、問題の椅子に腰をおろした。

「当然、ね」ミスター・ハートは彼女の護衛と敵意のこもった視線を交わした。わずかに身を乗り出し、ジャン・マリーを頭で示して言う。「彼はきみの行くところなら、どこへでもついてくるのか?」

「ええ、どこへでも」イブは認めた。「それに彼は耳がいいから、何も聞き逃さないわ。そうよね、ジャン・マリー?」

「ええ」彼が請けあう。「聴力は完璧ですよ」

ミスター・ハートは顔をしかめ、座ったままテーブルを指でこつこつ叩いていたが、しばらくして口を開いた。「ここで仕事をしなくてもいいだろう。書類の箱をきみのタウンハウスまで持ち帰って、快適な環境で調べればいい」

殴り書きされた紙切れを片方の手に持ち、イブは彼を見あげた。「わたしたちは契約を結んだはずよ、ミスター・ハート。わたしにあなたの事務室を使わせたくなくて契約を破棄したいというなら、もちろんあなたへの信用状を回収させてもらうわ」

ミスター・ハートは何か悪態をつぶやいていたものの、やがて両手をあげ、しぶしぶながら受け入れを了承した。「好きなだけいてくれ」

「ありがとう」彼女はそっけなく応じ、目を細めて手にした紙切れを見た。「これはなんて書いてあるの？　わたしには〝豆《ビーズ》〟しか判読できないわ」

彼がテーブル越しに手を伸ばして紙を取りあげた。指がイブの指をかすめる。彼女は本能的にさっと手を引いて拳を握りしめたが、ミスター・ハートは気づかなかったらしく、紙の向きを横に変えていた。

少しのあいだ眉をひそめて眺めてから、彼が口を開いた。「これは〝豆《ビー》〟じゃなくて〝木《ツリー》〟だな。アポロ――うちの庭園を設計しているキルボーン子爵アポロ・グリーブズが庭園に植えた、三本の木に対する請求書だ」

「そうなの？」イブはインク瓶のふたを開けて羽根ペンの先を浸し、白紙の帳簿の最初のページに向かった。「それで、三本の木にいくら支払ったのかしら？」

ミスター・ハートが金額を口にする。

彼女はゆっくりと顔をあげた。羽根ペンはページの上で止まったままだ。

「なんですって？」聞き間違えたに違いない。

彼は一度目と同じ、とんでもない金額を繰り返した。

「あきれた」イブはつぶやいた。「その木は真珠か金でできていたの？」

「いや、そうではないが――かなり大きいんだ」ミスター・ハートが挑むように顎を突き出した。「キルボーンはその木々をオックスフォードから運ばせて、移植に成功した。もっと若い木を使っていたら、じゅうぶんに成長するまで何年も待たなきゃならなかっただろう」

イブは不承不承うなずいた。成長した木が必要なことは理解できる。それでも、あきれた金額だと思わずにいられなかった。彼女は帳簿にその項目をきちんと書き込んだ。箱からもう一枚、紙を取り出す。「これは？」

ミスター・ハートが疑わしげな顔になった。「この領収書やなんかを全部、今日じゅうに調べるつもりなのか？」

イブは眉をあげた。「当然よ」

「なるほど」彼がテーブルに手をついて立ちあがる。「ええと、残念ながら今朝はこれから、その……マクレイシュと打ちあわせがあるんだ。ほら、屋根の件で」

「だけど――」ドアへ向かって歩いていくミスター・ハートを目で追い、彼女は口を開きかけた。

「すまないな。時間がない。すでに遅れているんだ」そう言って、彼は行ってしまった。

イブは目を細めて閉じられたドアをにらんでいたが、ジャン・マリーに向き直って言った。

「屋根のことで打ちあわせをするにしては、やけに早い時間だと思わない？」

「ええ、たしかに《ウィ》」ジャン・マリーがすみやかに答える。「ミスター・ハートはあなたを手伝いたくないんですよ」

「これ以上を期待するほうが悪いんでしょうね」彼女はそうつぶやいて、紙切れの山に目をやった。ため息をつき、分類しはじめる。

だが一〇分もしないうちに、作業は中断を余儀なくされた。ドアが開き、ここへ来るときにイブが見かけた、あのほくろのある女性が顔をのぞかせたのだ。彼女は踊り子の衣装を身につけていた。

「あら」イブを目にして、女性が言った。

イブは余分なインクを吸わせる砂を帳簿にかけながら、書き込んだページを見てわずかに眉を寄せた。この調子では、すべてを書くのに少なくとも一週間はかかるだろう。

「何か？」

「ええと……」娘は小さな部屋の中を見まわした。「ミスター・ハートがここにいるかと思ったんですけど」

「いまはいないわ」イブは答えた。そっけない口調でつけ加える。「重要な約束があるとかで、急いで出ていったの」

「あら」娘はもう一度そう言うと、指の爪を噛みはじめた。

ミスター・ハートを探しに行きそうな気配はない。

イブは机の上で両手の指を組みあわせ、励ますように微笑みかけた。「わたしでお役に立てるかしら？」

娘の目が大きく見開かれた。「あなたが？」

「もちろんよ。お名前は？」

「ポリー」すばやく答えたかと思うと、娘は夢中でまくしたてはじめた。「ポリー・ポッツです。あたしは劇場の踊り子なんですけど、小さなベッツのせいで、明日は来られるかどうかわからなくて。あの子が泣いて泣いて、泣き続けるものだから、一日二ペンスで世話をしてもらってるマザー・ブラウンに、もう面倒は見ないと言われて、だけどあたしは、準備しておいたおかゆをベッツにちゃんと食べさせてないせいじゃないかと思いはじめてて、そういうことなら彼女に預けないほうが、かえって都合がいいんだけど、ほかに見てくれる人がいないんです」

息継ぎをするために、ポリーがいったん言葉を切る。その機会を利用して、イブは急いで口をはさんだ。「小さなベッツというのは、あなたの子どもなの？」

ポリーは、まるで頭が鈍い相手を見るかのような目でイブを見た。「ええ、その話をずっとしてるんですけど」

「わかったわ」イブは眉を寄せた。本来ならこれはミスター・ハートの問題だが、答えは非常に簡単だと思われた。「それならほかに預けられる人が見つかるまで、ベッツを劇場へ連れてきたら？」

ポリーが目を見張った。「いいんですか？」

「だめな理由なんてあるかしら」

娘の顔に、花が咲くように笑みが広がった。「ああ！　たとえ公爵の妹でも、あなたはちっともいやな感じの人じゃないわ」

熱のこもった言葉でイブを称え、ポリーは急いで部屋を出ていった。

イブは驚いて目をしばたたいていたが、やがてジャン・マリーに目を向けて言った。

「わたしは正しいことをしたと思う？」

「すぐにわかりますよ」護衛は肩をすくめた。「それにあの娘は赤ん坊《べべ》のために、安全な場所を見つける必要があった。あれでよかったんです」

イブは不安げに頭を振り、まだ目の前に残っている領収書の山に意識を戻した。けれどもそこでふと思い出し、明るい声で言う。「お茶の用意を持ってきてよかったわ」

彼女は身をかがめ、机のそばに置いた籠からティーポットと茶葉の缶を取り出した。暖炉に視線を向ける。

「まあ、ここにはケトルがないのね」

「探してきましょう」ジャン・マリーが立ちあがって言った。「少しのあいだ、あなたをひとりにしてしまいますが、かまいませんか、わが友《モナミ》よ？」

「ええ、大丈夫よ。行ってきて」イブは小さな声で言うと、判読しがたい紙切れの山にふたたび向き直った。

ジャン・マリーが部屋を出る音がしたのちの数分間は、彼女が羽根ペンを走らせる音だけが響いていた。紙に書かれた読みづらい文字を解読し、帳簿にきっちりと列記していく作業に、イブはいつしか夢中になっていた。

けれどもしばらくして、部屋にいるのが自分ひとりではないことに気づいた。あえぐような息遣いとにおいがする。明るい日中でさえ、それらはイブに悪夢を呼び覚ました。顔をあげたとたん、全身が凍りついた。ドアのところに、よだれを垂らした大きな犬が口を開け、鋭い牙をむき出しにして立っていたのだ。

彼女は悲鳴をあげた。

三〇分ほどかけてマクレイシュとボーゲルのふたりを落ち着かせ――建築家と音楽監督は劇場のボックス席のことでもめていた――エイサは事務室へ戻ろうとしていた。遅まきながら、罪悪感を覚えていたからだ。だが、まるでごみくずのような彼の会計記録を解読するミス・ディンウッディを手伝うべきだと思うものの、数字や帳簿のことを考えるだけで体がかゆくなってしまう。そういうわけで、彼は事務室に戻りながらも、特別に急いで歩いているわけではなかった。そこへ女性の悲鳴が響き渡った。

どういうわけか、エイサにはすぐにそれが誰の悲鳴かわかった。

すぐさま走りだし、劇場の舞台裏の狭い廊下を駆け抜ける。息をあえがせながら事務室にたどりついて、わずかに開いていたドアを大きく押し開けた。

飢えた様子の痩せたマスティフが、不意に現れたエイサを見て身をすくめた。だが、彼は犬には注意を引かれなかった。

ミス・ディンウッディが机に座ったまま大きく目を見開き、恐怖におののいて犬を見つめていた。エイサの目の前で彼女は息を吸い込み、ふたたび悲鳴をあげた。耳をつんざくような甲高い悲鳴を。

ミス・ディンウッディは彼が入ってきたことにも気づいていないようだ。

悲鳴がやむとエイサは彼女に近づき、本能的に手を伸ばした。そこで初めてミス・ディンウッディが彼を見た。青い瞳が涙に濡れている。その姿を目にしたとたん、彼の中で何かが反乱を起こした。ミス・ディンウッディは取り澄ましていて、几帳面で、彼をいらつかせる要素をすべて備えていたが、それらをうわまわる勇気の持ち主だった。その彼女をこんなふうにひとりきりで途方に暮れさせるべきではない。

「ミス・ディンウッディ」彼は声をかけた。「イブ」

けれども彼女に触れる前に、エイサは脇に押しのけられた。

黒人の従僕が駆けつけ、女主人を腕に包み込んだのだ。「しいっ、かわいい子《マ・プティット》、ジャン・マリーはここにいますよ。何者にもあなたを傷つけさせはしません。絶対に」

彼の肩越しに、ミス・ディンウッディがまばたきをして息を吸い込むのが見えた。出し抜けに表情をゆがませたかと思うと、彼女はジャン・マリーの肩に顔をうずめ、すすり泣きはじめた。

エイサは私的な場面をのぞき見ている気分になった。まるで目の前で彼女が衣服をすべて失い、裸で無防備に立ち尽くしているかのような。

あたりを見まわしたジャン・マリーがまずエイサに目を留め、次いで、床に伏せてくんくん鳴いている犬に厳しい視線を向けた。彼が言わんとすることは明らかだ。

エイサは犬に近づいた。「しっしっ！　あっちへ行け」

犬はぴょんと立ちあがり、すぐに部屋から出ていった。体は大きいかもしれないが、痩せて骨張り、飢え死にしかけているような犬だ。恐れるほどのことはない。

エイサは机のそばで繰り広げられている、芝居の一場面を思わせる光景に視線を戻した。自制心を失った姿を目撃されたと知れば、ミス・ディンウッディはこれまで以上に彼を嫌うだろう。いまのエイサには、彼女に嫌われたくないという感情が芽生えていた。彼が望むのは……。エイサは驚きに目をしばたたいた。ジャン・マリーを押しのけてミス・ディンウッディを自らの腕の中に引き寄せたいという、心の底からの衝動に駆られている事実に気づいたのだ。

正気とは思えない。

彼は部屋を出て、静かにドアを閉めた。

犬はすでに姿を消していたが、数人の人々が事務室の外に集まっていた。一番前にいるマクレイシュは心配そうな顔だ。「何が起こった？　誰が悲鳴をあげたんだ？」

マクレイシュの背後では、ボーゲルが不満げに口をすぼめていた。楽屋のひとつからは踊り子がふたり、顔をのぞかせている。

「何も心配いらない」エイサは両手をあげて彼らを落ち着かせようとした。「ミス・ディンウッディがおれの会計を手伝ってくれることになったんだが、彼女が……その……犬を見かけた。そいつが彼女を驚かせたらしい」笑って踊り子たちにウインクする。ミス・ディンウッディの状態を目のあたりにしたあとでは、とても陽気な気分にはなれなかったが。「ロンドンでも彼女の暮らしているあたりでは、野良犬が走りまわるなんてことがめったにないんだろう」

「その犬なら、このあいだ見かけたぞ」仕事に戻ろうと向きを変えながら、作業員のひとりが言った。「つかまえて水に沈めるべきだな。人を襲うかもしれない」

「病気を持っているかもしれないわ」踊り子が小さく身震いした。彼女はエイサに向かって大胆にウインクを返してから、楽屋に引っ込んだ。

集まっていた人々も、それぞれ途中で放り出してきた仕事に戻っていった。

ビオレッタを除いて。

今日の彼女は濃い真紅のドレスを身にまとっていたが、その色は彼女の異国風の美しさを際立たせていた。「ミス・ディンウッディは、かわいそうな犬を見ただけで悲鳴をあげるような人には見えなかったけど」

エイサは振り返ってドアを見た。ビオレッタの腕を取り、事務室から離れた場所へ引っ張っていく。「取り乱すほどおびえていたんだ。あんなのは見たことがない」

ふたりで庭園のほうへ歩きながら、ソプラノ歌手は何かを考え込んでいるようだった。

「知りあいの女の子が、暗い部屋をひどく恐れていたわ。子どもの頃、母親に地下の貯蔵室に閉じ込められたことがあって——親が娘をそんな目に遭わせるなんて、ひどい話よね。悲鳴はあげなかったけど、明かりのない部屋へ連れていかれると、めちゃくちゃに暴れて手がつけられなかった」

いまはエイサとふたりきりで、そのうえ一心に考え事をしているからか、ビオレッタのいつものイタリア訛りはほとんど消えていた。そもそも彼女が外国出身なのかどうか、エイサは昔から疑問に思っていた。

庭園へ続くドアを押し開けたちょうどそのとき、何かがこすれるような低い奇妙な音が頭上から聞こえてきた。

本能的に、エイサはビオレッタを引っ張って劇場の壁から離れた。

ほんの数秒前に彼が立っていた、まさにその場所にひと山のスレートが落ち、地面にぶつかる恐ろしい音が響き渡った。

「まあ、大変！」ビオレッタが叫んだ。物憂げなイタリア訛りが急に、はっきりしたニューカッスル訛りに変わっている。

「なんてことだ！」彼はスレートを見つめ、それから屋根を見あげた。劇場のこちら側からは誰の姿も見えない。

いま出てきたばかりのドアが勢いよく開き、マクレイシュとボーゲルが飛び出てきた。

「いったい何があったんだ?」マクレイシュがきく。

ボーゲルは無言で向きを変え、エイサたちと同様に屋根を見あげた。

ビオレッタが落ちたスレートを示した。「誰かがわたしたちを殺そうとしたのよ!」

「そんな」マクレイシュが仰天してまばたきする。「不注意な職人が、スレートをちゃんと固定しておかなかったんじゃないのか」

彼は同調を求めてエイサを見た。

エイサはふたたびスレートの山に目をやった。もう少し反応が遅ければ、彼もビオレッタも頭をつぶされていたに違いない。この出来事はとても……気味が悪かった。

「こういう事故は気に入らないな」ボーゲルが、エイサの考えを代弁するかのようにつぶやいた。

「わたしだって」ビオレッタが震える声で言う。「まったく気に入らないわ。怖い目に遭うなんて健康に悪いもの。わたしの声にも障るわ」

エイサはソプラノ歌手の肩に手をまわして元気づけた。「二度と起こらないよ」マクレイシュに視線を移す。「すべての作業員に通達して、スレートをしっかり固定させてくれ。またこんな事故が起こったら、大勢が首になるぞ」

「もちろんだ」指示を与えられてほっとしたらしく、マクレイシュはドアを振り返った。本日二度目の人だかりができている。「みんな、仕事に戻ってくれ」

マクレイシュとボーゲルがまだ興奮の冷めやらない人々を促し、一緒に建物の中へ入ってドアを閉めた。

エイサは割れたスレートの山を見て顔をしかめた。腰に手を当てて考える。彼には敵がいる。それはたしかだが――。

「ねえ、いとしい人《カーロ》」ビオレッタが口を開いた。衝撃から立ち直ったらしく、もとどおりのイタリア訛りに戻っていた。彼女はエイサの腕をそっと引いた。「さっき、ミス・ディンウッディが病的に犬を怖がった話をしてくれていたわよね」

彼は頭を振り、ビオレッタとともに庭園を歩きはじめた。「理性的な女性で、そういう根拠のない恐怖を抱くとは思えないんだが」

ビオレッタが肩をすくめる。「どんなに理性的な人でも弱点はあるものよ。それに、その犬はわたしも見たわ。小さいとはとても言えなかった」

「ああ。だが、餓死寸前に見えた」しかめっ面のまま言う。「怖がる理由はほとんどないと思うんだがな。それでも彼女はひどくおびえて、おれが部屋にいることすら気づいていないみたいだった」

ビオレッタが立ち止まり、それに合わせてエイサも足を止めた。彼らは新しい音楽堂の付近まで来ていた。そこは開けた場所を敷石で舗装していて、焼けてしまった以前の音楽堂の外側に半円状に残っていた円柱をそのまま利用している。アポロが言うには、古代の廃墟《はいきょ》のような印象を与えるそうだ。たしかに、よく似た雰囲気を醸し出している。夜になり、小さな明かりやたいまつをあちこちに設置すれば、庭園を訪れる客たちは、まるで古代ローマの遺跡の中を歩いているかのように感じるに違いない。

ビオレッタが微笑んでエイサを見あげた。目が面白がるようにきらきらしている。

「ミス・ディンウッディのことがとても心配みたいね」

エイサは片方の眉をあげて首を横に振った。「今度のことがおれの庭園に影響するんじゃないかと、それを心配しているだけだ」

「もちろん、そうでしょうとも」彼女が小さな声で言う。「庭園は大切な問題よ」

「おれは大人になってからいままで、ずっとこの庭園のために働いてきたんだ」彼はうなった。

「ええ、前にそう話してくれたわ」ビオレッタの声は穏やかだ。「何度も。それならきっと、ミス・ディンウッディの様子に気を配るのも重要なことなのね。彼女のお兄さんからの出資金を、もう二度と失いたくないでしょうから。とりわけ危機的状況に瀕《ひん》しているいまは」

「そのとおりだ」すでに劇場へ向かって戻りながら、エイサはつぶやくように言った。「いずれにせよ、彼女を怖がらせるとは、まったくいまいましい犬だ。こんなことがあったあとでは、これまで以上に一緒に仕事をするのが難しくなるだろう」ミス・ディンウッディの青い目に浮かんでいた表情を思い出す。なんとかあれを消してやりたい。自信たっぷりなまなざしを、エイサをやり込めようとするときの、つんととがらせた唇をもう一度見たかった。

「間違いないわね」歩幅の広い彼に少し遅れて歩きながら、ビオレッタが言った。「今夜はわたしじゃなくて、彼女を夕食に誘うべきかもしれない」

エイサは顔をしかめて立ち止まった。「きみを夕食に連れていく予定を忘れたわけじゃないんだ」

「疑ったことはないわ」ビオレッタはやさしく微笑んで彼を見た。「でもね、ずっとわたしのスカートにまとわりついてくる公爵が――王族の公爵がいるの。あなたと過ごすのと同じくらい楽しいし、彼はきっと、より多くのものをわたしに差し出すことができるでしょう。わかってくれる?」

エイサは口の端を持ちあげて皮肉な笑みを浮かべた。彼には魅力も才覚もあるかもしれないが、爵位や大金とは縁がない。だからビオレッタの言いたいことは理解できた。どんな女性にとっても、自分は永遠を誓う相手になりえないのだ。それは彼がずっと昔に学んだ教訓だった。

エイサは身をかがめ、ビオレッタの頬にそっとキスをした。「そいつにはちゃんときみにふさわしい扱いをさせるんだぞ、ビオレッタ。さもないと、おれがひどい目に遭わせてやる」

ほんの一瞬、ビオレッタの目に後悔の色が浮かんだ。彼女は片方の手をあげてエイサの頬を包んだ。「わたしが知るかぎりで最高の男性だわ、大切なあなた《ミ・カーロ》。誠実で、男らしくて、善良で。こんな世の中でなければよかったのに……」次第に声が小さくなり、彼女はうしろへさがって肩をすくめた。「でも残念ながら、現実は違うの。さあ、行って。あなたのミス・ディンウッディを大事にしなさい」ビオレッタの顔に謎めいた笑みがよぎる。「そうしたところで害はないはずよ。彼女を失うことになるとは思えないわ」

エイサはうなずいて向きを変え、事務室へ向かって歩きだした。ミス・ディンウッディは怒らせると面倒だ。彼女がおびえる姿を、まったく見なかったふりをするのが一番かもしれない。だが、二度目に悲鳴をあげたときにエイサがその場にいたことを、彼女の護衛は知っている。彼は女主人に話しただろうか？ それに、あの犬を探して捕獲するべきか？ 動物は好きなので、もちろん水に沈めて殺すつもりはないが、二度と近くをうろつかないよう、庭園から遠く離れた場所へ連れていって放したほうがいいだろうか？

かぶりを振り、妙に高揚した気分で、エイサは事務室のドアを押し開けた。けれども中をのぞいてみると、そこにミス・ディンウッディの姿はなかった。

イブはラベンダー水で湿らせた布を目に当てて長椅子に横たわり、ミスター・ハートとふたたび顔を合わせることができるだろうかと考えていた。彼に見られてしまった。自制心を失った恥ずかしい姿を見られた。犬を見て、まるで子どもに戻ったかのように泣きじゃくる姿を。

ああ、時間を巻き戻して、今朝をもう一度やり直せたらいいのに！ 今度はジャン・マリーに事務室を離れてもいいとは言わない。そうすれば、あの犬が部屋に入ってくるのを彼が防いでくれたはずだ。

でも、本当の問題はそこじゃないでしょう？ イブは目の上の布を取り、黒ずんだ天井をぼんやりと見つめた。わたしはほかの女性たちと根本的に違う。彼女たちは、野良犬と出くわさないだろうか、うっかり男性にぶつからないだろうかと恐れながら一日を過ごしたりしない。においや、目に焼きついた光景に苦しめられることも、ときにほんのささいなことで凍りつき、恐怖で心臓が激しく打ちはじめることもないのだ。もうずっと前の、犬に追いかけられたあの夜を思い出すことはない。

犬よりもはるかに悪い何か——誰か——に追いかけられてつかまった、あの夜を。

イブはぎゅっと目を閉じ、記憶を、光景を、音を、そして——ああ、神様！——においを、頭から追い出そうとした。

わたしは安全。わたしは安全。

わたしは安全。でも、ふつうじゃない。

そのとき、階下でかすかな話し声がした。ルースが誰かに、イブは気分がすぐれないと告げている。階段から聞こえてくる相手の声にロンドンの下町訛りがあることに気づき、彼女は訪問者がバルの使い走りをする少年だとわかった。

長椅子から立ちあがり、髪に手を走らせて乱れていないことを確かめると姿勢を正した。ほかの女性たちと違うかもしれないけれど、病人にはなりたくない。

イブは階段の上まで行って声をかけた。「ルース？　その子をこちらへ来させてちょうだい」

アルフが音もなく階段の途中の踊り場に姿を現し、イブは小さく身を震わせた。人に慣れていない野生動物のような見かけにもかかわらず、この少年は不思議と静かで優美な動きをする。つばの広いぼろぼろの帽子を、用心深く賢そうな顔を隠すように深くかぶり、細い肩のところが余るほど大きすぎるベストと上着を身につけていた。

「どうも」アルフが帽子を取ると、うしろで乱雑に束ねた長い茶色の髪があらわになった。

「公爵閣下からの小包を持ってきた」

彼は上着のポケットのひとつに手を突っ込み、紙で包んでひもをかけた薄汚れた包みを取り出した。

「ありがとう」イブはおそるおそる受け取った。腰をおろし、ひもを解きはじめたところで、アルフがまだ立ち去らずに立っていることに気づく。彼はイブが飲み残した紅茶を物欲しげに見ていた。「お茶はいかが?」

「ありがとう」アルフはすぐさま近くの椅子に座り、片方の手で紅茶をカップに注ぎながら、もう一方の手をビスケットに伸ばした。

イブは視線を手元に落とし、包みを解いていった。中には小さなベルベットの袋と、折りたたんだ手紙が入っていた。袋の口を開け、中身を手のひらに出す。彼女は思わず息をのんだ。出てきたのは、凝った装飾のオパールの指輪だったのだ。中心の石を、光り輝く何色もの宝石が囲んでいる。

アルフに目を向けると、彼はビスケットをほとんど丸ごと口に押し込んでいる最中で、イブが兄から高価な贈り物をもらったことに気づいていないようだった。ポケットに何を入れてロンドンの街中を歩いていたか、この子は知っていたのだろうか？

イブは左手の中指に指輪をはめてみた。ぴったりだったが、驚きはしない。彼女の指のサイズを把握しているとは、いかにもバルらしかった。

手紙にはいつもどおり封がしてあり、彼女は時を告げる雄鶏《おんどり》が浮き彫りになった赤い蠟《ろう》をこじ開けた。困惑して苦笑いがこぼれる。バルはどうしてモンゴメリー家の紋章を封蠟に用いないのだろう？

彼女は紙を開いて読みはじめた。兄の声が聞こえるようだ。

〝いとしいイブへ
この指輪は、ベネツィアから少し離れた古い小さな市場で見つけた。買うことにしたのは、これを売っていた娘の首にハート形の痣《あざ》があったからだ。面白いと思えば、持っておくといい。気に入らないなら、サーペンタイン池に投げ入れてしまってかまわない。ハート家の庭園の再建がすみやかに進むことを願っている。きみの役に立つかもしれないと、ふと思いついたので、必要とされればなんでもするようアルフに指示しておいた。彼が生意気な口をきいても真に受けてはいけないよ。
きみの大好きな兄より〟

イブはバルの無頓着な気前のよさに戸惑い、いつもより長いあいだ手紙を見つめていた。

指輪は美しく、もちろん池に投げ捨てるつもりはない。それよりわからないのは、アルフを使えという部分だ。

顔をあげた彼女は、ちょうど上着の袖で口をぬぐっていた少年と目が合った。

「言われたらなんでもしろって閣下が言ってた。ひと月分、支払ってくれたよ」

「そう」イブは慎重に言った。「そんなことを引き受けてくれるなんて、あなたはとても寛大ね——わたしの兄もそうだけど」丁寧に手紙を折りたたむ。「たまたま、いまのところはあなたに頼みたい用事がないの」

アルフが肩をすくめる。「必要になったら、セントジャイルズの〈一角山羊《やぎ》亭〉に伝言を残してくれればいい。それとも」イブの顔に浮かんだ不安を見て取り、急いでつけ加えた。「そっちのほうが都合がよければ、ミセス・クラムに伝えてくれてもかまわない。ヘルメス・ハウスのあたりには、ほとんど毎日行ってるから」

イブはほっとしてうなずいた。「そうするわ」とはいえ、アルフを必要とする事態になるとはとても思えなかった。けれどもそれを口にすると、少年のプライドを傷つけてしまうかもしれないと感じた。

階段のほうから声がして、アルフが立ちあがった。頭に叩きつけるようにして帽子をかぶる。「もう行ったほうがよさそうだ。本当に、いまは用がない?」

イブはうわの空でかぶりを振った。近づいてくる男性の声に聞き覚えがあり、犬を見かけたときのように心臓が激しく打ちはじめていた。

アルフは興味深げに彼女を見つめていたが、やがてうなずき、滑るように部屋を出ていった。

ちょうどそのとき、入れ替わるようにミスター・ハートが姿を現した……デイジーの花束を手にして。

4

さて、王様の大勢の子どもたちの中に、ひとりの娘がおりました。さほど地位の高くない母親のもとに生まれた彼女は、とりたてて美しくもなく、驚くほど才気煥発《かんぱつ》でもありませんでしたが、王の子どもたちを何人も育ててきた乳母は、ほかの誰よりもその娘をかわいがっておりました。

娘は、名をダブといい……。

『ライオンとダブ』

エイサ・メークピースは、その少年を目にして驚いた。イブ・ディンウッディの屋敷にはそぐわないと思えたのだ。

しかしそのとき、彼女の姿が見えた。

ミス・ディンウッディは体の前で両手を握りあわせて立っていた。エイサから目をそらして。朝と同じ、鳩を思わせる灰色のドレスを着ている。背景に溶け込むことを望んでいるような、控えめで目立たない色。奇妙だ。彼女はエイサに対して率直に要求を口にし、庭園で彼と対峙《たいじ》するときも勇敢だった。それなのに犬が怖い。

そして自分の屋敷に引きこもって、静かに暮らしている。

まるで、まったく相反するふたつの性質が合わさって、イブ・ディンウッディという女性を作り出しているかのようだ。彼女には困惑させられる。

ミス・ディンウッディが視線をそらし続けるので、エイサは咳払いして、手にしていたものを差し出した。「きみにこれを持ってきた」自分でもぶっきらぼうに聞こえる声だった。

彼の手には、ここへ歩いてくる途中で花売り娘から衝動的に買った、デイジーの簡素な花束があった。安い贈り物だ。子どもじみてさえいるかもしれない。差し出しながら、彼は自分をひどいまぬけに感じはじめていた。

彼女は公爵の娘なのだ。温室で育てた薔薇や、ダイヤモンドを贈られ慣れているだろう。エイサにはとうていあげられないものだ。彼とは違う世界の贈り物。

けれども彼を見あげたミス・ディンウッディの顔は、小さな笑みで輝いていた。

「ありがとう」彼女は恥ずかしそうに礼を言い、デイジーの花束を受け取った。

たちまち、エイサの胸が誇らしさでいっぱいになる。「どういたしまして。おれが来たのは……」彼は片手をあいまいに動かした。

ミス・ディンウッディがデイジーの花びらの一枚に触れた。「はい？」

ここで犬のことを持ち出して、彼女が大丈夫かどうか、そしてまだ彼の庭園を支援する気があるかどうか確かめに来たのだと言っても、きっと緊張させてしまうだけだろう。

そこでエイサは眉をあげて言った。「きみのモデルを務めるために来たんだ」

ミス・ディンウッディが目をぱちくりさせた。「いまから？」

「かまわないだろう？」首元の襟飾りにわざと指をかけると、彼女の青い目が警戒するように見開かれた。「ああ、そうだった。服は着たままだったな」

ミス・ディンウッディの表情を目にして、エイサは笑みを浮かべずにいられなかった。取り澄ました彼女は簡単に衝撃を受けるようだ。

「ええ、そうよ」ミス・ディンウッディが唇を引き結んだ。「これを水につけておくようルースに渡して、ジャン・マリーに話をしてくるから、少しだけ待っていてちょうだい」

彼女は急いで出ていった。

残されたエイサは部屋を見まわした。鳩の籠はまだテーブルの上にあった。近づいて穀粒をいくつかやってから、書棚に移動して本の背表紙を眺めた。半分がフランス語だと気づき、彼は眉をあげた。

ミス・ディンウッディが戻ってきた気配を感じて振り返る。「フランス語の本を読むのか？」

「ええ」彼女はエイサの頭のてっぺんからつま先までを目でたどった。「座ってちょうだい」

彼は長椅子にさっと腰をおろすと、両腕を広げて背もたれにかけ、脚を体の前に伸ばして片方の眉をあげた。「こんなふうに？」

「それでいいと思うわ」ミス・ディンウッディは部屋を横切ってテーブルへ向かい、彼に背を向けて何かを探しはじめた。

その細いウエストや揺れるスカートを無意識のうちに目で追っている自分に、エイサは気づいた。頭を傾ければスカートの下の足首が見えそうだ。

彼女が振り返ったので、エイサは姿勢を正し、何食わぬ顔で目を見開いてみせた。

ミス・ディンウッディは疑わしげに見ていたが、何も言わずに彼の向かいの椅子に腰かけた。大きなスケッチブックと鉛筆を持っている。

エイサはスケッチブックを顎で示した。「絵の具で描くのかと思っていたんだが」

「そうするわ」彼女がうわの空で応える。「でも、まずは準備のためのスケッチをするの。頭を左に向けて」

彼は顔の向きを変えた。

ミス・ディンウッディがちらりと見る。「反対よ。こちらから見た左」

彼は天を仰いでから、言われたとおりに向き直した。「どうして――」

「それから顎を下に引いて」

顎をさげ、その位置から上目づかいに彼女をうかがう。「――スケッチをする必要があるんだい？」

「どんな絵を描きたいか、アイデアが浮かぶの」ミス・ディンウッディはスケッチブックに鉛筆を走らせはじめた。

優雅な動きだ。すばやく、迷いがなく、特定の作業に慣れている熟練者のやり方。自分が何をしているのか、正確に把握している。

「絵はどのくらい前から描いているんだ？」エイサは尋ねた。

「動かないで」

彼はむっとした。突然、鼻の頭をかきたくてたまらなくなる。

「描きはじめたのは一三歳よ」かがんでスケッチブックに顔を近づけ、ミス・ディンウッディが言った。「バルにジュネーブへ送られたときから」

そのちょっとした情報に、興味をかきたてられた。「父親ではなくて、モンゴメリーがきみを行かせたのか？」

ほんの一瞬、ミス・ディンウッディはぴたりと動かなくなった。いまの発言のどこが神経を刺激したのだろう？ しかし彼女はすぐに緊張を解くと、スケッチを再開し、さりげなく言った。「いつも父よりバルのほうが、わたしを気にかけてくれたの」

「きみの父親は公爵だ」彼女を観察しながら、ゆっくりと口にする。

「ええ」ミス・ディンウッディのまつげが震え、それから動かなくなった。「亡くなった公爵はとても冷たい人だった。子どもの頃は同じお屋敷で暮らしていたけれど、めったに父を見かけることはなかったわ」エイサの位置からは、視線をさげてスケッチに没頭する彼女の表情は読み取れない。「かえって好都合だった」

それだけではないだろう。彼女が語っていないことがまだあるはずだ。エイサの直感がそう告げていた。「母親は？」

彼女は返事をせず無言で描いていたが、やがて言った。「母の何が知りたいの?」

思わず笑みが浮かぶ。「どういう人だった?」

ミス・ディンウッディが顔をあげた。氷のように冷たい青い瞳がエイサの視線をとらえる。

「母は子守《ナースメイド》だったの」

彼は視線を外さず続きを待ったが、ミス・ディンウッディはそれ以上話そうとしなかった。そしてまた下を向き、スケッチを続けた。

同じ姿勢でじっとしていたエイサは、こわばりをほぐそうとして肩をすくめた。

「動かないで」彼女が手元に注意を向けたまますささやく。

彼は目を細めた。「そこでフランス語を学んだのか? ジュネーブで?」

「ドイツ語も」スケッチを体から離して掲げ、出来ばえを確認すると、ミス・ディンウッディはエイサのほうを向いて冷静に、彼が落ち着かない気分になるほど熱心に顔を観察しはじめた。「わたしは上流階級の女性のための小さな学校に入ったの。夏のあいだは年配の兄妹《きょうだい》と過ごしたわ。ジャン・マリーも一緒に。彼はわたしが一五歳のときにやってきたのよ。その兄妹の兄のほうが、かなり名の知れた細密画家だったの。わたしに肖像画を描く才能があるとわかって、弟子のように扱ってくれた」

「どれくらいそこに?」

「わたしは五年前に初めてイングランドへ戻ってきたの」身をかがめ、スケッチブック上の何かを凝視する。「その頃までにはふたりとも、高齢のために亡くなっていたわ」

ミス・ディンウッディの言葉はそっけなかったが、わずかながら悲しみが感じられた。エイサは突破口を見つけた気がして、不用心なネズミを前にした猫のように、そこに飛びついた。「彼らのことが恋しいんだな」

「もちろんよ」彼女が手を止めてエイサを見つめた。スカイブルーの瞳の上で眉が寄せられている。「ふたりはわたしに食事をさせ、着るものを用意して、いろいろなことを教えてくれたんですもの」

「きみの兄さんが金を支払ったから」皮肉をこめて指摘する。

「そうかもしれない」ミス・ディンウッディが目を細めて彼をにらんだ。頬の高い位置に赤みが差している。彼は満足感がこみあげてくるのを感じた。ようやくミス・ディンウッディの痛いところを突いたらしい。「でも、お金で愛情は買えないわ。ムッシュ・ラフィートは必要もないのに、わたしに絵を教えてくれたし、マドモアゼル・ラフィートも必要がないのに、わたしの好きな、薔薇水を使った小さなケーキを焼いてくれた。彼らがそうしたのは愛情からよ。わたしをいとしいと思ってくれたから」

ミス・ディンウッディにとっては重要なことなんだな？　そのふたりが、兄の金よりも彼女自身を愛してくれたということが？

「わかった、わかったから」エイサは手のひらを上に向けて言った。「きみの世話をした人たちを非難するつもりはなかったんだ」

「本当に？」ミス・ディンウッディはまだ目を細めたままだ。溝の中の汚物を見るような目でエイサをにらむ彼女は、威厳に満ちて堂々として見えた。「どうやらあなたは、なんでもお金に結びつけて考えるのが好きなようね」

彼は頭を傾けた。歯を食いしばりながらも怒りをあらわにはせず、ゆっくりした口調で言った。「いいか、ある種の人間にとって――ふんだんに金のある家に生まれなかった者にとって、人生のほとんどは金次第なんだ。いかにして金を手に入れるか、どうやったら金を失わずにいられるか、まともな暮らしを送るための金を稼ぐにはどうしたらいいか」

「わたしだって――」

「きみが？」厳しい声になる。よくもおれを批判できるものだ。「金が欲しいと思ったことなんてないだろう？　きみが何も考えなくとも、必要になればいつでもいくらでも、きみの兄さんが与えてくれるんだから。金がないことがどれほど絶望的か、そんな人間にわかると思うのか？」

ミス・ディンウッディはしばらく彼を見つめてから、口を開いて穏やかに尋ねた。

「では、あなたは何を知っているの？」

「どれだけ金を持っていて、どれだけ不足しているかで、おれという人間が判断されることを知っている。おれには名声も爵位も、劇場でみんなにはったりをかけて仕事をさせるほかはなんの才能もない。そんなやつを、財布の重さ以外にどうやって評価すればいい？」エイサはポーズが崩れるのも気に留めず、身を乗り出して彼女を注視した。「もし目の前に悪魔が現れたら、一〇〇〇ポンドとダイヤの靴の留め金ひとそろいと引き換えに、魂を売り渡してもいいと思えるときがあることも知っている」唇をゆがめ、長椅子の背にもたれて、ミス・ディンウッディから視線をそらす。「金が好きだからといって、おれに説教しないでくれ。ほかのやつらがおれに価値を見いだすのはそこなんだから」

沈黙が広がり、静かな部屋の中でエイサがつばをのみ込む音がはっきりと聞こえた。

「お金がないせいで、あなたを低く評価したのは誰なの？」

一瞬エイサの目の前に、美しくて不実なひとつの顔が浮かんだ。だが、あれは一〇年も前のことで、彼はそのひどい女の名前も思い出さないようにしていた。ミス・ディンウッディに向き直った彼はもとどおりの皮肉な笑みをたたえ、挑むように彼女を見つめた。

「そうしないやつがいると思うか？」

ミス・ディンウッディが考え込みながら彼を見る。「わたしは違うわ」

「へえ、そうか？」エイサは小さくうなった。警告をこめて。ほかの人間に礼儀として嘘をつかれても耐えられるが、どういうわけか相手が彼女の場合は我慢できなかった。「おれに金がないから、きみに資金を管理されて、こうしてこの部屋で座るはめになっているんじゃないか」

ミス・ディンウッディはそれでも引きさがらなかった。「わたしはあなたの資金を管理しているわ。でも、あなたを管理しているわけじゃない。それに、ミスター・ハート、あなたが世界じゅうの富を手にしているとしても、あるいはまったくの無一文だとしても、わたしがあなたに好感を抱かないのは同じだと思う」

エイサは彼女をにらんでいたが、やがて首をのけぞらせて大声で笑いだした。これでこそミス・ディンウッディだ！　これこそ彼がようやく理解しはじめた、ハーピーのあるべき姿なのだ。しばらくのあいだ彼はこらえきれずに笑っていたが、やっと自制できるようになると、目尻にたまった涙をぬぐって言った。「なんてこった、ミス・ディンウッディ。かわいらしい唇から出るいくつものやさしい嘘より、きみの辛辣な物言いのほうが好ましく感じられるなんて」

率直な言葉を投げかけられて気を悪くするに違いないと予想していたにもかかわらず、エイサが視線を向けると彼女は満足げに小さな笑みを浮かべていた。

だが、それもすぐに消えてしまう。「ええと、もう一度ポーズを取ってもらえるかしら？」

「喜んで」彼はゆっくりと答え、先ほどまでと同じように顎を引いた。

その格好で、眉の下からミス・ディンウッディを眺める。彼女はふたたびスケッチに没頭しはじめた。視線がエイサの額から鼻へ、顎へ、さらには口へと動いていく。かがみ込んですばやく描き続けていたが、顔をあげ、挑むように彼の視線をとらえた。鼻孔をわずかに広げ、やわらかそうな唇に歯を立て、青い目をすがめてエイサをじっと見つめる。あからさまに、精密に、大胆に分析を試みるそのまなざしは、性的な魅力さえ感じさせた。

エイサは下腹部が反応するのを意識して、ミス・ディンウッディの視線を受け止めたまま、さらに脚を広げて尋ねた。自分の声が胸にやわらかく絡まるのがわかる。「きみにはおれがどう見える？」

わたしに彼がどう見えているか？

イブは息を吸い込んだ。視線をそらそうと試みても、どうしても彼から目が離せない。

彼女の華奢な長椅子に手足を伸ばして座るミスター・ハートは、まるでキリスト教会を襲撃したバイキングの略奪者のようだ。広い肩が長椅子の幅の半分以上を占め、両腕を気だるげに背もたれにかけている。前を開いた緋色の上着は、落ち着きのある灰色がかった青いクッションと強烈な対比をなしていた。長い脚の片方を体の真ん前に投げ出し、曲げたもう片方の脚のブーツを履いた踵《かかと》を上にのせている。そのポーズだと、腿の付け根のあたりがかなり……あらわになって、視線を向けまいとしていても、イブは頬が熱くなるのをこらえきれなかった。

わたしの目には何が映っているのだろう？

激しさと怒りが、それほど強固ではない自制心で抑えられている。その気になればイブを傷つけられる――殺すことも可能な――強い力が見える。どんな男性も多かれ少なかれ生まれつき持っているであろう、野蛮な部分も。

彼女がもっとも恐れているものが見えるのだ。

しかし、これは本当にいままでにないことなのだが、ミスター・ハートについてはさらに多くが見えた。心を――彼女の心を――引きつけるものが見える。魅了すると同時に怖くなる誘惑だ。ミスター・ハートから漂う強烈な男らしさが、目に見えるのではないかと思うほど濃厚に感じられた。

彼が欲しい。自信たっぷりなあの視線を、長くたくましい腿を、からかって無礼なことを言う口を、そして広く大きく、筋肉が隆々としてひどく男っぽい肩を、自分のものにしたかった。

正気とは思えない。頭ではわかっている。これまで男性を欲しいと思ったことは一度もなかった。それどころか、ほとんどすべての男性が怖いのだ。あからさまな性的魅力に満ちた男性は言うまでもなく。

イブは息を吸い、心の内をミスター・ハートに読み取られないことを願ったが、それは無駄だと気づいてもいた。なかば閉じられた緑色の瞳はあまりにも鋭い。

「わたしには……」彼女は口ごもり、突如として乾いてしまった唇を湿らせた。「わたしには、あなたの髪の生え際が額の上でほぼ完璧な弧を描いているのが見えるわ。眉の端がわずかにあがっているのと、右の眉を横切る傷跡が見える。あなたが真面目な顔をしているときは、唇の外側の端は目との中間点あたりまで達しているけれど、あなたが笑うと、もっと上にあがる。顎は古代ギリシアやローマの彫像のように釣りあいが取れていて、真ん中から少し右寄りに、読点《コンマ》の形の小さな白い傷跡が見える」ようやくミスター・ハートから視線をそらしたときには、イブの息遣いは荒くなっていた。画家の目で見た印象を伝えたが、彼の質問をうまくかわせていないとわかった。もう一度息を吸って締めくくる。「顔のしわが見えるわ。どこで交わって、どんなふうにつながっているか、すべて見える。あなたはわたしの目に、こんなふうに見えているの」

「それで全部なのか？　しわだって？」ミスター・ハートの声は低く、面白がっているようだ。

イブは彼をちらりとうかがった。

ミスター・ハートはまだ彼女を見つめていた。イブに顔を観察されても、まったく動じていない。

だめだわ。この人をごまかすことはできない。

彼女はふたたび唇を湿らせて時間を稼いだ。「わたしには」慎重に用心しながら言う。「自分自身をよく知っている男性が見えるわ」

「自分自身をよく知っている」ミスター・ハートがゆっくりと繰り返した。「率直なところ、どういう意味か、よくわからないな。なんだか臆病者の答えに聞こえる」

イブは憤慨して彼を見た。

けれども彼女がきつい言葉で反論する前に、ミスター・ハートはくすくす笑いだした。「なあ、ミス・ディンウッディ、おれにきみがどう見えているか知りたいか？」

知りたいわけがない。絶対に知りたくない。

「ええ」なのに、そう口走っていた。すぐさま後悔して顔をしかめる。男性が彼女をどう見ているか、じゅうぶんすぎるほどわかっているのだ。慈悲深い人なら〝ふつう〟と言うだろう。そうでない人なら〝不器量〟だと。

イブは冷笑されることを覚悟して身構えていた。けれども顔をあげて見たミスター・ハートのまなざしは、熱く激しかった。けっしてやさしくない。思いやりがあるわけでもない。だが、彼はイブを拒絶してもいなかった。

まるで自分と釣りあう相手であるかのようにイブを見ている。本当に彼女自身を、男である彼に対して、女として見ているかのように。

「おれには」ミスター・ハートが物思いにふけるように低い声で言った。「おびえているが、恐怖と懸命に闘っている女性が見える。女王然としてふるまう女性だ。おそらく、われわれみんなを従わせることのできる女性」

イブは彼をじっと見つめた。うまく呼吸ができない。息を吐いて、この魔法が解けてしまうのが怖かった。

ミスター・ハートの口の端が、いたずらっぽい笑みをたたえて持ちあがる。

「それから、好奇心の強い女性の姿も見える。知りたくてたまらないのに怖いんだ——自分自身を恐れているのか？　それとも他人を？」彼はかぶりを振った。「おれにはわからない」ポーズを崩して、ゆっくりと身を乗り出す。イブは椅子を押しさげて彼から離れたい衝動と闘わなければならなかった。「だが、彼女の内側には火が燃えている。いまは暗闇で輝く、ただの燃えさしかもしれない。でも、その上で火打ち石を打ち鳴らせば……」彼の顔に笑みが浮かんだ。危険な笑みが。「大火となって燃え盛るだろう」

イブの呼吸は完全に止まり、雄猫に襲いかかられる寸前の小鳥のように逃げ出すこともできずに、ミスター・ハートを見つめていた。わたしが？　大火？　想像するだけで体が熱くなる。

「わたし……」自分がどこにいるかもわからなくなって、彼女はスケッチブックに視線を落とした。「わたし……」

そのとき、ジャン・マリーが部屋に入ってきた。「モナミ？　二時になったら知らせるようにとのことでしたが」彼は足を止め、けげんそうに眉を寄せてイブとミスター・ハートを交互に見た。

「ええ、ありがとう、ジャン・マリー」彼女は息を弾ませて言った。落胆で胸がちくりと痛む。スケッチをしていて気づまりな雰囲気になったときのために、予防手段のひとつとして、二時に様子を見に来るよう前もってジャン・マリーに指示しておいたのだ。

たしかに雰囲気は変わった。彼女の予想とは違っていたけれど。

ミスター・ハートがため息をつく。「もう二時なら、おれもそろそろ帰らないと。ボンドストリートへ行かなきゃならないんだ」

「そうなの？」イブは好奇心を抑えられなかった。

彼はうなずいて立ちあがった。「劇場用のシャンデリアを買うんだ」

それを聞いたとたん、彼女は衝動的に決断を下していた。「それなら、わたしも一緒に行くわ」

エイサは目をしばたたいた。「なんだって？」

ミス・ディンウッディは落ち着き払って微笑んでいる。彼の言葉だけで顔を赤らめていた女性はどこへ行った？　公爵の代理人を務める淑女という殻の中に、すっかり姿を消してしまったようだ。

「兄の馬車で行きましょうか？　たぶん今朝借りたまま、廏舎《きゅうしゃ》の中に置いてあると思うの」

もちろん、彼女は馬車を使うのだろう。エイサは馬すら持っていない。

彼は顔をしかめた。認めるのは妙な気分だが、実のところエイサはモデルを務めることを楽しんでいた。しかし子どもではあるまいし、劇場の照明を調達するために彼女に付き添ってもらう必要は断じてない。「ただシャンデリアを選ぶだけだ。きっと退屈だぞ」

ミス・ディンウッディは哀れみのこもったまなざしで彼を見た。「ミスター・ハート、ボンドストリートでの買い物に退屈するなんて、絶対にありえないわ」

一〇分後、ミス・ディンウッディと従僕とともに屋敷の前に立ち、角を曲がって近づいてくる馬車を眺めながら、エイサは彼女の言葉どおり、面白くなりそうだと考えていた。

馬車が止まると即座にドアに手をかけ、ミス・ディンウッディのために開ける。

おかげでエイサはジャン・マリーからにらまれてしまった。彼は不機嫌そうに唇をすぼめ、女主人の背後にまわった。

「ありがとう」座席に腰をおろしたミス・ディンウッディが言う。

「どういたしまして」エイサは小声で応え、自分も座った。ジャン・マリーをちらりとうかがってから、無難な話題を選ぶ。「それで、フランス語とドイツ語の話の続きだが、ほかにはその学校で何を学んだんだ？」

彼女が肩をすくめた。「ダンスに刺繍《ししゅう》に、数学と古典文学を少し。それから地理を多少かじったわ。残念ながら、役立つことは何もないの。ほかの女の子たちはたいてい、いい結婚をする準備のために、その学校で学んでいたから」

エイサはより快適な体勢になるよう座り直した。どうせなら、馬車での移動を楽しむほうがいい。「でも、きみは違った？」

「なんですって？」

「結婚するつもりはなかったのか？」

沈黙が広がり、ジャン・マリーが横目でエイサをにらんだものの、彼が何を言いたいのかはよくわからなかった。

ミス・ディンウッディが唇をすぼめて膝を見おろす。「ええ、なかったわ」

それはいささか妙な話だった。彼女は婚外子かもしれないが、公爵の娘には変わりないのだ。本人が望めば、かなり立派な相手と結婚できるだろう。とりわけ、モンゴメリーが喜んで持参金を出すに違いないのだから。

「あなたは？」ミス・ディンウッディの声に、エイサは物思いからわれに返った。

「失礼、なんだって？」

彼女が首をかしげる。「どんなふうに教育を受けたの？」

「自宅で」それ以上、詳しく説明するつもりはなかった。けれどもミス・ディンウッディがかたくなに口を閉ざしているからといって、彼も同じようにしなければならないわけではない。エイサは肩をすくめてつけ加えた。「きょうだいたちと一緒に」

それを聞いて、ミス・ディンウッディは驚いたようだ。「家族がいるの?」

彼はにやりとした。「おれは人間から生まれたんじゃなくて、三〇年ほど前に岩の下から這い出てきたと思っていたのか? 女きょうだいが三人と男きょうだいがふたりいる」

「そうなの?」どういうわけか、彼女は興味津々な様子で眉をあげ、身を乗り出してきた。「大家族の中で暮らすというのはどんな感じか、昔から気になっていたのよ」

エイサは眉をひそめた。最後に兄のコンコードと会ったときのことを思い出したのだ。お互いに罵りあって終わった。コンはなぜか、神を冒瀆《ぼうとく》する言動なしに罵りあいができるのだが、エイサにそれは無理だった。

「全体的に、得るもの以上に苦労が多いよ」

ミス・ディンウッディは困惑顔だ。「どういう意味?」

彼はため息をついた。「家族には決まり事があるし、期待もされる。とくにうちの家族はね。だがそのどちらも、おれはうまく対処できたためしがない」口の端を持ちあげて陰気に笑う。エイサはメークピース家のほかの面々と、心から通じあったことが一度もなかった。スズメの巣に間借りするカッコウみたいな存在なのだ。「だから、できるだけ避けておくほうが楽だとわかった」

ミス・ディンウッディが息をのんだ。「家族を避けるの? まったく顔を合わせないというの？」

エイサの笑みが広がる。「避けられるものなら」

「では、あなたは家族を愛していないのね」彼女が妙にきっぱりとした口調で言った。

「そうは言ってない」エイサはぼそりと言い、窓の外に目を向けた。ロンドンの通りは混みあっていて、馬車はひどくゆっくりと進んでいる。

ミス・ディンウッディはしばらく黙っていたが、やがて口を開いた。「決まり事にあまり従わないあなたは想像できるけれど、家族の期待には応えているんじゃないかしら。あなたが大きな成功をおさめていると、ご家族も認めているでしょうに」

エイサは一笑に付した。彼女は知らないのだ。ちらりとうかがうと、ミス・ディンウッディとジャン・マリーがそろって彼を見つめていた。「おれの家族はあまり……その……劇場に興味がないんだ」

「だけど、あなたはハート家の庭園の所有者なのよ」彼女の口調は憤慨しているように聞こえる。「焼け落ちてしまうまで、あなたの庭園は大勢の人々を魅了していた。ご家族はあなたを誇りに思うはずだわ」

生きている父と最後に会ったとき、父がエイサに感じていたのは誇りではなかった。エイサは頭を振って、その記憶を脇に追いやった。「ハート家の庭園で金をもうけられるようになるまで、休みなく働いても数年かかった。その頃までに、おれは全財産を庭園に注ぎ込んでいたんだ。うちの家族はいまでも、おれが苦労してると思っている――まあ、庭園が火事で焼けて、たしかに現在はそのとおりなんだが」

「思っている？」ミス・ディンウッディがふたたび彼を凝視した。「最後にご両親と会って話したのはいつ？」

「ふたりとも亡くなったよ。母親はおれが一五のときに、父親は五年前に」

「そのときにハート家の庭園を受け継いだの？」

「えっ？」あのいかめしい父が、劇場のように軽薄なものに関わることを考えると、おかしくなって笑みが浮かんだ。そんなふうに想像されるだけでも、ジョサイア・メークピースはきっと憤慨して、墓の中で転げまわっているだろう。「いや、さっきも言ったが、うちの家族は劇場に――娯楽用の庭園というものに不快感を示すんだ」

「では、あなたはどういう経緯でハート家の庭園の所有者になったの？」

「ああ、それなら」エイサは首のうしろをかいた。「ふだんは人に言わないんだが、きみは出資者だから――少なくとも主要な出資者の妹ではあることだし、まあ、いいか。スタンリー・ギルピン卿から、たまたま遺産としてもらったんだよ。彼はうちの父親と仲がよかった」

「本当に？」ミス・ディンウッディは彼の答えにすっかり興味を引かれたらしい。「あの庭園を遺《のこ》すなんて、あなたのことをとても気に入っていたのね」

「そうだと思う」エイサは言った。「スタンリー卿と父には共通点がほとんどない。うちの父親は死ぬまでずっと、ビールの醸造ひと筋で働いていたし、スタンリー卿はほどほどに裕福で、劇場に関わるのが好きだった。彼は若い頃にハート家の庭園を買って、長年かけて断続的に手を入れていたんだ。おれは一七くらいから、機会を見つけてはこっそり家を抜け出して、劇場をうろついていた。父親はおれがどこへ出かけているか知ると、いい顔をしなかった」〝いい顔をしなかった〟というのは、かなり控えめな表現だ。

「だけどスタンリー卿と親しいなら……」懸命に理解しようとしているのか、ミス・ディンウッディが眉を寄せた。

エイサは首を横に振った。「スタンリー卿への友情に偽りはなかったんだろうが、同時にうちの父は彼のことを罪深いと思っていたんだ。劇場への出入りを父に見つかったとき、おれは一九歳になっていた。そして父に、スタンリー卿の劇場で働きたいと告げたんだ。でも、認められなかったよ」エイサはいったん言葉を切って、つばをのみ込んだ。父が怒鳴った言葉を思い出したのだ。

自分が叫び返した言葉も。

かぶりを振って続ける。「スタンリー卿はおれを受け入れてくれた。彼には家族がいなかったんだ。親切にしてくれて、劇場やオペラや娯楽用の庭園の経営に関して、自分が知っていることをすべて教えてくれた。何年もかけて、おれは少しずついろいろなことを任されるようになった」まるで子どものように劇場に夢中になっていたスタンリー卿の姿がよみがえり、エイサはしばらく窓の外を見つめた。

「彼のことがとても好きだったみたいね」ミス・ディンウッディが静かに口を開いた。

「父親のように愛していたよ。だから、彼がおれにハート家の庭園を遺してくれたと知ったとき、この世で一番すばらしい場所にしようと誓ったんだ」

「つまりあなたは一七歳のときから、あの庭園のために骨折ってきたのね」スカイブルーの目が細められ、思いやり深くエイサを見つめる。「一〇年以上になるのかしら？」

「ああ。おれは三四で、大人になってからずっと、あの庭園で働いている」

ミス・ディンウッディが物思いに沈んだ表情で、ゆっくりとうなずいた。

「ひとつだけ、わからないことがあるの」

「なんだ？」

「それは」ボンドストリートに近づき、馬車が止まった。「スタンリー卿の姓がギルピンなら、どうして受け継ぐ前からハート家の庭園に、あなたの名前がついていたのかしら？」


イブは好奇心に駆られてミスター・ハートの様子をうかがった。最初に思っていたより、ずっと複雑な人のようだ。そしてイブは、彼をもっと知りたいと考えている自分に気づいた。何があって現在の彼ができあがったのか、危険な悪党のような外見の下に何があるのか、もっと知りたい。

ミスター・ハートの口元がゆがみ、彼はイブから顔をそむけてしまった。

「ああ、そのことか。全部正直に打ち明けると……」

「ええ、お願い」冷ややかに促した。「わたしは正直なのが好きよ」

隣でジャン・マリーが小さく鼻を鳴らし、ミスター・ハートが彼をにらみつけた。

「おれの名前はハートじゃない」

とたんに脈が跳ねあがったが、イブは眉をあげて続きを待ち構えた。ミスター・ハートについて――本当の彼が何者であれ――情報を得られると思うとわくわくした。

「本名はエイサ・メークピース」それを聞いて、彼女は目をしばたたいた。

エイサ。彼にぴったりの名前だ。自分でも気づいていなかったが、イブは彼の洗礼名が気になっていたらしい。それがいま判明し、まぎれもない満足感がこみあげてくる。エイサ。エイサ・メークピース。その名前で彼に呼びかけることができないのが残念だ。

そのとき、ふとあることに気づいて、イブは目を見開いた。「メークピース。〈恵まれない赤子と捨て子のための家〉の責任者の名前だわ。〝〈恵まれない赤子と捨て子のための家〉を支える女性たちの会〟の集まりに参加したとき、そこで彼と奥様に会ったの」

彼がうなずく。「ウィンターは弟だ。じゃあ、あの孤児院に行ったんだな?」

「ええ」誇れる状況ではなかったけれど、たしかに行ったことはある。

幸いなことに、そのとき馬車のドアが開けられ、それ以上の説明はまぬがれた。

イブは席を立ち、馬車付きの従僕の手を借りて外へ出た。ほかのふたりがおりるのを待って尋ねる。「庭園に自分の名をつけたのではなくて、あなたが庭園から名前をもらったのね?」

ミスター・メークピースはすぐに返事をせず、彼女に腕を差し出した。

興味をかきたてられ、イブは彼をちらりと見た。

険しい顔をしている。「おれと父親が……仲たがいしたとき、今後も劇場の仕事を続けるつもりなら家族の名前は使ってほしくないと、はっきり言われたんだ」

彼女は鋭く息をのんだ。どうやら〝仲たがい〟というのは、父親から勘当されたも同然の状況のことらしい。ミスター・メークピースは誇り高い男性だ。初めて顔を合わせたときにわかった。自らの名前を名乗ることを父親に禁じられて、彼はどんな気持ちになっただろう？　そう考えたとたん、イブの胸に感情がほとばしった。それは……哀れみではなかった。ミスター・メークピースは人から哀れまれるような男性ではないのだから。もしかすると共感かもしれない。

「そう」差し出された彼の腕に目を留める。いつもなら、バルかジャン・マリーにしか触れさせないのだけれど。

だが思いきってミスター・メークピースの袖に指先を置くと、とても大胆な気持ちになった。

彼はイブの迷いに気づかなかったらしく、そのままボンドストリートを進みはじめた。よく晴れた日で、ミスター・メークピースの隣を歩くうちに彼女の気分も高揚してきた。ジャン・マリーはすぐうしろの、必要になればすぐ助けに駆けつけられる位置にいる。

「どこへ向かっているの？」イブは尋ねた。

ボンドストリートでは、その気になれば、そして財力があれば、ほとんどなんでも買うことができる。文房具から家具、レースや煙草に至るまで、ありとあらゆるものが手に入るのだ。世界じゅうの品物がロンドンの港に集まり、そのあとここで売りに出される。通りにはずらりと店が立ち並び、それぞれが店先にテーブルを置いて品物を陳列していた。しかし、ボンドストリートは商取引をするだけの場所ではない。さまざまな人々が通りを散策しながら商品を吟味したり、立ち止まっておしゃべりしたり、注目を浴びるために気取って歩いたりしている。

「〈ソープズ〉だ」ミスター・メークピースは答え、イブのために水たまりを避けて進んだ。

「燭台《しょくだい》などを売っているお店？」

「ああ。舞台用に照明を用意しなければならないんだ。頭上に大きなシャンデリアが欲しいと考えている。壁に取りつける燭台と、床に置く背の高い燭台も数が必要だ」

うなずいたところで、イブはひもにつながれたふわふわした毛の小型犬が近づいてくることに気づき、体をこわばらせた。本能的に足が止まってしまう。

ミスター・メークピースはその犬をちらりと見てからイブに視線を移すと、犬が彼女の視界に入らずふたりの背後を通るように、巧みに彼女の向きを変えさせた。

イブは安堵のため息をついたものの、恥ずかしさと、自分に対するいらだちを感じずにはいられなかった。なんと愚かな恐怖心だろう！　頭ではわかっているのだけれど、特定の状況に直面すると、体が勝手に反応してしまう。

彼女の考えを読んだかのように、ミスター・メークピースが身をかがめ、耳のすぐそばで言った。「どんな犬でも?」

イブはぎこちなくうなずいた。森を思わせる、彼のさわやかな香りに気づく。石けんのにおいだろうか? 「犬は全部。大きい犬はとくに」

ミスター・メークピースは何も言わずに体を起こしたが、彼の腕に置いた彼女の手を上から包み込み、ぎゅっと握りしめた。なんでもないその接触が、自分の腕を伝ってまっすぐ体の中心へ届いたような気がして、彼女は落ち着いた表情を保つのに苦労した。

「ここだ」それからしばらく歩いたあと、ミスター・メークピースが言った。

凝った黒い文字で〈ソープズ〉と店名が書かれた看板が頭上で揺れている。店先に置かれたふたつの台には、あらゆる種類のろうそくが置かれていた。店に窓はなく、ミスター・メークピースが開けてくれたドアから中に入ると、そこは大きな展示場になっていた。床から天井まで、何千というろうそくや燭台、つりさげ式のシャンデリア、壁掛け用の燭台などが飾られ、その多くに明かりが灯されていて、部屋じゅうがまばゆいばかりに明るく照らし出されている。

何百ものろうそくが放つ熱を頬に感じたイブは、立ち止まってあたりを見まわした。一方ミスター・メークピースは、部屋の中央までどんどん歩いていく。彼は円を描くように一回転しながら頭の上に設置された照明を吟味していたが、店内で一番大きいシャンデリアを指差して言った。「あれだ。あれが欲しい」

「とても値段が高そうね」イブは渦巻模様の装飾や、無数にぶらさがっている雫《しずく》形のクリスタルを、目を細くして眺めた。全体に金メッキが施されているようだ。「あれはどうかしら?」もう少し小さく、クリスタルの数もはるかに少ない、真鍮製のシャンデリアを示す。

「だめだ」いらだちをあらわにして、ミスター・メークピースがはねつけた。

イブは怒る男性から離れたいという本能的な衝動を懸命に抑えつけ、その場にとどまった。

「そうなの? わけを説明してちょうだい」拒否されそうだと感じ、指先で彼の腕にそっと触れてつけ加える。「お願いよ。わたしは理解したいの」

ミスター・メークピースは目を閉じてしばらく考えてから、彼女が選んだシャンデリアを指した。「ろうそくの数を見てくれ。おそらく大きいほうの半分しかない」次に自分の選んだシャンデリアに向き直る。「これはろうそく立てだけでなく、ろうそくの明かりを反射するクリスタルの数も多い」彼はイブに目を向けた。「劇場の照明はとても重要なんだ。舞台や俳優がよく見えなければ、観客は出し物を楽しめず、二度と訪れないだろう」

その懸念はもっともだと認めざるをえず、イブはちらりと彼をうかがった。

彼女の表情を読んだに違いない。ミスター・メークピースが苦笑いをして言った。

「一番値段が高いという理由だけで、おれがあれを選んだと思ったんだな」

「そうかもしれないわ」イブは咳払いした。「では、あなたが重要視しているのは明かりであって、金色かどうかではないのね?」

彼が目を細める。「当然ながら、シャンデリアの外観も立派なものでなくてはならない」

「でも、設置されるのは観客の頭のずっと上よ」ミスター・メークピースが気に入ったシャンデリアを、イブは注意深く観察した。「これと同じものを、金メッキなしの真鍮で作ってもらうというのはどうかしら。クリスタルは全部つけて。上からつるせば、ほとんどの観客には違いがわからないと思うわ」そっと彼を見る。「それでも金額はかなり抑えられるはず。わかるでしょう？」

「ああ」ミスター・メークピースがゆっくりと答えた。「ああ、わかるよ」

賞賛をこめた視線を向けられて、イブは頬が熱くなるのを感じた。彼の笑みが大きく広がり、自分が赤面しているのを確信する。すべてお見通しだと言わんばかりの緑色の瞳は親密で、彼から目をそらせなかった。

「お手伝いいたしましょうか？」

その声ではっとわれに返り、イブは目をしばたたいた。男性の店員が彼女を完全に無視して、ミスター・メークピースの前でお辞儀をしている。財布のひもを握っているのが彼女のほうだと知れば、この店員はなんと言うだろう？

イブが見ていると、ミスター・メークピースはシャンデリアの注文について店員に質問した。値段や納期の交渉が始まり、彼の顔に笑みが浮かんだ。かつて彼女に用いたあの笑みが、今度は店員に狙いを定めて。

彼女は顔をそむけた。あの微笑みがわたしだけのものでないからといって、がっかりしては――傷つきそうになっては――いけない。ミスター・メークピースが人を魅了する人間だということを忘れてはいけない。歌手であろうと、作曲家であろうと、店員であろうと、わたしであろうと、他人を説得して思いどおりに動かすことを生業にしている人間だと忘れてはいけない。こちらへ向けられる微笑みに深い意味はないのだから、当惑する必要もない。特別な興味を持たれていると思ってはならない。

自分の外見に魅力がないのはわかっている。たいていの紳士にとっては、内気で地味すぎることもよくわかっている。イブは大きく息を吸った。だいたい、それのどこが問題だというの？ ありそうもないけれど、たとえどこかの紳士に興味を持たれたとしても、わたしはちゃんと応えられないのよ。

自分はそういうことに向いていないと、ずっと以前に悟っている。

「何を考えているんだ？」ミスター・メークピースの低い声が、陰鬱な思いからイブを現実に引き戻した。

顔をあげると、またあの笑みが目に入った。温かく、誘いかけるような笑み。勘違いしないよう自分に言い聞かせるのは、とても難しかった。彼は誰に対しても惜しみなく、この笑みを向けるというのに。

「真鍮製にしたとしても、やはりシャンデリアは高価すぎると考えていたのよ」ゆっくりと言った。「だけど劇場には絶対に必要だとあなたが思うなら、買えばいいわ」

ミスター・メークピースの唇が持ちあがってえくぼが現れ、瞳にやわらかな光が宿った。エイサ・メークピースはハンサムな男性ではない。今日の午後、スケッチするために彼の本質的な魅力をとらえようとして、イブはそのことに気づいた。紙の上で彼を表現するのは、いらだたしいほどに難しかった。彼は身振り手振りを使って話すときにこそ生き生きするのだと発見したからだ。ミスター・メークピースは活力にあふれた行動の人で、彼が動き、微笑むと、抵抗するのは不可能に近くなる。

それでも、わたしは彼の魅力に抗《あらが》わなければ。

イブの表情に何かが、もしかすると内心の葛藤が現れていたに違いない。彼の表情も真面目なものになり、圧倒的な力を持つ微笑みが揺らいだ。ミスター・メークピースが彼女に近づいて言った。「ミス・ディンウッディ？　イブ？　問題でも？」

なんと答えていいのか、どうしてもわからない。

だから背後から覚えのある声が聞こえてきて、イブは安堵した。「イブ・ディンウッディ？ここにいるの？」

振り返った彼女の気分は、まったく異なる理由から急降下した。そこにいたのがウェークフィールド公爵の末の妹、レディ・フィービーだったからだ。

兄のバルがひどい目に遭わせた女性。

胃の中がかきまぜられるようで落ち着かない。イブは指で光るオパールの指輪を見おろし、それから顔をあげて言った。「レディ・フィービー……わたし……お許しください、奥様。今日、ボンドストリートへいらっしゃるとは知らなかったんです」

ミスター・メークピースがイブの腕を取った。彼がこの場にいてくれて本当によかった。

レディ・フィービーは小柄でふっくらとして、とてもかわいらしい。ウエストのあたりがふくらんでいるようだ。まだ小さいけれど、見間違いではないだろう。彼女は自分より背が高く、いかめしい顔つきの男性の腕に手をかけていた。男性は黒い髪をうしろできっちりと一本に編み、もう一方の手に杖を握っている。

レディ・フィービーが浮かべていた愛敬のある笑みが、イブの言葉を聞いて揺らぎ、少し傷ついたような顔になった。「あなたはわたしを避けているのかしら、ミス・ディンウッディ？　この夏に何が起こったにせよ、あなたを許す必要があるとは思わないわ」

「本当に？」無遠慮で率直すぎる口のきき方だとわかっていても、自分を抑えられなかった。バルがしたことに気づいたとき、イブは申し訳なくてたまらない気分になったのだ。その最悪の夜以来、レディ・フィービーと顔を合わせるのはこれが初めてだった。「わたしの兄はあなたに、途方もなく不道徳なことをしようとしたんです」

「それはあなたのお兄様であって、あなたじゃないわ、ミス・ディンウッディ」レディ・フィービーがやさしく言う。「ねえ、自分自身ではなくて兄弟がどんな人物かでみんなが判断されるとしたら、わたしたちはどうしていいかわからなくなるわ」

「わたし……」こみあげてくる涙で目がちくちくする。こんなふうにやさしくしてもらえるとは思ってもいなかった。「ありがとうございます、奥様」

「お願いよ」レディ・フィービーが手を差し出す。イブはその手を取った。ほかに選択肢があるだろうか？　「どうか、わたしのことはフィービーと呼んで」

「まあ、わたし――」

「それと、来週の〝〈恵まれない赤子と捨て子のための家〉を支える女性たちの会〟の集まりでお会いできることを願っているわ。姉のヘロがご招待したはずよ。たしかにそう言っていたもの。ほかの集まりは欠席なさったようだけれど」

イブの頰が赤くなった。「その……うかがっていいものかどうか、わからなくて……」

「わたしにはわかるわ」レディ・フィービーが穏やかに言った。「ぜひいらっしゃってちょうだい」

途方に暮れたイブがミスター・メークピースをちらりとうかがうと、彼は前に進み出て、ふたりに話しかけた。「奥様、それにトレビロン大尉。いまはコーンウォールで暮らしていると聞いたが」

「そうなんだ」トレビロン大尉がかたわらの妻を見おろす。イブが驚いたことに、彼のまなざしがやわらかくなった。「わたしたちふたりともね。父が馬を売るというので、妻とわたしは手伝うためにロンドンへ来ているんだよ。フィービー、ハート家の庭園のミスター・ハートを覚えているだろう？　彼とミス・ディンウッディと、おそらくミス・ディンウッディの従僕がここにいる」

レディ・フィービーの盲目の目がイブの肩先に向けられた。「またお会いできてうれしいわ、ミスター・ハート。あなたの庭園の修復はどうなっているのかしら？　あの劇場が恋しくて仕方がないの」

相手には見えないにもかかわらず、ミスター・メークピースは慇懃《いんぎん》にお辞儀をして言った。

「着実に進んでいますよ。ひと月足らずのうちには再開したいと思っています。そのときにはいらしてくださいますね？」

レディ・フィービーが夫に向き直った。「どう思う、ジョナサン？　アグネスを連れて、二週間ほど来られないかしら？」ふたたび頭をめぐらせて言う。「夫の姪は劇場に行ったことがないの」

「それならぜひとも、再開初日の夜に来ていただかなければ」ミスター・メークピースが言った。「ウェークフィールド公爵のお屋敷に、みなさんの分の招待券をお送りしておきましょう」

「まあ、ありがとう！」レディ・フィービーは上品に頬を紅潮させた。「なんてご親切なんでしょう、ミスター・ハート」

「どういたしまして」

「ありがとう、ハート」トレビロン大尉がうなずく。「ミス・ディンウッディ。そろそろ失礼しなければ。妻は彼女の姉とお茶の約束をしているんです。遅れたら、わたしが困った立場に立たされる」

ミスター・メークピースがもう一度頭をさげ、イブは膝を折ってお辞儀をして、ふたりに別れの挨拶をした。新婚の夫と店を出ていくレディ・フィービーを目で追う。バルの犯した罪で彼女に責められていないとわかってほっとした。レディ・フィービーは本当にいい人だ。

そんなことを考えていたせいで、ミスター・メークピースを振り返ったイブの口元には笑みが浮かんでいた。

だが、彼のほうは不審そうにイブを見ている。「いったいモンゴメリー公爵はレディ・フィービーに何をしたんだ？」

5

一七歳の誕生日を迎えたその日、乳母はダブの手を取って言いました。「今夜、王様はともに食事をするためにあなたをお呼びになるでしょう。王様が何をなさっても、何をおっしゃっても、けっして目をそらしてはなりません」と……。

『ライオンとダブ』


ミス・ディンウッディは不安げに店の中を見まわしてから、ささやくように言った。

「声を低めて」

エイサは片方の眉をあげ、わざと同じ大きさの声で続けた。「質問に答える気はあるのか？」

彼女は無言で店の出入り口へ歩いていく。

エイサの胸に怒りがこみあげた。

彼は二歩でミス・ディンウッディと並んだ。だが、彼女の腕をつかむのはやめておいた。

ジャン・マリーがすぐうしろにいて、女主人に危険が及ばないか鋭い目で見張っているに違いないからだ。「無視されるのは嫌いなんだ」

「わたしは家族の問題を話すのが嫌いよ」店の外へ出ながら、彼女がぴしゃりと言い返した。「わたしの兄とレディ・フィービーのあいだに起こったことは、あなたになんの関係もないわ」

ミス・ディンウッディの言い分は筋が通っている。正しいと言っていいだろう。しかしエイサの中の何かが、これほどきっぱり押しのけられることに反発を覚えていた。彼女の家族や心配事に口を出す権利はないと告げられることに。

間に合っているからと無下に追い払われる、靴磨きの少年のような扱いを受けることに。

「モンゴメリー公爵の行動が庭園に影響を与えるとすれば、おれにも絶対に関係があるはずだ」自分の耳にも、偉そうな大ばか者の言い草に聞こえた。

彼女がため息をつく。「この問題は、あなたの大切な庭園とはまったく関係ないの。なぜ放っておいてくれないの？」

なぜだって？　興味があるからだ。引きさがるつもりはない。彼女が公爵の娘だとしても、無視されておとなしくしているつもりはなかった。ほかの女性たちは、平民だから、金がないからと言って彼を退けるかもしれないが、ミス・ディンウッディにそれをさせるつもりはない。

彼女には。

エイサは店先に立って噂話に興じるふたりの淑女をすばやくよけ、ふたたびミス・ディンウッディの隣に並んだ。「彼が襲ったのか?」

ミス・ディンウッディは急に足を止めて向き直る。「なんですって?」

今度はエイサが周囲の目を気にする番だった。ふたりは真っ昼間のボンドストリートに立っていて、大勢の人々が近くを行き交っているのだ。彼は頭を低くして、真剣なまなざしでミス・ディンウッディを見つめた。「聞こえたはずだ。きみの兄さんは、あのレディに危害を加えたのか?」

「違うわ!」いかにも貴族階級らしい冷たくそっけない表情に、エイサは叫びだしたくなるほどのいらだちを覚えた。「その話はしないと言ったはずよ」

しばらくのあいだ、彼はミス・ディンウッディをにらみつけていた。いまにも爆発しそうな激しい怒りがふつふつとわきあがっている。おそらくそれに気づいた彼女が目を見開いたが、エイサは背を向け、人込みをかき分けて進みはじめた。彼女をあとに残して。

「待って!」

ミス・ディンウッディの声を耳にして足が止まり、呼吸が速まった。

ぱたぱたという靴音がしたかと思うと、彼女がエイサの脇をまわって顔をのぞき込んできた。手をあげかけたものの、怖《お》じ気《け》づいたようにためらい、結局おろしてしまう。

ミス・ディンウッディが唇を嚙んで顔をそむけ、静かに口を開いた。「バルは彼女に危害を加えてはいない――少なくとも、あなたがほのめかしたような危害は。バルは女性に対して、絶対にそんなことはしないわ」エイサをにらむスカイブルーの目は、反論するなら受けて立つと言わんばかりに強い光をたたえている。「兄のことをそんなふうに考えるなんて、信じられない」

「真実を教えてもらえないのに、ほかにどう考えろというんだ？」彼はうなった。

「それでも、そんなことを考えるなんて。絶対にありえないわ」ミス・ディンウッディがささやく。その声を聞いたとたん、エイサは彼女を腕に引き寄せて慰めたくなった。

頭を振って、あたりを見まわす。「くそっ、馬車はどこだ？」

「こちらに」ジャン・マリーの不満げな低い声がした。

エイサはびくりとした。言い争っているうちに、どういうわけか彼の存在をすっかり忘れていたようだ。

ジャン・マリーは友好的とはほど遠い顔でエイサを見たが、女主人のほうを向いたとたんに表情をやわらげて言った。「さあ、大切な人《マ・シェリ》、お疲れのようですよ。馬車へ戻りましょう」

ミス・ディンウッディがため息をつく。「そうね」

彼らは歩きだし、エイサは重い足取りでうしろをついていった。結果的にその位置からだと、彼女の足首をかいま見る機会をふたたび得ることができたのだが。

五分後、ようやく馬車にたどりついて中に腰をおろしたエイサは、ミス・ディンウッディを見つめて強い口調で促した。「それで？」

向かいの席に座った彼女が、真剣な目で見つめ返してきた。「誰にも言わないで。この件は公にしないと、ウェークフィールド公爵が決めたの」

エイサは心臓のあたりに手のひらを当てて頭を傾け、ふざけた口調で言った。

「お約束いたします」

その皮肉めかした口調に、ミス・ディンウッディが口をとがらせる。

エイサは彼女から目をそらさずに続きを促した。

しぶしぶという様子で、ミス・ディンウッディが話しはじめた。「今年の夏、レディ・フィービーの誘拐未遂事件があったことを覚えているかしら？」

彼は片方の眉をあげた。「ああ」

噂話によると、レディ・フィービーを誘拐しようとする試みは何度かあったらしい。さらには、少なくとも一度は誘拐が成功し、レディ・フィービーは不本意ながら数日、あるいは数週間も身柄を拘束されていたという噂もあった。上流社会においてはとんでもない醜聞だ。レディ・フィービーは貴族の中でもとくに名門の家柄で、彼女の兄は富と権力をあわせ持つ人物なのだから。けれどもレディ・フィービーがトレビロン大尉と結婚すると、噂は急に途絶えた。

他人の幸せには誰も興味をそそられない、ということなのだろう。

馬車が揺れるにもかかわらず、ミス・ディンウッディはぴんと背筋を伸ばして座っている。

「誘拐したのはバルだったの。彼女に結婚を強制しようとして」

「なんだって？」まったく合点がいかない。「モンゴメリーは貴族で、おまけに裕福だ。レディ・フィービーに求婚したければ、わざわざ誘拐なんてする必要はないだろう？」

「自分が結婚するつもりはなかったの。兄がレディ・フィービーと結婚させたがっていたのは――」

そこで彼女は口ごもり、唇を引き結んでしまった。

だがエイサは話の続きよりも、モンゴメリーがそんな突飛な計画をくわだてたという衝撃的な事実のほうに気を取られていた。「いったいなぜ？」

ミス・ディンウッディは陰鬱な顔で肩をすくめた。「ウェークフィールド公爵にものすごく腹を立てていて、復讐《ふくしゅう》したかったみたい」

「彼の妹を誘拐して？」エイサは目を見開き、モンゴメリー公爵の思考回路をなんとか理解しようと努めた。「きみの兄さんは常軌を逸している」

「バルのことをそんなふうに言うなんてひどいわ」彼女が静かに言った。

声に出すつもりはなかったのだが、言ってしまった言葉は撤回できない。エイサは馬車の揺れにかまわず、ジャン・マリーの厳しい視線を無視して、さらには彼女の反感を買うようなことをするなと告げる頭の中の声も聞こえないふりをして、身を乗り出して言った。

「モンゴメリーは道徳心が欠如していて、頭がどうかしている」

ミス・ディンウッディが彼をにらみつけた。唇は頑固に閉じたままだ。

エイサは目を細めた。「どうして手を貸したんだ？」

「わたしの兄だからよ」

「だが彼のほうは、きみだろうが、ほかの誰だろうが、まったく気にかけていない」

「あなたにはわからないわ」張りあげず、むしろ低めた声のせいで、彼女の強い思いがよけいに伝わってくる。「わたしのことも、兄のことも、兄がわたしの人生にしてくれたことも、あなたは何も知らない。誰も知らないのよ」ミス・ディンウッディは震える息を吸った。「バルは明確な道徳心を持ちあわせていないかもしれない。身勝手で悪ふざけがすぎて、そうね、もしかすると常軌を逸しているのかもしれないわ。でも、わたしは愛しているの。この世でただひとりの家族なのよ。わたしが信頼できる唯一の人なの」

エイサはじっと彼女を見つめた。ミス・ディンウッディの言っていることは正しい。彼女のことも、彼女の過去も、兄との関係も、自分は知らない。それでいいのだ。

そうしておくべきなのだ。

彼は馬車に揺られながら窓の外を眺め、その事実を自らに納得させようとした。

「こんなふうにするのよ、アリス」ブリジットは精緻な装飾を施した銀製のカップの磨き方を実践してみせながら、メイドにやさしく――実に我慢強く――声をかけた。

「はい、ミセス・クラム」アリスは素直に従い、革の粗い面をカップに当てた。「でも、砂を使うほうが簡単じゃありませんか？」

「簡単でしょうね、たぶん」ブリジットは言った。「でも砂だと、何度もこすっているうちに銀や細工部分がすり減ってしまうの。だから、わたしたちは面倒でも革を使うのよ」

「はあ」アリスはかがみ込んでカップを磨きながら眉を寄せている。言われたことを理解しようと努力しているのだ。

ブリジットはメイドを見つめ、そっとため息をついた。すべてにおいて――指示も、仕事も、朝の準備でさえ――アリスに理解させるには、ほかのメイドたちより少し時間がかかる。最初から、ヘルメス・ハウスにはふさわしくないので辞めさせるべきだとわかっていたのだが、かわいそうに思えてできなかった。アリスのような娘がロンドンでちゃんとした仕事を見つけるのは難しいだろう。ヘルメス・ハウスでメイドの職を得られたのも、従僕のひとりのいとこだったからにすぎない。放っておけば、売春斡旋《あっせん》人の手に落ちてしまうのは目に見えている。やっぱりだめだわ。ブリジットは決心した。アリスを辞めさせるわけにはいかない。


そのせいで多少の面倒が増えるとしても。

ブリジットは、それでいいと言うようにメイドにうなずき――恥ずかしげな微笑みを返されて――食器室を出てドアを閉めた。裏手の細い廊下を進み、巨大な厨房に入る。料理人のミセス・ブラムが野菜を刻み、洗い物と掃除を担当する数名のスカラリーメイドたちが床を磨いていた。

「アガサ」ブリジットは、ちょうど厨房へやってきた上の階を担当するアッパーメイドのひとりに声をかけた。「音楽室の埃を払ってくれた?」

「はい、終えました」メイドは即座に答えた。アガサは四〇歳くらいのがっしりした女性で、あまり感情をあらわにせず、頼りになる。

「よかったわ。じゃあ、食器室で銀器を磨いているアリスを手伝ってやってちょうだい。それから、アガサ？」

「はい？」

まっすぐ彼女の目を見る。「食器室のものはすべて数えて記録を取ってあるの。何もならないよう気をつけて」

アガサが音を立ててつばをのみ込んだ。「かしこまりました」

ブリジットはうなずいて向きを変え、屋敷の表側へ向かって歩きだした。覚えの悪いメイドを辞めさせられないほど情にもろいかもしれないが、だからといってばかではない。食器室にある銀器類は、この大きなお屋敷の使用人たちが生涯で目にする金額より、ずっと価値が高いのだ。

使用人用の暗い廊下を通っていると、突然前方に小柄な人の姿が現れた。

ブリジットは息をのんで足を止め、思わず心臓のあたりに手を当てた。

「こんにちは、ミセス・クラム」近づいてきたアルフが元気よく声をかけた。

ブリジットは目を細めて少年を見た。「いったいどこから来たの？」

アルフが肩をすくめた。「どこからって、セントジャイルズからだけど」

生意気な発言は無視する。「ついさっきまで厨房にいたのよ。あなたは使用人用の出入り口を使わなかったのね。姿を見かけなかったもの」

「上品な人たちみたいに、玄関から入りたくなったのかも」気取って顎を傾け、アルフが言った。

「あなたもわたしも、その〝上品な人たち〟ではないはずよ」ブリジットは言い返した。「少なくともヘルメス・ハウスのような貴族のお屋敷では。今後は使用人用のドアを通るようにしてちょうだい」

「かしこまりました」アルフは帽子の広い縁に指で触れた。

「それと、どうしてあなたがヘルメス・ハウスにいるのか、きいてもいいかしら？」

「仕事をするため？」アルフが言う。彼は脇に体を寄せ、ブリジットの背後を指差した。

「もうお茶をもらいに行ってもいいかな？」

ブリジットは少年をじっと見つめた。彼女の質問にちゃんと答えていない。でも、モンゴメリー公爵はいつも秘密主義だ。もしかするとアルフは本当に、どんな仕事をしているのか口にできないのかもしれない。彼女はため息をついて道を空けた。「いいわ」

「ありがと」アルフはすばやく彼女の脇を通り抜け、厨房へ駆けていった。

そのうしろ姿を目で追う。あの少年には少しどこか……奇妙なところがある。

ブリジットは振り返って使用人用の廊下を見渡した。アルフはこちらの方角からやってきたが、廊下沿いにドアはなく、突き当たりに玄関広間に続く入り口がひとつあるきりだ。彼はそこを通ってきたのに、自分が気づかなかっただけだろうか？

ブリジットは考え込みながら、壁の羽目板に指を走らせた。ふと思いついて、こんこんと叩いてみる。

壁は中身の詰まったかたい音がした。

もちろんだわ。愚かな行動を取った自分にあきれて頭を振り、ブリジットはふたたび廊下を進みはじめた。

次の朝、劇場の事務室のドアが開けられたとき、イブは目をすがめて領収書を見つめ、インクの汚れにしか見えない文字が〝7〟なのか、それとも〝9〟なのか、判別しようとしていた。開いたドアから音楽が流れ込んでくる。今日は楽団が練習をしているようだ。

「あら、失礼」訛りのある声が聞こえてイブが視線をあげると、そこには途方もなく美しい女性が立っていた。最初の日にミスター・メークピースのベッドにいた女性だ。彼はなんと呼んでいたかしら？　ああ、そうだわ、ラ・ベネツィアーナ。

自分の実用的な茶色のドレスをいっそう地味に感じながら、イブは桜材の机から体を起こした。「まさか、あなたにも子どもがいるの？」

今朝はポリー・ポッツの踊り子仲間ふたりと女優がひとりここへ立ち寄り、自分たちも子どもを仕事場に連れてきてかまわないかと尋ねた。子どもの世話の問題が広がっているのは明らかだ。すでにベッツを連れてくる許可をポリーに与えてしまったイブとしては、彼女たちにも認めないわけにはいかず、それぞれ了承した。

けれど、劇場を走りまわる小さな子どもの群れに気づいたミスター・メークピースがどう思うか、だんだん心配になってきた。

劇場で子守を雇うことを検討するべきかもしれない。

「いいえ、わたしに子どもはいないわ」ソプラノ歌手が不思議そうにイブを見た。「エイサを探していたの。あなたはミス・ディンウッディね？　エイサの部屋で会ったと思うけど」

彼女が首を傾けて微笑むと、歯の隙間があらわになった。「いまは服を着ているから、わからないかもしれないわね」

イブは頬が熱くなるのを感じた。「わかります、ミス……ええと……」

「どうぞ、わたしのことはビオレッタと呼んで」彼女は肩をすくめ、ミスター・メークピースの椅子に腰をおろした。「ラ・ベネツィアーナと呼ばない人は、みんなそう呼ぶの」鼻にしわを寄せる。「シニョーラをつけたら、ものすごく年寄りみたいに聞こえると思わない？」

「それは……」

ビオレッタは、ミスター・メークピースのテーブルのがらくたの山になぜか紛れ込んでいたドアノブをつついた。「彼がどこにいるかご存じ？」

イブは首を横に振った。「ごめんなさい、知らないの。ミスター・ハートは一時間ほど前に出ていって、それから姿を見ていないわ」本を手に隅の椅子に座っているジャン・マリーをちらりとうかがう。彼は半月形の眼鏡をかけていて、まるで学者のように見えた。

ジャン・マリーが読みかけの箇所に指を置き、唇をすぼめて言った。

「ミスター・マクレイシュと話をするために出かけたようですね。スレートについて何か言っているのを耳にしましたから。探しに行きましょうか？」

気の毒なジャン・マリーは、もう七時間も隅の椅子に座っている。そろそろ脚を伸ばす必要があるだろう。「お願いするわ」

護衛は部屋を出ていったが、ビオレッタはとくに急いで去る様子がなかった。

「あなたが会計をつけているのね?」ページをめくるイブを興味深そうに眺めて、彼女が言った。「感心するわ。そういうふうに、きちんと秩序立てて考えられるなんて。残念ながら、わたしには無理」大げさに肩をすくめる。襟ぐりの深い薔薇色のドレスからのぞく、なめらかそうな肌が輝きを放っていた。

「苦手なら、帳簿をつけなくてもいいんじゃないかしら」イブはためらいがちに言った。

ビオレッタの視線が急に鋭くなった。「帳簿ね。でも、お金のことを忘れてはだめ。それがどこから来るかも。わたしの声はすばらしいけれど、歌手の最盛期はよくても数年しかないわ。歌えなくなったときのために、将来のことを考えなくてはならないの」

そのような人生がどれだけ大変か考えると、イブの体に震えが走った。

「ミスター・ハートは庭園を再開して上演するオペラで歌ってもらうために、あなたに大金を支払っているわ」

「ええ、そうよ」ビオレッタが同意する。「だけどカストラートを見つけられなければ――それもいますぐに見つけないと、わたしは別の劇場へ移らなくてはならないわ。条件が悪くなって最初から最後までひとりで歌えないとしても、まったく歌わずにワンシーズンを過ごすなんて、死ねと言われるみたいなものだから」

イブは目を見張った。とても冷酷に聞こえる。とりわけ、このオペラ歌手と最初に出会った場面を考えると。「あなたとミスター・ハートは、その……ええと……わかるでしょう?」

ビオレッタが首をかしげた。

「つまり、わたしが言いたいのは……」自分がひどく初心《うぶ》に感じられ、イブは咳払いをして言った。「その……あなたは先日、彼のベッドにいたわ」

ビオレッタが首をのけぞらせて勢いよく笑った。「ええ、ええ、エイサとわたしはあの夜、情熱を分かちあったの。だけど真剣なものじゃなかった。あなたにもわかるはずよ」

わからない。男性をつかまえておく気がないのに、どうして身を投げ出せるのだろう?

ビオレッタはイブの困惑を見て取ったようだ。「彼はとても男らしいと思わない? あの肩が好きなの。それからあの、どう表現すればいいかしら? 彼の熱が、生命力が好き。とても生き生きしているのよ、すてきなエイサは」

イブは視線をさげた。ミスター・メークピースの熱なら、彼女もはっきり気づいている。その熱を向けられるのはどんな感じだろう?

イブの思いには気づかない様子で、ビオレッタが肩をすくめた。「だけど残念ながら、彼にはお金がないわ。わたしのお友だちに公爵がいて、エイサほど若くも活気にあふれてもいないけど、彼はすてきな宝石や馬車をくれるの」

いくぶん衝撃を受けて、イブは目をしばたたいた。ミスター・メークピースは、もっと裕福な男性のために自分が捨てられたと知っているのかしら? 彼が気の毒で胸が痛い。彼のプライドはひどく傷つくに違いないわ！「ああ……そうなの」

「賛成できない？」ビオレッタが眉をあげて尋ねる。

「ええ」イブは認めた。「いえ、つまり、わたしは賛成も反対もする立場にないということよ」そこでためらったものの、気づけば口走っていた。「だけど理解できないの。その公爵には、あなたの……時間に対して見返りをもらうのよね。でも、ミスター・ハートのベッドへ行ったのは……」心の底から混乱して、声が小さくなっていく。「あなたが望んだからなの？」

「そうよ」ビオレッタが簡潔に言った。「彼はとてもいい恋人なの、いとしいエイサ《カーロ》は」

「あなたは楽しんだのね」目の前の女性を一心に見つめたが、イブにはさっぱり理解できなかった。

感情表現の豊かなビオレッタが、しばらく表情を変えないままイブを見ていた。彼女のまなざしが、ふとやわらいだ。

「ええ」ビオレッタがやさしく言う。「わたしは男性に抱かれるのを、とても楽しいと感じるわ」

イブは膝に置いた両手を見つめた。自分がほかの女性たちと違うと思い知るのは、これが初めてではなかった。まったく別のものと考えたほうがいいのかもしれない。人魚とか、歩く彫像とか。性のない、別の何か。風変わりで、伴侶はもちろん、友だちすら絶対に見つけられない運命にある。

「あなたは同じように感じない？」ビオレッタが尋ねた。息を吸い込み、小さな笑みを顔に浮かべる。「わたしは結婚していないの。当然、男性に抱かれたことはないわ」

「だけど男性は楽しいと感じるでしょう？」

「わたし……」眉をひそめて考えた。「どういう意味かしら？」

「あら、まあ」ビオレッタがにっこりする。「男性の肩の線や、たくましい手や、腕の毛を眺めるのは好きじゃない？　ときには低い声を聞くだけで……ほら……」彼女はなかば目を閉じて、思い出し笑いをした。「ここが温かくなるの」両手を腹部に置く。「男の人のそばにいると、ときどきその人のにおいを感じることがあるわ。麝香《じゃこう》のような男性特有のにおいで、わたしをすっかり弱らせてしまう。すてきな感覚だと思わない？」

彼女がイブを見つめた。戸惑いながら、イブも見つめ返す。

「あなたはそんなふうに感じないのね？」ビオレッタの瞳は悲しげだった。

「残念ながら」イブは唇を嚙んだ。声に出して認めるのは恐ろしかった。けれども一度口に出したことで、さらに続けることができた。「わたしは……男の人の姿を見たり、声を聞いたり、においをかいだりすると、たいてい怖くなるの」

「とっても残念だわ、かわいい人《カーラ》」

哀れみのまなざしを見たくなくて、イブはつばをのみ込んで顔をそむけた。

「すごく、すごく心地いいことなのに」ビオレッタが思いやりのこもった声で言う。「ふさわしい男性となら、女性の触れ方を知っているやさしい男性となら……とてもすばらしくなるのよ」

イブは微笑んだ。自分でもこわばった笑みだとわかる。だが、何も言うことができなかったのだ。男性といて〝心地よく〟感じることは絶対にないだろうとわかっていた。

彼女にとって、すばらしくはなりえないことなのだ。

事務室のドアが開き、ミスター・メークピースが入ってきた。うしろからジャン・マリーもついてくる。「いまいましいスレートめ！　ふたつ目の積み荷が見つかったんだが、また半分が割れていた。劇場の屋根に必要な量を確保するのに、荷車二台のあいだを行ったり来たりしなきゃならない」

まるで夏の嵐だ。激しくて熱く、小さな部屋の中にいると圧倒されてしまう。イブは胸が詰まり、息を吐き出せなくなったが、そこでビオレッタの言葉を思い出した。〝とても生き生きしているのよ、すてきなエイサは〟いきなりの嫉妬と渇望にのまれ、心臓が早鐘を打ちはじめる。

イブは顔をそむけた。ビオレッタとミスター・メークピースに嫉妬する権利などないのに。頭では理解しているけれど、悲しいかな、嫉妬は頭ではどうにもできない感情だ。完全に振り払ってしまうのは不可能だった。

ミスター・メークピースが急に足を止め、目を細めてイブとビオレッタと凝視した。

「どうした？」

「なんでもないわ。なんでもないのよ、カーロ」ビオレッタが立ちあがり、彼の頬にキスをした。「ねえ、もうすぐ上演するオペラのことで質問があるの。庭園を歩かない？」

「まあ、わたしのために出ていく必要はないわ」イブは急いで言った。落ち着きを取り戻さなければならない。「どうかここにいて。いずれにせよ、わたしも庭園を歩きたいと思っていたのよ」

ビオレッタがにっこりする。「ありがとう。それほど長くかからないわ」

ジャン・マリーは眉をあげたものの何も言わず、女主人について事務室を出た。彼らは舞台の裏手にある、迷路のような廊下を進んだ。聞こえてくる音楽はくぐもっていたが、事務室にいたときよりは大きく聞こえた。

イブはジャン・マリーのほうを見て衝動的に言った。「練習を見に行きましょう」

彼がちらりと笑みを浮かべる。ふたりは向きを変え、片方の舞台袖に向かった。

楽団員たちは演奏の真っ最中だったが、そこにいたのは彼らだけではなかった。ポリーと五、六人の踊り子たちが舞台上を飛び跳ねている。薄くて軽い衣装が彼女たちの脚に、恥ずかしいほどぴったりまつわりついていた。舞台は劇場内へ半円形に張り出しているので、イブのいる場所からは彼女たちの背中が見えた。踊り子たちが空中に飛びあがって前面からの逆光を浴びると、まるで妖精が火のまわりで戯れているようだった。優美な動きに魅了され、イブは夢中で見つめた。しばらくして曲が終わる。

ミスター・ボーゲルが楽団に何かを叫び、踊り子たちはしばらくうろうろしていたが、やがて舞台の中央に集まってきた。ポリーが袖にいるイブの姿に気づき、大きく手を振った。

「きっとベッツを今日ここへ連れてきた件で、わたしにお礼が言いたいのね。また子どもを抱えた友だちがいるという話かもしれないけど」

背後でジャン・マリーがくすくす笑う声を聞きながら、イブは舞台の上へ足を踏み出した。一瞬足を止めて劇場内を見渡し、思っていたより暗く、大きく見える空間に目を見張る。

「ミス・ディンウッディ！」ポリーに呼ばれ、彼女は振り返った。「あたしの友だちに会ってください」ポリーはイブがまだ紹介されていない、ふたりの踊り子たちと立っていた。微笑み、舞台の中央へ向かって歩きはじめる。そのとき不意に、ぎょっとするような音が聞こえた。何かが割れる大きな音が。

少しのあいだ、何も起こらなかった。

そして次の瞬間、足元のすべてが崩れ去った。


最後の大きな音が聞こえる前から、エイサはすでに走りだしていた。

作業場である舞台裏の廊下は狭くて薄暗い。観客の目に触れる場所ではないからだ。彼は速度を落とさずに角を曲がり、舞台の袖までやってきた。集まっていた五、六人の踊り子たちを押しのけてのぞき込む。

かつて舞台があった場所には、ぎざぎざに割れた木材の山があり、いまだに粉塵《ふんじん》が舞っていた。ちくしょう。舞台が崩壊して地下へ落ちたのだ。

楽団はオーケストラピットで練習していた。立ちあがっている者もいれば、衝撃のあまり楽器を抱えて座ったままの者もいる。

エイサが目を凝らしていると、ジャン・マリーが崩れなかった床に血まみれの手をつき、舞台の残骸から体を引きあげるのが見えた。「イブ」息を吸った彼は、体をふたつ折りにして咳《せ》き込んだ。「イブ」

舞台を取り囲む人々の顔を見渡す。そこに彼女がいないことを見て取ると同時に、エイサの心は現実を理解した。

なんということだ、イブは残骸に埋もれている。

6

その夜、王の護衛がダブのもとを訪れ、彼女を森の奥深くへと連れていきました。やがて彼女は小さな小屋にたどりつきます。中に入ると、血のように赤い壁に、ろうそくの明かりがちらちらと揺れていました。

王様はテーブルのそばに腰をおろしていました。巨大なおなかが膝の上にせり出しています。テーブルの上には、ワインのボトルとパンの塊がありました。

護衛たちが立ち去ると、父王と娘はふたりきりになりました。

ダブはごくりとつばをのみ込み、深く膝を折ってお辞儀をしました。

「国王陛下」……。

『ライオンとダブ』

舞台が落ちる大きな音を聞いて、庭師や作業員や楽団員など、劇場に関わる人々が集まってきた。

「通れるようにするんだ。手伝ってくれ！」エイサは吠え、板をつかんで舞台の残骸から引っ張り出した。下の暗闇にイブが閉じ込められていると思うと、恐怖ではらわたが締めつけられる気がした。

「彼女を見たか？」彼はジャン・マリーに詰問した。「生きているのか？」

「わからない」エイサの隣で板を取り除きながら、ジャン・マリーが顔をゆがめるた。「舞台が崩壊したとき、二、三人の踊り子たちと一緒に立っていたんだ。彼女を探そうとしたが、板が行く手をふさいでいて見えなかった」

「明かりを持ってこい！」エイサは大声で怒鳴ると、動きやすいように上着を脱ぎ捨てた。

木切れを取り払ってできた狭い空間に這いおりていく。地階は、舞台が崩れずに残っている部分から二メートル半ほど下にあった。舞台に取りつけられた落とし戸は地下に向かって開くようになっており、その部分は倉庫としても使われている。厚く積もった粉塵の一部はまだ空中を舞っていて、エイサは咳き込み、目を細めて薄暗がりをうかがった。近くで誰かが呼吸をする音、そしてかすかなすすり泣きが聞こえた。振り返って見あげると、ボーゲルが火を灯したろうそくを差し出しているところだった。

エイサはろうそくを高く掲げた。目の前に、折れた板と瓦礫《がれき》で壁ができていた。

背後で音がして、ジャン・マリーもその狭い空間におりてきたのがわかった。

無言で隙間にろうそくを押し込むと、エイサは瓦礫の壁から木切れを引っ張りはじめた。引き抜いた板はうしろのジャン・マリーに渡していく。やがて空間を斜めに横切るように倒れている巨大な梁《はり》が姿を現した。エイサは小声で悪態をつき、梁に肩を押し当てた。体重をかけて押すとわずかに動くものの、上にのっている破片も動いて落ちてくる。なんとか梁を動かせたとしても、さらに崩壊が進む恐れがあった。彼は横を向き、少しずつ右に進んで、梁を迂回《うかい》する道を見つけようとした。

「彼女が見えたか？」ジャン・マリーが尋ねる。

エイサは首を曲げて目を細めた。黄色いサテンの布地がちらりと見える。今朝の踊り子たちは黄色い衣装を着ていたはずだ。

「踊り子のひとりが見える」くそっ、イブはいったいどこにいるんだ？

もう一歩じりじりと進んだところで、厚板の山に行く手をはばまれてしまった。エイサは板の一枚をつかんで引き抜いた。腰を斜めに傾け、その板を体に沿って滑らせることで、ようやくうしろのジャン・マリーに渡すことができる。

その手順をもう二回繰り返すと、青ざめた顔が見えてきた。踊り子のポリー・ポッツだ。唇を噛みしめた彼女は、おびえていまにも気を失いそうに見えた。

「すぐにそこから出してやるからな、スウィートハート」エイサはポリーに声をかけた。「ミス・ディンウッディがどこにいるかわかるか？」

踊り子はすすり泣いた。「あたしのせいなんです。友だちに会ってほしくて、あたしがミス・ディンウッディを呼んだの。そうでなければ、彼女は舞台の上に来なかったのに」

エイサは顔をこわばらせた。「そこから彼女が見えるか？」

「何も見えないわ」ポリーが答えた。「ごめんなさい、ミスター・ハート」

「気にするな。さあ、おれのほうへ来られるか？」

彼女がうなずく。

エイサの助けを借り、ポリーは横たわっていたくぼみから狭い空間へ這い出て、彼のそばにしゃがみ込んだ。

エイサは彼女の肩を叩いて言った。「おれのうしろにミス・ディンウッディの従僕がいる。そのジャン・マリーが外へ出してくれるからな」

ポリーはうなずき、明かりを目指してジャン・マリーのいるほうへ這っていった。

エイサは四つん這いになり、さっきまでポリーがいた空間に体を押し込んだ。本能的に肌がむずがゆくなる。頭上にある舞台の残骸はかろうじて平衡を保っているが、いつ崩れ落ちてくるかわからないのだ。もう一度崩壊すれば、彼は生き埋めになってしまうだろう。

そのとき、低いうめき声が聞こえた。傷ついた獣のような声だ。イブかもしれないと考え、エイサは歯を食いしばった。

考えすぎないようにしながら機械的に残骸を取り除いていくと、突然うめき声が聞こえなくなった。彼女は大丈夫だ。大丈夫に違いない。二度と彼女と議論できないなんて、ありえない。

最後の板に手を伸ばしたエイサは、板の端が妙に平らになっていて、できたばかりらしいおがくずがついていることに気づいた。その板を手前に引っ張った瞬間、彼は凍りついた。板は半分までのこぎりで切られていた。薄い色の断面から、最近切られたものだとわかる。

残りの半分は折れたらしく、そちらの端はぎざぎざになっていた。

エイサは激しい怒りを抑えようと息を吸い、板を最後まで抜いて無言でジャン・マリーに渡した。

そして身をかがめてふたたび隙間をのぞき込んだとたん、イブの見開かれた青い瞳と目が合い、めまいがするほどの安堵を覚えた。「けがは？」

彼女は瓦礫に囲まれ、半分横たわった状態で、黒髪の踊り子を膝にのせていた。唇を湿らせたイブを見て、エイサは彼女のこめかみにこすれた血の跡があることに気づいた。

「彼女を外に出して、エイサ。わたし……彼女が息をしているかどうかわからない。少し前はうめいていたのに、いまはなんの音も立てなくなってしまったの」

イブの膝越しにその娘をちらりと見ただけで、彼にはもう手遅れだとわかった。

「イブ、けがをしているのか？」

彼女は手を持ちあげ、埃に覆われた金色の髪に触れた。「わたし……頭を？」

エイサはうなずいた。頭を打ったか、崩壊の衝撃で呆然《ぼうぜん》としているのだろう。

「少し待っていてくれ」

大きな梁に邪魔されて、イブに近づくことができない。彼は足を踏ん張り、梁に腕を巻きつけて思いきり引っ張った。

負荷のかかった筋肉が震えるばかりで、しばらくは何も起こらなかった。

けれども次の瞬間、梁がきしんだかと思うと、細かい木の破片が雨のように降り注いできた。

エイサはしばらく息をあえがせていたが、深呼吸して、いまいましい梁をまるで恋人のように胸に抱き、脚を使って自分の体ごとうしろへ押しやった。三度繰り返したところでジャン・マリーの両手が伸びてきて、一緒に梁を持ちあげる。

「イブ?」ジャン・マリーが切羽詰まった声で尋ねた。

彼の位置からはイブの姿が見えず、声しか聞こえないらしい。「大きなけがはしていないようだ。デボラをそっちへ渡す」

「彼女は――?」ジャン・マリーが話しはじめたが、エイサは鋭い視線を向けて黙らせ、首を横に振った。

ジャン・マリーが顔をしかめてうなずいた。「わかった」

エイサが隙間に這い戻ると、イブはデボラの頰に手を当てていた。顔をあげ、打ちひしがれた目で彼を見る。「かなり具合が悪そうだわ」

「おれに任せてくれ」エイサは言った。

彼は踊り子のぐったりした腕を自分の首にまわし、そっと持ちあげて、なかば引きずるようにしてうしろへ引っ張った。

ジャン・マリーが何も言わずに彼女を引き取る。エイサは慎重に木材を押しのけながら、ふたたび隙間へ体をもぐり込ませた。イブはうつむいていた。右脚の上に折れた板の山ができている。その光景を目にした彼は、顔をしかめて板を取り除きはじめた。

「動けるか？」

「ええ、もちろんよ」ばかにしないでと言わんばかりの声だ。

エイサの顔に笑みが浮かんだ。「その調子だ」

最後の板が引き抜かれ、イブの脚が自由になった。彼は身をかがめて脚の具合を確かめた。ほっとしたことに、ドレスに血はついていなかった。上を見る。折れた板は頭上でぶらぶらしていて、いつ落ちてきても不思議はない。

エイサはイブを振り返って手を差し出した。「さあ、おいで」

彼を見て、それから差し出された手を見たイブが唇を引き結ぶ。彼女は動こうとしなかった。

彼は眉を寄せた。「イブ」

息を吸ってからようやく手を取ると、彼女は無言のまま、ぎこちない動きで少しずつ前に進んだ。

「よくやった」エイサの喉が満足げに鳴る。

彼はイブの反対の手もつかんだ。たじろぐ彼女を無視して胸に引き寄せる。なんと小さいのだろう！　背は高いかもしれないが、イブの体はまるで小鳥のように軽かった。肩の華奢な骨や、ほっそりしたウエストが感じ取れる。彼女が落ちてきた板に押しつぶされなくて本当によかった。

イブがふたたび身を震わせるのを感じ、エイサは明かりのほうへ、人々が彼らを待っているほうへ戻っていった。ところが彼女は体をこわばらせ、エイサから離れようともがいた。思わず辛辣な言葉を投げかけそうになったところで、ふたりは明るい場所へ出た。

「ああ、マ・プティット」イブとエイサの姿が見えたとたん、ジャン・マリーが言った。「とても勇敢でしたよ。あと少しの辛抱です」

彼がイブに手を伸ばす。エイサは一瞬、彼女を渡さずに抱きしめていたい衝動に駆られた。けれどもそれはあきらめ、ジャン・マリーにゆだねた。彼はイブを持ちあげて、床の崩れていない舞台袖におろした。

「彼女で最後だ」ジャン・マリーが言った。

「なんだって？」顔に流れる汗をシャツの袖でぬぐいながら、エイサは言った。「踊り子は三人だと思っていたんだが」

ジャン・マリーがうなずく。「ボーゲルと楽団員たちが、舞台の反対側から三人目の踊り子を救出したらしい」

「その娘は――？」

「震えているが、けがはない――少なくともボーゲルはそう言っていた」

「よかった」

「ああ《ウィ》」ジャン・マリーはすでに瓦礫の山から這いあがろうとしていた。

エイサも体を持ちあげて外に出た。イブのそばへ行ってしゃがみ込む。

彼女は壁にもたれ、まぶたをかたく閉じて座っていた。その姿に思わず顔をしかめる。しかしそのとき、エイサはその場にマクレイシュもいることに気づいて目を細めた。

「医者を呼びにやっている」建築家は言った。彼はそこへやってきたボーゲルを見あげ、眉を寄せた。「ハンス！　けがをしているじゃないか」

「ああ《ヤー》、そうだ」ボーゲルがぼそりと言い、首についた血をぬぐった。「われわれはもう少しで、きみの劇場に殺されるところだった」

マクレイシュの顔が赤くなった。「ぼくのせいじゃない。完璧に安全な設計なんだ」

ボーゲルが鼻で笑って首をかくと、新たに血が流れだした。「安全だって！　あきれたな！　実際に舞台が落ちて――」

我慢ができなくなり、エイサは声をあげた。「ポリーと、あんたたちが助けた踊り子はどこにいるんだ、ボーゲル？」

作曲家が振り返った。「楽屋に連れていった」

「そうか」医者と話をして、舞台を作り直すための資材を取り寄せて、それから――。

「もうひとりはどうなったの？」イブに尋ねられ、エイサの思考は中断された。彼女の声はまだ弱々しい。

彼はかがんでイブを抱きあげると、たちまち体をかたくされたことは無視して、事務室へ向かって歩きだした。

「何をしているの？」エイサの胸を押して、彼女が言った。「歩けるわ。それにもうひとりはどう――」

「彼女は死んだ」穏やかな声を出そうと努めたが、そもそも穏やかな男ではないエイサには無理な話だ。

「まあ」イブが息をのんだ。「そんな」

彼は質問されることを覚悟して続きを待った。だが、イブはそれ以上きこうとしない。おそらく心の中ではすでにわかっていたのだろう。

彼女を抱く腕に力をこめ、エイサは廊下を進んだ。胸にイブの鼓動が響く。

イブが息を吸って、華奢な手の片方を彼のベストに当てた。「どうしてこんなことになったのか、あなたにはわかる？」

「ああ、わかっているとも」エイサは険しい顔で答えた。「破壊工作だ」

イブはミスター・メークピースを見つめた。彼はイブを救うために――彼女とポリーを救うために、よちよち歩きの幼児しか通れないような狭い隙間に入ってきてくれた。あれほど力強く勇敢な行為が当たり前のようになされるのを、イブは初めて目にした。

でも、驚いたからといって正気まで失ったわけではない。「破壊工作？　つまりあなたは、舞台が落ちるように誰かがわざと仕組んだと思っているの？　だけど、どうして？」

「もちろん、おれを破滅させるためだ」彼はイブにしっかり腕をまわしたまま、事務室のドアの前で立ち止まった。彼に抱かれていることを思い出したとたん、本能的に体がこわばる。

エイサ・メークピースは片方の腕をイブの脚の下に、もう片方を肩に添えて、彼女を抱えていた。その体勢だと、体の側面を彼の胸にぴったりつけざるをえない。

近い――近すぎる。

相手はイブの気持ちの揺れに気づいていないようだ。すでに肩で事務室のドアを押し開けていた。

中に入ると彼女はすぐさまミスター・メークピースの胸を強く押し、下におろしてもらえるまでもがいた。足が床についたとたんに彼から離れてうしろへさがり、机の角にもたれかかる。脚はまだふらついていて、舞台から落ちたときに打ったせいで頭がずきずきしたが、腕を組んで心を落ち着かせようとした。

「どうして舞台が落ちたのが事故ではないと思うの？　単に建てつけが悪くて落ちたと考えるほうが、理にかなっているのではないかしら？」

ミスター・メークピースが顔をしかめた。「ただ落ちただけじゃないからだ。瓦礫の下にいたときに、切られた板を見た。誰かがのこぎりで切ったせいで舞台が崩れたんだ」

イブは驚いてまばたきをした。「誰が？」

「なんだって？」

「いったい誰がわざわざ舞台の下にもぐり込んで、崩れるように板をのこぎりで切るというの？」

彼が首をのけぞらせて、信じられないというようにイブを見つめた。「おれの言うことを疑っているんだな」

「そうじゃないの」いらだって言った。「理解しようとしているだけよ」

「何を理解する必要がある？」ミスター・メークピースの声がだんだん大きくなる。「あのいまいましい舞台には破壊工作がなされたんだ」

「いいわ。舞台には破壊工作がなされた」イブは息を吸い込み、怒りを抑えようとした。「じゃあ、どうして誰かがわざと舞台を壊そうとするのか、その理由を教えてちょうだい」

「くそったれのシャーウッドには、おれとおれの劇場を破滅に追い込む理由がある」

今度はイブが信じられない思いで彼を見る番だった。「あなたはミスター・シャーウッドが舞台の下にもぐり込んで、のこぎりで――」

「当然、金を払って人を雇ったんだろう」ミスター・メークピースがさえぎった。

「そんなの、意味をなさないわ」彼女は反論した。「シャーウッドがハート家の庭園におけるバルの権利を買い取ると申し出たのは、つい先週のことなのよ。その彼が、わざわざそんな面倒なことをする理由があるかしら？」

ミスター・メークピースが大きな音を立てて机に拳を打ちつけた。「まさにそれがやつの理由だ。きみは権利を売らなかったんだから。あいつはおれを破滅させようとした。おれの劇場を破壊しようとしたんだ！」

イブは数回しか会ったことのないミスター・シャーウッドについて考えてみた。興奮しやすく、すぐに笑顔になって、お金もうけに熱心。でも、けっして暴力的ではない。舞台に工作したのが誰であれ、誰かがけがをしたり命を落としたりするかもしれないのはわかっていたはずだ。「ばかげているわ」

「ほう、おれはばかげているのか。そう思っているんだな？」細められたミスター・メークピースの目は不穏な色を帯びている。「劇場で、この庭園で、おれは一〇年以上過ごしてきた。シャーウッドのような男のことなら、人生の大半を隠れて過ごしているおびえた子ネズミより、よほどよく知っているさ」

イブは激怒のあまり息をのみ、体の脇で拳を握りしめた。「よくもそんなことが言えるわね？ あなたは庭園のことで頭がいっぱいで、それしか見ていない。それしか気にかけていないのよ。ほかの何も目に入らないんだわ」

彼はかがんでイブと視線を合わせた。熱い息が口元にかかる。「おれは間違っていない」

涙がこみあげてちくちくしたが、彼女は泣かないように目を見開いてミスター・メークピースをにらみ返した。どうして傷ついているのか、自分でもわからなかった。それこそ筋が通らない。彼が何者か、どんな人か知っているのに。それに彼に言われたことは――どんなに侮辱的な言い方だったとしても――すべてわかっていることばかりだった。

イブは顎をあげた。「それなら、わたしたちの議論はおしまいね」

背を向けて立ち去ろうとする。しかし彼に二の腕をきつくつかまれ、引き戻されてしまった。

「まだ終わってない」ミスター・メークピースがうなった。

彼女は吐き気を伴う恐怖を懸命に抑え込んだ。「放して」

「なぜだ？」彼が頭を傾ける。美しい唇に醜い冷笑が浮かんでいた。「おれに触れられるのが我慢ならないのか？」

「そうよ！」ついに我慢の限界が来て自制心を失い、イブは言い返した。これまでの口論で優位に立っていたとしても、これで台なしだ。

そのとき、ミスター・メークピースが彼女の肩をつかんで乱暴に引き寄せ、唇に口を押しつけた。

次の瞬間、イブは正気を失っていた。

イブ・ディンウッディの唇はやわらかくて甘く、鋭く辛辣な彼女の性質を完全に裏切っていた。エイサはそのしなやかな甘さを楽しんだ。男が女に対して行う、もっとも基本的で、もっとも原始的なやり方で彼女を黙らせたのだ。

しかしそこで、何かがおかしいと気づいた。

彼は皮肉な笑みを浮かべながら頭をあげた。イブは貴族だ。エイサのことを野蛮で、卑劣で、汚れていて、自分の唇を与える価値などないと思っているのだろう。

彼にむかついても不思議はない。

ところがイブの顔に現れていたのは、むかつきではなかった。

恐怖だ。

目の青い虹彩《こうさい》の周囲がすっかり白くなり、鼻孔の両脇に青白いくぼみができている。その表情はエイサに、彼女が犬と出くわしたときのことを思い出させた。いや、もっとひどい。はるかにひどい。声もあげないのだから。

「イブ」

眉が寄せられ、彼女の口から聞いたこともないほどおぞましい音が発せられた。

イブがすすり泣く。

反応できずにいるうちに、エイサは彼女から引き離された。

椅子につまずいて転びかけ、最後の一瞬で机に手をついてなんとか持ち直す。「いったいなんなんだ？」

ジャン・マリーがイブの肩に腕をまわし、エイサを無視して話しかけた。「マ・シェリ、大丈夫。ここにいますよ。もう安全です」

彼女は応えなかった。もうすすり泣いてすらいない。

エイサはゆっくりと体を起こし、イブを見つめた。

「彼女に何をした？」女主人から目を離さず、ジャン・マリーが詰問した。

エイサの知る使用人の口調ではない。こんな口をきくジャン・マリーが従僕だというなら、エイサは大公妃だと言っても通用するだろう。

「何もしていない」エイサはイブに目を向けた。万力で締められたように胸が苦しい。

ジャン・マリーが彼をにらみつける。「ばかげたことを。何かしたから、彼女がこんな状態になっているんだ」

「キスをした」恥もうしろめたさも感じるものか。一瞬の怒りに駆られて抱きしめたのは間違いないが、彼女を傷つけてはいない。

ジャン・マリーが嫌悪感もあらわな声をあげた。「さあ、行きましょう、マ・プティット。いらっしゃい、ジャン・マリーがいますぐ家へ連れて帰ってあげます」

イブは何も言わず、動こうとしない。

エイサは背筋が冷たくなるのを感じた。これはふつうではない。まるで心が体を離れてしまったかのようだ。「彼女はどうしたんだ？」

ジャン・マリーはエイサを無視してイブを椅子に導き、やさしく手を貸して座らせた。「ここにいてください。馬車を呼んできますから。家に帰って、おいしいお茶を飲みましょう。いい《ゥ》です《ィ》ね？」

エイサはドアへ向かった彼の行く手をふさいだ。どうすることもできない激しい怒りに押し流されてしまいそうだ。「答えてくれ。きみの主人はいったいどうした？」

「あなたが触れたからだ」黒人の男の顔には石のように冷たい怒りが浮かんでいた。

だが、エイサは引きさがらなかった。「言っただろう、おれは彼女に危害を加えてはいない」

「そんな必要はない」ジャン・マリーが冷ややかに言う。「触れられるだけで――男に触れられるだけで、こうなってしまうんだ」

「きみだって男じゃないか」エイサはうなった。「それなのに彼女に触れている」

ジャン・マリーが唇をゆがめた。「わたしは彼女の友人で既婚者だ。それに長年付き添ってきて、信頼を得ている」

エイサは頭を振り、ふたたびイブに視線を戻した。彼女は椅子にうずくまっていた。少なくとも動くことはできるようだ。だがエイサとジャン・マリーの口論が聞こえているに違いないのに、彼らのほうを見ようとしない。

彼はジャン・マリーを振り返った。「なぜなんだ？　何が彼女をこんなふうにした？」

「わたしが話すことではない」ジャン・マリーはドアのほうを向いたが、ノブに手をかけたところでためらい、ささやきに近い声で言った。「知りたいなら彼女に尋ねなければ」

ドアを開けた彼は廊下に身を乗り出した。誰かがいるらしく、指示を出す声がエイサの耳にも届いた。ジャン・マリーはイブのもとに戻り、彼女を椅子から立ちあがらせた。

「さあ、行きましょう。いま、馬車をまわしていますから」

無力感を覚えながら、エイサは両の拳を握ったり開いたりしていた。

「馬車でテムズ川まで行って向こう岸へ渡り、別の馬車を雇って彼女を家に連れ帰るまで、一時間以上かかるぞ」

ジャン・マリーが眉をあげる。「ほかにいい考えでも？」

エイサは鼻を鳴らした。「くそっ、ないよ」

従僕が女主人に手を貸してドアへ向かわせる様子を、エイサは陰鬱な気分で見つめた。イブはまるで恥じているかのようにうつむき、奇妙なことにその姿が彼の気分を少しだけましにした。恥ずかしさを感じられるなら、いい兆候じゃないか？

どんな感情でも、まったくの無感覚よりはましだ。

「彼女の面倒はわたしが見る」ドアへたどりつくと、ジャン・マリーが言った。

異議を唱えたい。彼の腕からイブを奪い、自分で家まで送りたい。いったい何が問題なのか解明したい。

けれどもエイサには、破壊工作をされたばかりの劇場があった。

彼は立ち去るジャン・マリーとイブの背中を目で追うと、決然と歯を食いしばり、劇場を目指して歩きはじめた。あとで行こう。劇場と庭園とみんなの様子を確かめたあとで、イブのところへ。

そして絶対に、彼女がどんな問題を抱えているのか突き止めるのだ。

7

王は、パンとワインを示して言いました。「食べなさい、娘よ」ダブは椅子に腰かけて、パンのかけらをちぎり、口に入れました。しかし、けっして父から顔をそむけないよう細心の注意を払いました。

王はいらだったようですが、ワインを指差してさらに言いました。「飲みなさい」ダブは父を見つめたままワインをグラスに注ぎました。いまや父の顔は怒りに満ち……。

『ライオンとダブ』

その日の午後遅く、ブリジット・クラムがヘルメス・ハウスの玄関ドアを開くと、ひどく乱れた様子のマルコム・マクレイシュが立っていた。

ブリジットは眉をあげて一歩さがった。この建築家は定期的にヘルメス・ハウスを訪れるのでふだんから見慣れているが、こんなふうに上着に汗染みをつけ、汚れた頭をしているところは初めて見た。

「閣下に手紙を書かなくては」ミスター・マクレイシュはよろよろと玄関広間に入りながら言った。「今日、舞台が壊れたんだ。踊り子がひとり死んだ」

質問や命令ではなく、ただ事実を述べているだけだったので、ブリジットは返事をせずにあとずさりしてから、向きを変えて若い客をモンゴメリー公爵の書斎に案内した。

うしろからついてくる建築家のおぼつかない足音を聞いて、階段をのぼりながらブリジットは哀れみを覚えた。かわいそうに、すっかり疲れているようだ。

書斎のドアを開けて言う。「お書きになっているあいだに、紅茶と軽食をお持ちしますね」

ミスター・マクレイシュは小さな笑みを返し、部屋に入りながら言った。「ありがとう。今朝から何も食べていないんだ」

ブリジットはうなずき、彼をひとりにした。

たいがいの大邸宅と同様、ヘルメス・ハウスの奥には、使用人専用の階段が羽目板に作られたドアの裏に巧みに隠されている。ブリジットは急いで階段をおりて厨房へ向かった。

厨房では、料理人のミセス・ブラムが大きなキッチンテーブルの上でペストリーの生地をこねていた。

「ミスター・マクレイシュにお茶と食べ物を用意して」ブリジットは言った。

「かしこまりました」ミセス・ブラムは中年で、白髪交じりの細い髪をうなじでまとめ、白いモブキャップをかぶっている。小さな手は手際がよく、幸いにも、彼女は自分より若い女性に命令されても気にならないらしい。「ベッツィーに運ばせます」

「いいえ、わたしが運ぶわ」

ミセス・ブラムのもうひとついいところは、ブリジットがすることに疑問をはさまない点だ。好奇心というものを持ちあわせていないようで、それがたいていの場合、大いにありがたかった。

ミセス・ブラムは肘まで湯につけているメイドのひとりに合図した。メイドは手を拭いてから、食器棚に走ってティーポットと茶葉入れを出した。ミセス・ブラムがトレイを準備し、ブリジットはお礼のしるしにうなずいてトレイを運んだ。

階段をのぼりながら、壁にいくつも並ぶ金縁の鏡をいつものようにちらりと見る。モブキャップが曲がっていることに軽いいらだちを覚えた。

ブリジットが書斎に戻ると、ミスター・マクレイシュはまだ手紙を書き殴っていた。彼の横にトレイを置きながら、一瞬手紙に目をやる。〝故意に壊された可能性が……〟という言葉だけが読み取れた。

「どうも」ミスター・マクレイシュは息を切らしながら言うと、自分で紅茶を注いだ。「今日の午後は崩れた舞台のあと片づけで終わってしまった」

「それは大変でしたね」ブリジットは同情するように小声で言った。「何が原因かわかったんですか？」

ミスター・マクレイシュがスコーンにバターを塗りながら答える。「いいや。だがミスター・ハートの話だと、舞台を下から支えていた板の何枚かが、のこぎりで切られていたそうだ。誰かが妨害しているとミスター・ハートは考えている」

ブリジットは眉をあげた。ハート家の庭園の再開を望んでいない人間がいるらしい。ミスター・ハートに恨みがあるのだろうか？

あるいは出資者であるモンゴメリー公爵に？

ミスター・マクレイシュはスコーンを食べながら手紙にサインをした。そして手紙をたたんで封をすると、ブリジットに差し出した。眉間に寄ったかすかなしわが、彼のいらだちを表している。「なぜ閣下はふつうの郵便を使わないのだろう？」

「わかりません、サー」ブリジットは手紙を受け取った。

「ありがとう、ミセス・クラム。あなたはいつも頼りになる。スコットランド人だからだろうね」彼がウインクしながら言う。

ブリジットの顔がこわばった。「お言葉ですが、勘違いしていらっしゃいます。わたしはスコットランドの出ではありません」

「本当に？　同国人のアクセントはすぐにわかるんだが」ミスター・マクレイシュは立ちあがると、あくびをしながら伸びをした。「庭園に戻ったほうがよさそうだ。さっき出てきたときはまだ、舞台下の部屋の片づけが終わっていなかった。ひと晩じゅうかかりそうだよ」

「幸運をお祈りします、サー」ブリジットは先に立って部屋を出ると、一階までおりた。ミスター・マクレイシュを見送ってから、玄関のドアにかんぬきをかける。急いではいないがすばやい動きで屋敷の奥へ進み、厨房を抜けて食料庫の隣の狭い自室に入った。

ドアを閉めて鍵をかけると、頑丈な戸棚の上にかかった丸い鏡を見た。鏡はブリジットの顔とたいして変わらない大きさだが、モブキャップのひもを解いて脱ぐ動きを映すにはじゅうぶんだ。モブキャップの下の髪は漆黒で、左目の上の束だけが白い。白い束はうねりながら、小さくまとめたシニヨンに向かっている。

ピンがすべてきちんと留まっているのを確認してからふたたびモブキャップをかぶり、白い束を完全に隠した。

そしてひもを結び、鏡の中の自分に向かってうなずくと、ブリジットは仕事に戻った。


エイサがイブ・ディンウッディのタウンハウスに着いたのは夜に近い時間だった。きれいに掃かれた階段を見つめてから、それをのぼってドアをノックした。

ジャン・マリーがドアを開け、黙ったまま眉をあげた。

「彼女の様子はどうだ？」エイサは尋ねた。

従僕は少しためらってから言った。「けがはありませんがお疲れで、休んでいます」

そう言ってドアを閉めかけたが、エイサは足をはさんでそれを妨げた。

彼はため息をこらえた。この男と対峙するのはここ数日で三度目だろうか？　あるいは四度目か？　ジャン・マリーは従僕というより護衛と言ったほうがふさわしい。そして女主人に対する責務を、とても真剣にとらえている。

ジャン・マリーが冷たい目でエイサを見つめた。「あなたにはお会いにならない」

「もちろんそうだろう」エイサは疲れきってドアの脇にもたれかかった。「おれはきみに会いに来たんだ」

その言葉に驚いたように、ジャン・マリーが首をかしげる。「そうですか。それで、どういったご用件でわたしに会いにいらしたのです、ミスター・ハート？」

「メークピースだ」無意識のうちに訂正した。「おれは彼女と協力しなければならないし、きみはほかの誰よりも彼女のことをよく知っている。彼女のことをもっと教えてほしいんだ」

「お嬢様の秘密はお話ししません」

エイサは首を横に振った。「そんなことは頼まない」

「仕事のことですか？」ジャン・マリーが目を細める。「そのご用でいらしただけですか？」

エイサは視線をそらしてためらった。当然のことながら、ハート家の庭園は自分にとっていまのこの瞬間、何よりも大事なものだ。いや、いまだけでなくいつも。一生をかけた仕事であり、魂そのものだ。だが、イブ・ディンウッディのことも気にかかる。秩序を重んじる心。鋭い切り返し。必死で隠そうとしている弱さ。

絵を描いているときの、おれを見る目。

彼女と友だちになったとは言わない。そんなことは言えるわけがない。彼女とは階級が違う。生活が違う。あらゆることで意見が対立すると言っても過言ではない。しかし、敵同士ではなくなった。

それに本当に仕事のことだけが目的だったら、自分はいまここにいるだろうか？　舞台が崩れ落ちた、その日の晩に。

エイサはジャン・マリーを見つめ返して正直に言った。「いや、仕事のことだけじゃない」それが中に入るための合言葉だったに違いない。ジャン・マリーの顔がどこか晴れやかになった。彼はうなずくと一歩さがった。「どうぞ。厨房で話しましょう」

エイサは彼について家の中に入った。けれども階段をのぼる代わりに、ふたりは廊下を進んで奥へ向かった。

厨房に入ると、暖炉の前で鍋の中身をかきまぜていた赤毛の美しい女性が驚いたように顔をあげた。

「テス」ジャン・マリーが重々しく言った。「お客さまだ。ミスター・エイサ・メークピース。ハート家の庭園の所有者だ。ミスター・メークピース、こちらはテス・ペピン。ミス・ディンウッディの料理人で……わたしの妻です」

最後のひとことは、顎をあげて誇らしげに言った。

黒人の男とイングランド人女性の結婚など、エイサはこれまで聞いたことがなかったが、劇場にはさまざまな人が集まる。新しいことを知っても、もはやたいして驚かなくなっていた。

エイサは頭をさげた。「ミセス・ペピン」

料理人は顔を真っ赤にしてスプーンを落とした。「まあ！　お会いできてうれしいですわ。

紅茶をお飲みになります？」

「喜んで」エイサは答えた。昼食をとる時間もなかったので、空腹感を覚えはじめていた。

テスはうなずくと、首をすくめて湯の準備をした。

エイサはジャン・マリーのほうを見た。

彼は古いキッチンテーブルを示した。「お座りになりませんか？」

「どうも」エイサは椅子に座り、熱湯をポットに注ぐ料理人を見つめた。彼女も夫同様、女主人の病に気づいているのだろうか？

ジャン・マリーはエイサのためらいを感じ取ったようだ。「テスとは結婚して三年になります。妻はその二年前からミス・ディンウッディにお仕えしていますが、用心深い女です。わたしは彼女に求愛し、自分のものにするのに二年かかりましたよ」

料理人の女性が夫を見た。まだピンクに染まっている頰には、かすかに非難の色が浮かんでいる。

ジャン・マリーが彼女に向けてにっこりした。黒い顔の中で白い歯が光る。「でも、待つだけの甲斐がありました、それは間違いない」

テスはふたたび真っ赤になって小さく舌を鳴らすと、テーブルに紅茶のセットを置いた。

エイサはひそかに微笑んでから真顔に戻り、ジャン・マリーを見た。「きみは？　きみはどのくらいミス・ディンウッディに仕えているんだ？」

「一〇年ちょっとになります。ですが、勘違いされていますよ。わたしを雇っているのはモンゴメリー公爵です。妻も、メイドのルースも同じです。ミス・ディンウッディは兄上に面倒を見てもらっておいでなのです」

テスが音を立ててポットをこんろに置いた。「あのお方ときたら」

ジャン・マリーが顔をしかめる。「ああ、だが《ウィ》、わたしはあのお方にご恩があって……」

テスは夫に向き直ってスプーンを突き出した。「ご恩なら、とっくの昔に返したじゃないの。あの方のせいで、あなたは生きるべき人生を——自分が望む人生を歩めずにいるのよ」

彼女はエイサを見ると、唇を噛んでふたたび暖炉のほうを向いた。

エイサは目を細めた。結局、いつも話は公爵に戻るのだ。初めてモンゴメリー公爵に会ったときのことを思い返した。焼け落ちた劇場跡で、アポロとふたりでワインを飲んでいたところへ彼がやってきたのだ。煙のにおいがするワインを一本空けたあとだったが、公爵の金髪と気取った態度、それに大仰にレースをあしらった袖口のことはよく覚えている。あのとき、エイサは公爵その人よりも、彼が出すと言った金——予想もしなかった大金——のほうに興味を引かれた。公爵のことは、気まぐれで劇場の経営に手を出そうと考えた貴族程度にしか考えなかった。

あれから一年経ったいまは、そんなふうには考えていない。モンゴメリーは、新しい劇場の設計と建築を強引にマクレイシュにやらせて、どうしてもこの秋に庭園を再開すると言い張り、過度に手入れされた指でハート家の庭園のあらゆる側面に触れた。

エイサはもはやモンゴメリーを甘く見てはいない。彼は力を持っていて、どこか変わっている。その目的は本人以外、誰もわからない。

「なぜモンゴメリーに雇われるようになったんだ?」

ジャン・マリーも椅子を引き出して座った。「長い話になりますが、お聞きになりますか?」

エイサはうなずいた。

ジャン・マリーはうれしそうだった。「わたしは奴隷でした。西インド諸島の中のサン・ドマングという島の砂糖農園で働いていたんです。赤ん坊のときにアフリカから連れてこられたと、ほんの幼い頃に母《マ・メール》から聞かされました」感情をこめて肩をすくめる。「七歳か八歳のときにマ・メールが亡くなったので、自分の生まれたところについてはそれぐらいしか知らないのです。農園で、アフリカからの奴隷として育ちました。女主人にかわいがられましてね、雑用係として家の中での仕事を与えられていた。エイサを見た鋭い目は、口元に浮かんでいる笑みが偽りであることを示していた。「奴隷にとっては、畑で働くより家の中で働くほうがずっといい——そう思うでしょう?」

エイサにはわからなかったが、想像はできた。他人の気まぐれな慈悲に頼り、休みなく、いまよりよくなるという希望もなく、一生汗水流しながら働き続けるというのはどういうことか。それは生きているとは言えない。

地獄にいるようなものだ。

エイサは相手の目を見つめ、一回だけうなずいた。

ジャン・マリーがうなずき返す。その笑みが皮肉な笑みに変わった。「ええ、そうなんです。女主人が亡くなったとき、わたしもそれを理解しました。わたしは一五歳で、主人の長男はわたしが強くて若いのを見ると、畑に送りました。でも、わたしはそれまで甘やかされていました。一年後、奴隷監督が動きの鈍い老婆を鞭《むち》で打ったとき、わたしはその手から鞭を奪いました。すぐに男たちに囲まれ、監督に鞭打たれましたよ。一時間以上も」彼の顔から笑みはすっかり消えており、険しい表情になっていた。「まだ跡が残っています」

テスが黙ったままジャン・マリーの前にシチューのボウルを置き、その肩に手をのせた。

ジャン・マリーが妻の手に自分の手を重ねる。「その晩、ほかの奴隷への見せしめとしてさらし台に置き去りにされたのですが、わたしは逃げ出しました。遠くまでは行けませんでしたが」彼はそこで、心配そうな妻を振り返った。「おいで、いとしい人《シェリ》。座って、一緒にきみのすばらしいシチューを楽しもう」

テスはうなずき、さらにふたつのボウルをテーブルに運ぶと、ひとつをエイサに渡してから腰をおろした。彼女は無言で夫を慰めるかのように、彼のそばに椅子を寄せた。

ジャン・マリーがふたたびエイサを見た。「わたしはつかまり、当然のごとく殴られました。彼らはわたしを縛り首にしようと決めました。ところが、どうなったと思います？　前日の晩に港に着いていたモンゴメリー公爵が、男たちがわたしをつるそうとしているのを見て、わたしを買い取ったのです。医者を呼び、傷の治療費も出してくださいました。そしてわたしが回復すると、旅に同行させるようになりました。英語を教え、服や食事を与え、わたしがすっかり元気になるまで何カ月も待ちました」

ジャン・マリーは肩をすくめ、シチューをひと口飲んだ。

「なぜだ？」エイサは尋ねた。「おれには、あの公爵が他人に情けをかけるとはとうてい思えないんだが」

ジャン・マリーが意味ありげにエイサを見る。「公爵がキリスト教徒的な慈悲の心でわたしの命を救い、治療を受けさせたとお思いですか？」

エイサは鼻で笑ってからシチューを口にした。濃厚な肉の味に、大きめに切ったジャガイモやニンジンなどが入った、おいしいシチューだった。「いいや」

「それなら、あなたのお考えは正しい」ジャン・マリーが落ち着いた様子で言う。「公爵は自分を命の恩人と考える人間が欲しかった。それがわたしです」

「なぜ？」

「いい質問ですね」従僕はエイサがことさら賢いことを言ったかのようにうなずいた。「妹の護衛を信頼して任せられる男が必要だったのですよ」

「それがきみなのか？」エイサは目を細めた。「きみは彼女の身を守っているのか？」

「ウィ、一〇年ほど。ですが、ただ身をお守りしているだけじゃありません。どんな男からも手を触れられないようにするのも、わたしの仕事です」

「モンゴメリーは妹が純潔を失うことを心配しているのか？」

「いいえ《ノン》」ジャン・マリーは首を横に振った。「正気を失うことを心配しているのです」

エイサはスプーンを置いた。「どういう意味だ？」

「今日のミス・ディンウッディの様子をごらんになったでしょう？　お嬢様にとっては悪魔のような存在がいるのです。それは男と犬です」

エイサはテーブルの上で拳を握った。女性が男を恐れる理由を推測するのは難しいことではないが、きちんと聞きたかった。「なぜだ？」

「ノン」ジャン・マリーが穏やかに言う。「それはわたしがお答えすべき質問ではありません」

エイサは立ちあがった。「それなら直接彼女にきこう」

ジャン・マリーも立ちあがった。彼は厨房に入るときに上着を脱いでおり、白い麻のシャツに包まれた肩は広くてたくましかった。「お嬢様を傷つけるのはやめてください」

エイサは歯を食いしばった。帰らなければならない。イブ・ディンウッディのことも、過保護な兄のことも、彼女のいわゆる悪魔のことも忘れて。

だが、そうはできなかった。

帰ることはできない。

テーブルに拳をつき、エイサはジャン・マリーのほうに身を乗り出した。

「それが彼女を守ることになると思うのか？　けっして男に触れられないようにすることが？　この家を出たら、常におびえていなければならないじゃないか。それは生きているとは言えない。きみは彼女を墓に埋葬したようなものだ」

怒るだろうという予想に反し、ジャン・マリーが唇の両端をあげた。面白がっているわけではなさそうだ。「それなら、あなたはお嬢様を守るもっといい方法をお持ちなんですか？出会ってまだ数日だというのに」

エイサは顎を突き出した。「ああ、そうだ。いますぐには思いつかないが、これは――」

そう言って厨房を、そして家全体を示すように腕を広げる。「だめだ」

ジャン・マリーは立ったまま、一分ものあいだ無表情でエイサを見つめていた。それから上階にいる女主人が天井越しに見えるかのように、視線を上に向けた。「わかりました。では、お嬢様のところにいらしてください」

イブは拡大鏡に覆いかぶさるようにして、いま取りかかっている細密画をじっくり見つめていた。それは黒髪をうしろで束ねて横を向いている若いレディを描いたものだった。真紅の塗料に筆を浸し、女性の笑みをそっとなぞる。彩色された女性は幸せそうで、イブは一瞬嫉妬を覚えた。

部屋のドアが開いた。

イブは顔をあげずに言った。「夕食はテーブルに置いていってちょうだい、ルース」

「ルースじゃない」低い声が返ってきた。

イブは息をのんで凍りついた。さっき玄関のドアをノックする音は聞こえたけれど、そのあと階段をのぼってくる足音は聞こえなかったので、ジャン・マリーがミスター・メークピースをうまく追い払ってくれたのだと思っていた。

でも、そうではなかったらしい。

顔をあげると、まるで教育のなっていない従僕みたいに食事のトレイを持ったミスター・メークピースが立っていた。

イブと目が合うと、彼は唇の片端をあげた。「料理人が、きみのために半熟卵と何かの果物を煮たのを作ったぞ」そう言いながら、疑り深い目をトレイに向ける。

イブはつばをのみ込んでうなずいた。「プルーンよ」

ミスター・メークピースが目をあげる。「なんだって？」

彼女はトレイを示して言った。「プルーンを煮てあるの。わたしの好物なのよ」

彼がぎょっとしたような、信じられないと言わんばかりの顔で見つめるので、イブは思わず笑いそうになった。「本当か？」

「ええ、本当よ」無邪気に微笑んでみせた。「少し食べてみない？　もっと作ってほしいと言ってもテスはいやがらないわ、きっと」

「結構だ！」ミスター・メークピースはそう言って咳払いをしてから、静かに言い足した。「いや、プルーンはおいしいんだろうが、もう厨房で食事をしてきたから」

その言葉にイブは真顔になった。「ジャン・マリーと一緒だったのね」

ミスター・メークピースは用心深い目で彼女を見ながら、長椅子の前の低いテーブルにトレイを置いた。「ああ。きみにけががなかったと彼から聞いた」

「そのとおりよ」

彼らの話の内容がそれだけでなかったのは間違いない。たぶん、わたしのこと、ただのキスに対するわたしの妙な反応のことも話しあったのだろう。ジャン・マリーに裏切られたような気分になってもよさそうなものだが、イブが感じたのは疲れだけだった。この苦しみとはもう一〇年以上もつきあっているから、ただうんざりするだけのときもある。

彼女は立ちあがり、長椅子の向かいの椅子に近づいた。テスが用意してくれたのは、大変な一日のあとでも食べやすくて消化にいい軽い夕食だった。ありがたい。テスは料理が上手なだけでなく、思いやりがあるのだ。

やわらかい半熟卵がのった皿を持ち、椅子の背にもたれた。

ミスター・メークピースは向かいの長椅子に座り、イブが食べるのをしばらく見守ってから唐突に言った。「すまなかった」

彼女はフォークを持った手を口の前で止め、黙ったままうなずいてから卵を食べた。

彼が乱れた髪をかきあげる。「おれは頭にきていた。舞台が崩れたことと、きみと口論したことで。キスなんかするべきじゃなかったんだ」

「じゃあ、なぜしたの?」

ミスター・メークピースは肩をすくめて椅子に背中を預け、男らしく脚を開いた。男性というのは、なぜあんなに幅を取って長椅子に座るのだろう?「いま言ったとおり、頭にきていた」

「それでわたしにキスしたくなったというわけ？」彼の返事が聞きたくてたまらない。

彼が顔をしかめて答えた。「ああ」

「どうして？」

ミスター・メークピースは眉を寄せてしばらくイブを見つめたあと、不意に身を乗り出した。「よくわからない。男とはそういうものなんだ。怒りとか敵意を情熱と混同して、自分のまわりにいる女性に向けてしまう。男は原始的だからね」

「ええ、そうね」

「だからといって……」彼がイブのほうに手を伸ばした。衝動的にそうしたらしく、その手を拳にしてから引っ込めた。

ミスター・メークピースがほかの女性のように自分に触れられないのが、イブには残念だった。

彼が息を吸って言う。「おれは絶対にきみを傷つけない。きみも、ほかのどんな女性も」

「わかっているわ」さっき彼が伸ばした手を見つめながら応えた。いまは膝の上に置かれているその手は大きくて男らしく、日に焼けた肌にいくつかできた傷がかさぶたになっている。言葉にならない思いがこみあげてきて、イブはまばたきで涙をこらえた。「わかっているの。それでも同じことなのよ。あなたがわたしを傷つけるつもりだろうとそうでなかろうと、あなたがいい人だろうと悪い人だろうと、あなたやほかの男の人に抱きしめられることに耐えられないの」目をあげて彼を見る。「その意味では、わたしはどこか壊れているのよ」

ミスター・メークピースは表情を変えなかったが、膝に置いた手の関節が白くなるほど力をこめて拳を握りしめた。「もうきみに触れないように気をつけるし、きみの許可なしに抱きしめることは絶対にしない」

イブは眉を寄せた。わからないのかしら？　これ以上ないほど、はっきり伝えたつもりだったのだけれど。「わたしが許可することはないわ」

まるで決闘の申し込みを受け入れるみたいに、ミスター・メークピースが妙に形式張ってうなずいた。「だから、きみが言葉でいいと言わないかぎり、きみにキスしたり、情熱的に触れたりしない」

イブはしばらく彼を見つめてから心の中で肩をすくめ、プルーンのボウルに顔を伏せた。やわらかくて甘いプルーンを噛むと、テスがいつも少し加えるブランデーが舌を焼いた。

ミスター・メークピースが咳払いをする。「なぜあんなふうになるかはきみに直接きけとジャン・マリーに言われた」

イブは驚いて顔をあげた。

彼はすぐに首を横に振った。「話してくれるなら、きみがそうしたいと思うときにしてくれるのが一番だ。こっちから頼んだりはしない」

「ありがとう」急に気分が軽くなり、まばたきをしてプルーンを見つめた。彼はまだ、わたしが本当の自分を隠すのを、ふつうのふりをするのを許してくれている。もし自分で決められるなら、何があったかけっして彼には話さないつもりだ。

でも、話そうと話すまいとたいした違いはない。わたしはわたしなのだから。もう一〇年以上、ほとんど変わっていない。死ぬまでこのままなのだろうとあきらめている。

息を吸い、ボウルをトレイに戻してから、両手を膝の上で組んだ。「巻き込まれた踊り子たちはどんな具合？」

話題が変わって、ミスター・メークピースもほっとしたようだ。「ポリーとサラは頭にこぶができた程度ですんだ。医者の話だと、二、三日寝ていれば治るだろうということだ」彼はためらってから続けた。「デボラの遺体は家に運ぶよう手配した。それから埋葬に必要な金も送ったよ」

イブはうなずいた。「よかったわ。ポリーとサラには世話をしてくれる人はいるの？」

「看護師を雇った」ミスター・メークピースの唇の片端があがり、えくぼが現れた。「もちろんモンゴメリーの金で。デボラの埋葬費用もそうだ。自分の金をこんなふうに使われるのを、彼は喜ぶだろうか？」

「どうかしら」イブは顎をあげた。「でも兄はお金のことをわたしに任せているし、わたしは正当な使い道だと思うわ。あの舞台で踊っていなければポリーとサラはけがをしなかったし、気の毒なデボラは命を落とさずにすんだんですもの」

「ありがとう」

彼がにっこりと親しげに微笑んだ。その笑みがまぶしくて、イブは目をしばたたいた。

ミスター・メークピースが両腕を広げて長椅子の背にかけ、満腹になったライオンみたいにもたれかかった。「スケッチブックを持っているかい？」

「ええ、もちろん」用心深く言う。「なぜ？」

「おれがここにいるから」彼は広い肩をすくめた。「またきみのモデルを務めようかと思う」

イブはいくつもの抗議の言葉を用意して口を開いたが、また閉じた。実を言えば、彼を描くのが好きだった。

それに彼を描くことは、ふたりのあいだの取り決めだ。

イブは机まで行ってスケッチブックと鉛筆を取り、椅子に戻ろうと向き直った。けれども、ミスター・メークピースのしていることを見て動きを止めた。彼は襟飾りを外しはじめたのだ。

緑色の瞳がきらめきながらイブを見た。「わかっているよ。服を脱がなくていいと言われたからね。でも、服を着たおれの姿はもう描いただろう？　今度は別のことをしてはどうかと思うんだ」

イブはつばをのみ込んだ。襟飾りにかかる彼の指から、どうしても視線を引きはがすことができない。「別のことって、どんな？」

ミスター・メークピースが肩をすくめる。「きみがやめてくれと言ったらやめる。いいね？」

彼女は小さくうなずいた。

「イブ」

ミスター・メークピースの唇から自分の名が発せられると、イブは彼を見つめた。

彼が片方の眉をあげる。「いいのか？　いいなら、そう言ってくれ」

これはわたしの求めていることかしら？　自分の居間で、体の大きな男性と一緒にいる。ふたりきりで。でも、彼はわたしには触れない。長椅子の前の低いテーブルをはさんでいるから安全だ。

わたし……わたしは、あの襟飾りの下にあるものが見たくてたまらない！

「いいわ」

ミスター・メークピースは唇の片端をあげて笑うと、襟飾りを引っ張って日に焼けた力強い首をあらわにした。

イブは息を吐き出し、スケッチブックを胸に抱いて、いささか唐突に腰をおろした。

彼が眉をあげ、ベストのボタンに手をかけてひとつ外してから、手を止めてイブを見る。

彼女はつばをのみ込んだ。「お願い」

笑みを浮かべながら、ミスター・メークピースはベストのボタンを外していった。これまでの彼は、イブの前ではやりすぎだと思ったのか、上着すら脱がなかった。それがいま、ベストの半分までボタンを外している。その下はもちろんシャツだ。大変な一日を過ごしたあとだけに、シャツはしわだらけで汚れていた。

彼が頭を傾けて、挑むようにイブを見た。その顔は真剣そのものだ。

彼女は臆病者ではない。心の奥底は。

顎をあげて、はっきりと言った。「ボタンを外してちょうだい。お願い」

ミスター・メークピースがすばやく微笑んだ。太い指がゆっくりと小さなボタンを小さなボタンホールに通し、少しずつ前を開けていく。その指がついに最後の、上半身の中央にあるボタンを外した。

イブを見つめたまま、彼は胸元を大きく開けた。黒い胸毛が渦巻く日焼けした肌があらわになる。まだ一部しか見えていない。乳首は見えないし、胸から下も見えないから、もちろんおなかも見えない。だが、それでもイブにはじゅうぶんだった。喉元のへこみ。首の両脇の長い腱《けん》。シャツの中に消えていく水平な鎖骨の線。

ここまでしっかりと男性の体を見たことはなかった。

本当なら恐怖を覚えるはずだ。体の大きなミスター・メークピースが圧倒的な存在感を放ちながら、胸の前をはだけて長椅子に座っているのだから。

けれども怖くなかった。

それに気づいて、イブは息をのんだ。

わたしは彼をまったく恐れていない。そう思うと自然に笑みが浮かんだ。

彼がイブの視線をとらえてうなずく。何も言わないが、その口はすでに大きく微笑もうとしていた。

イブはスケッチブックを開くと、白紙のページまでめくった。そして芸術の喜びと安心感に、われを忘れて描いた。室内には紙の上を走る鉛筆の音だけが響いている。ミスター・メークピースは身動きひとつしなかった。ただそこに座り、イブにじっくり見つめられることに満足しているようだった。

机の上の陶器の時計が鐘を鳴らすまで、彼女は手を止めることなく描き続けた。

「まあ、もう一〇時だわ」

ミスター・メークピースは立ちあがって体を伸ばすと、居眠りから覚めたかのように大きくあくびをした。シャツのボタンを留めながら言う。「帰ったほうがよさそうだ」

イブは後悔の念に唇を嚙んだが、スケッチブックを閉じて自分も立ちあがった。

「ありがとう、ミスター・メークピース」

彼はベストのボタンをかける手を途中で止め、愉快そうに眉をあげてイブを見た。

「エイサと呼んでくれ。きみはおれを半分裸にしたんだから」

笑みを隠そうと唇をぎゅっと閉じながらも、彼女は目を丸くした。「半分だなんて」

「じゃあ、四分の一だ」彼は襟飾りをポケットに突っ込んだ。

イブは重々しくうなずいた。「四分の一ね」

エイサが微笑んで指を鳴らす。「そうそう、忘れるところだった。今日聞いたんだが、カストラートがふたり、歌いに来る。もちろんふたりともイタリア人だ。ボーゲルとおれとで、どちらをおれたちのオペラに採用するか選ぶんだ。選んだカストラートに払う金はモンゴメリーの金だから、きみもふたりの歌を聴きたいだろう？」

イブはスケッチブックの上で手を組み、気持ちを仕事に集中させようと努めた。

「ええ、もちろん」

「では、明日の朝。ふたりには一一時に来てもらうことになっている」彼がゆっくりと微笑んだ。「おやすみ、イブ」

そう言うと、洗礼名で呼んだことに彼女が抗議する隙を与えずに部屋を出ていった。

イブは考えにふけりながら、彼を見送った。

そして机に向かい、小さな紙を取り出して短い手紙を書いた。

鐘を鳴らしてジャン・マリーを呼ぶ。

「モナミ？」ジャン・マリーはまだ夜着に着替えていなかった。彼はいつも真夜中まで自室にさがらないのだ。

イブは彼を見つめ、その目尻に小じわが寄っているのを初めて見た。

長い一日だった。

「あなたの友情にどれほど感謝しているか、伝えたことがあったかしら？」

「ノン。でも、わたしにお話しになるときの声でわかりますよ」ジャン・マリーは眉をひそめた。「そのためにわたしを居心地のいい火のそばから引き離したのですか？　それを尋ねるために？」

「そうじゃないわ」イブは手紙を差し出した。「明るくなり次第、これを〈一角山羊亭〉に届けさせて。アルフの手が必要なの」

8

「目を閉じるのだ」王が命じ、ダブはその手にナイフが光るのを見ました。全身が震えだしましたが、王から目を離しませんでした。「できません」王は上唇をあげて、蔑むように言いました。「いますぐ閉じるのだ。これはわたしの命令だ！」

目から涙がこぼれ落ちましたが、ダブは目をそらしませんでした。「いやです」それを聞いた王は叫びました。「わたしから目をそらせ！　おまえの胸から心臓をえぐり出せるように！」

けれどもダブはそれに従う代わりに立ちあがり、小屋を飛び出して夜の闇へと逃げました……。

『ライオンとダブ』

翌日、エイサは席に座り、見事な声を持つカストラートによる世にも美しいアリアを聴きながら……顎を支えている手の陰であくびを嚙み殺した。早朝まで舞台の片づけを手伝っていた。厄介なことに、ふたりのカストラートは——オペラ歌手はみなそうだが——自分の才能に非常に神経質になっている。少しでも軽く見られたと感じると、すぐさま舞台からおりてしまう。一度など、自分が歌っている最中に客の愛玩犬が居眠りしているのを見て、舞台をおりたソプラノ歌手もいた。

しかし今日は、おりるべき舞台がない。カストラートの歌は劇場の前の舗装された中庭で聴くことにした。エイサは歌い手たちを怒らせるような真似はしないようにしていた。隣ではイブが背筋を伸ばして座っている。真剣な表情で目をきらめかせている彼女を見ると、エイサはひそかに微笑まずにはいられなかった。彼女は歌を楽しんでいる。

「ちょっと！　そこ、うまく歌えないのか？」

残念なことに、ボーゲルはエイサと違って歌手を怒らせるのが平気らしい。作曲家の辛辣な言葉に、エイサは顔をしかめた。

長い歯を持ち、黄色いかつらをかぶった長身のカストラートが、歌うのをやめて乱暴な身振りをした。「わたしはローマのサン・ピエトロ大聖堂で、法王の前で歌ったこともあるのだぞ！」

「大聖堂の身廊を、牛飼いが牛を呼び集めるみたいに歌いながら進んだってわけか」

カストラートがイタリア語で猛然と何か言いはじめた。作曲家に向けたその態度から察するに、こちらに通じないイタリア語だったのは幸いだったようだ。地面に派手につばを吐くと、彼は去っていった。

「じゃあ……」イブは目をしばたたいてからボーゲルを見た。「最初の人にするのね？」

「彼は若いし、いまの男ほど有名ではない」ボーゲルは頑固に肩をすくめた。「だが、彼のほうがうまい。ポンティチェリを雇おう。すぐ本人にそう伝えるよ」

エイサは同意のしるしにうなずいた。

ボーゲルは頭をさげると、ひとり目の歌手が歌を披露したあと待機している劇場のほうに向かった。

「助かった」エイサは立ちあがり、こわばった背中を伸ばした。「やっと決まった。ポンティチェリはジョーより面倒が少ないだろう」

「どういう意味で？」イブも立ちあがりながら尋ねた。いまはジャン・マリーが影のように付き添っていない。彼には舞台の片づけを頼んであるからだ。

「それは……」一瞬、エイサは言葉に詰まって彼女を見つめた。ジョーはひどい女たらしで、劇場にやってくる女性たちをしょっちゅう泣かせていたのだ。

「出ていくとき、ずいぶん怒っていたわよね」

「ああ」ほっとして言う。

「劇場に関わる多くの人が怒っているのには、もちろん気づいているわよ」イブはしばらく考え込んでから、答えを期待するようにエイサを見た。

ふたりは劇場の扉まで来ていた。彼は鈍感なふりをして目を見開くと、扉を開けてお辞儀をし、劇場に入るよう彼女を促した。

イブが中に入っていく。

エイサもあとから入り、彼女のヒップが揺れるさまを見つめながら微笑んだ。小さな子どもがふたり、脇を通り抜けて中庭に走っていった。

彼は眉をひそめた。「あれはいったい――」

彼女は咳払いをすると、エイサが追いつくのを待つために立ち止まってから口を開いた。「カストラートも決まったことだし、オペラは問題ない。そうよね？」

「そうとは言いきれない」彼は足を止め、魔よけの意味で、扉のまわりの木材を拳で叩いた。

振り返ると、イブが驚いた顔で見つめていた。「あなたが迷信深い人だとは思わなかったわ」

「劇場の中にいるんだ、誰だって迷信深くもなるさ」イブの腕を取り、事務室へ向かう。「昨日、舞台が崩れたばかりだ。開園まであと三週間と少し。それまでにどんな災難が降りかかるか、わかったもんじゃない」

「それなのに、あなたとあなたの庭園を信じろとわたしに言い続けてきたわけね」彼女が静かに言った。

「あきらめるつもりはないからさ。絶対に」エイサは事務室のドアを開けた。「火事だろうと洪水だろうと何があろうと、おれの庭園は再開するし、おれたちはオペラを上演する。たとえ自分で歌わなければならなくなったとしても」

「あの高音を出すためにしなければならないことを、あなたがするとは思えない」イブが冷たく言う。「でも、あなたのその粘り強さは立派だと思うわ」

彼女はエイサのテーブルをまわって自分の机についた。彼が足を止めて自分を見つめていることに気づいていないようだ。

「本当か？」

イブは、なぜか今日は一緒に連れてきていた鳩に餌をやっていた。だがエイサの言葉に、好奇心に満ちた顔をあげた。「もちろん。針路を決めて、どんな障害や不便があろうとそれを突き進む人は立派よ。わたしはそう思うわ」

「そうか」落ち着かない気分になって髪をかきあげる。自分のしていることを――自分のことを――誰かに評価してもらったことはなかった。あれ以来……そう、かつての師、スタンリー卿が亡くなって以来は。「ありがとう」

「どういたしまして」イブは重々しく応えてから、笑みを含んでわずかに身を乗り出した。「さあ、ジョバンニ・スカラメッツラがどんな面倒を起こしたのか教えて」

あいまいな返事で切り抜けたつもりだったのに。そう簡単にはごまかされない彼女に賞賛を覚えずにはいられなかった。

エイサはため息をついて自分の席に座った。「ジョーは女好きでね。そして悲しいかな、女たちも彼のことが好きなんだ。彼がとくに気に入っているのが、自分をめぐって愛人たちを競わせ、それを自慢することらしい。それも主に劇場で」頭を振りながら、自分の部屋から持ってきた手紙の束に目を通す。「ろくでなしってやつだ」

「でも……」エイサが顔をあげてイブを見ると、彼女は眉を寄せて戸惑った顔をしていた。「その……」頬がピンクに染まる。それも当然だろう。「カストラートがあんなに高い声で歌えるのは……」

「あそこを切り落としているからだ」代わりに言葉を引き継いだ。「声変わりする前に」

「それでも……？」その問いかけは途中で消えた。エイサは何を尋ねようとしたのか探ろうと、しばらく彼女を見つめた。

「ああ」やがて思い当たった。「ええと……全部切り落としたわけじゃない。まだ残っているんだ、その……」一瞬、体のその部分を示すあらゆる言葉が頭の中を駆け抜けた。どれも紳士がレディの前で口にするにはふさわしくない。

自分は紳士でなくてよかった、とエイサは思った。

「ペニス」思ったより大きな声が出た。「ペニスはまだ残っている。切り落とすのはタマだけだ」

イブは首をかしげた。なぜか、いまはエイサほど照れくささを感じていないようだ。

「それだけで……」あいまいに手を振る。「女性を歓ばせられるの？」

エイサは肩をすくめた。「そのようだ。少なくともジョーはね。聞いた話では、彼はそいつを立たせることができないから手で全部やるらしい」

彼女がゆっくり頭を傾ける。「手で」

「そうだ、わかるだろう？」手振りで示しかけてからあまりに下品だと気づき、あげた手で頭をかいてから弱々しく言った。「手で」

イブはきっぱり首を横に振った。「いいえ、わからないわ」

エイサはつばをのみ込んだ。こんな話をしているおかげで、自分のその部分がうずいてきた。これは危険な会話だし、彼女だって、いくら初心でもそれはわかるはずだ。

それでも、イブは彼を見つめて答えを待っている。

彼女がこの問題をさらに追究する勇気があるというなら、こちらとしては情報を出ししぶる理由はない。

「手を使うんだ」エイサは静かに言った。無意識のうちに声が低くなっている。「男が女性のスカートの中に手を入れて、脚のあいだに触れる」

イブの青い目が丸くなり、唇がわずかに開いた。頬は相変わらずピンク色だ。気づくと、エイサは彼女に合わせて呼吸していた。舞台で作業している音がかすかに聞こえる以外、なんの音もしない。エイサは、昨夜シャツのボタンを外す自分を見つめていた彼女の様子を思い出した。素朴で、ぞくぞくするほど初心だった。

この部屋にふたりきりでいるいま、彼はイブのことをなんの取柄もないと思っていたのが信じられなかった。

彼女が唇を湿らせる。その舌は驚くほど赤かった。「どういう意味？」

エイサの緑色の目が光を放ちながらイブを見ている。「自分でそこに触れたことはないのか？」

そんな質問には腹を立てるべきなのだろうが、そもそもこの話を始めたのは彼女のほうだ。エイサをここまでけしかけてきたのはイブだった。彼の言っているのがどんなことなのか、知りたいのもイブだ。

黙ったまま、彼女はうなずいた。

エイサが低くざらついた声で言う。「女性の秘所には小さな突起がある。真珠とかボタンとかクリトリスとか呼ばれるが、名前はどうでもいい。そこに女性の快楽の鍵があるんだ。そこをさすられたり……」彼はゆっくり息を吸ってから先を続けた。「なめられたりすると、女性は快感を覚える。その恍惚《こうこつ》感は、男が射精するときと同じだ」

彼の言葉に、イブはおなかの下が熱くなるのを感じた。けれど、彼を信じていいのかわからなかった。自分のその部分に真珠があるなんて、感じたことがない。彼が女性の――わたしの――体に、わたしより詳しいなんてことがあるだろうか？

「あなたはしたことがあるの？」イブはささやいた。「さすったり、なめたりしたことが？」

「ああ」エイサの目が細められ、緑色の瞳がほとんど見えなくなった。

「どうして？」本当にわからない。「それがあなたにとって、なんの役に立つの？」

彼が微笑みかけた。友情や喜びの笑みではなく、秘密を打ち明けるときの笑みだ。

「おれにも快感をもたらしてくれるからさ。女性のうめき声やあえぎ声、泣き声を聞き、濡れるのを見て、スパイスのようなにおいが立つのをかぐ。おれが触れることで、女性がわれを忘れる」エイサは頭を振った。「その瞬間の感覚は強烈なんだ」

イブは野原を早足で突っ切ったあとのように息苦しくなった。彼の言葉、彼の声に魔法をかけられたかのようだ。「女性は誰でもそういう反応をするの？」

「いや、かたくなな女性もいる。そういう相手は、うまくなだめて脚を開かせる。おれがキスをして、きみはなんて美しいんだと言いながら真珠をさすっても、黙ってじっとしている。彼女が気を許して身を任せる頃には、おれの手は濡れ、あたりには官能のにおいが立ちこめている。そうじゃない女性たちは、ある意味尻軽だ。自らスカートをまくりあげて脚を広げ、おれがさするとくすくす笑いながら唇をなめ、ため息をつき、快楽を存分に味わう」

イブはエイサをじっと見つめた。彼の話に出てきた禁断の行為に身をよじりたくなったが、それをこらえて言った。「あなたはどちらが好きなの？」

彼がうめくように小さく笑った。椅子に座ったまま手足を伸ばし、首をのけぞらせている。「どんな女性も好きだ。身分が高いのも低いのも、笑い上戸のかわいらしい女性も、世界をしっかり見据えているレディも。小柄でも長身でも、赤毛でも黒髪でも、大きい胸でも小ぶりな胸でも。男に誘いをかけるのにまつげを伏せるだけの女性も、自分の求めることをはっきり伝える女性も。誰もが、おれにとっては美しい」

「でも……」誰しもが美しいわけじゃない。イブは美人ではない。初めて会った日に、彼ははっきりそれを示した。わたしを女性として見ていないのかしら？　そう考えると、わけもなく悲しくなった。

彼女はさらに説明を求めようとしたが、そのとき事務室のドアが開いた。ジャン・マリーが入ってきて、エイサは座り直した。

魔法は解けた。

だがジャン・マリーを振り返るときも、イブはエイサの目が光っているのを見落とさなかった。彼に触れられるのはどんな感じだろう？

ジャン・マリーがイブからエイサへと視線を移す。いぶかしげに目を細めながらも、ただこう言っただけだった。「アルフが庭で待っています、モナミ」

その知らせに、エイサがやっと彼女から目をそらした。「アルフ？」

「兄のために働いている少年よ」立ちあがりながら言う。「わたしの用事も、ときどき引き受けてくれるの」

「その少年がここで何をしているんだ？」

イブは軽い調子で肩をすくめた。「仕事を手伝ってもらおうと思って。ちょっとした雑用をね」

嘘をつくのは昔から得意ではない。エイサは彼女をじっと見つめてから、ゆっくりと言った。「そうか」

イブは一度うなずくと何も言わずに部屋を出た。ほかにどうすればいいというのだろう？ついさっきまであんなことを話しあっていた紳士の前を辞するのに、正しいやり方などない。彼女は身震いした。どうしてわたしはエイサに尋ね続けたの？　静かな部屋と、燃えるような彼の緑色の瞳と、次第に速まっていく自分の呼吸に、魔法にかけられたみたいだった。そんな自分に愕然《がくぜん》とするべきだ。恥じるべきであり、恐れるべきだろう。けれど、そんな気にはならなかった。むしろ事務室に戻って、女性に何ができるのかもっと尋ねたかった。

そんな思いを払いのけ、イブはジャン・マリーを従えて明るい戸外に出た。

「アルフに何をさせるつもりですか？」ジャン・マリーがうしろから小声で尋ねた。

息を吸い、舗装された広い中庭を横切りながら考えを整理する。「ミスター・メークピースは、舞台が崩れるよう細工がしてあったと考えているの。板がのこぎりで切られていたそうよ」

「ええ」ジャン・マリーが言う。「わたしも見ました。でも、それがあの少年にどう関わるのかわかりません」

「彼のいるところまで連れていってくれれば、あなたにもわかるわ」

ジャン・マリーはイブを見て前方を示した。「あそこです。音楽堂の柱のあいだに隠れている。疑り深い子ですね」

「バルが彼を雇ったのは、そのためもあるんでしょう」そう言いながら、足早に音楽堂へ向かった。

ジャン・マリーに居場所を教えてもらったおかげで、イブにも柱の影に溶け込んでいるアルフの姿が見えた。明るい昼間だとよけいに痩せて見え、胸が痛む。ちゃんと食べられているのだろうか？

「お嬢様」少年の前で足を止めると、彼はくたびれた帽子のつばに手を添えたが、帽子を脱ぎはしなかった。「おれにご用だとか」

「ええ、アルフ。仕事を頼みたいの。内密に」

アルフの顔に笑みが広がった。「おれの仕事はほとんどが内密だよ」

「そうね」イブは深く息を吸った。「ハート家の庭園の所有者のミスター・ハートが、庭園を破壊しようというたくらみがあると考えているの。昨日、劇場の舞台が崩れてふたりの踊り子がけがを負い、ひとりが亡くなったわ。ただの事故ではないというのがミスター・ハートの考えよ」

アルフが首をかしげ、問いかけるように眉をあげる。

「舞台が崩れたことの裏に誰がいるのか、あなたに調べてほしいのよ。ジャン・マリーとわたしは、あなたがここにいるのはわたしの手伝いをするためだと周囲に言うわ。でも本当は、疑わしい人に目を光らせておいてほしいの。やってくれる？」

「もちろんできるけど」アルフがゆっくりと答える。「本当に犯人を見つけられるかどうかはわからないよ」

「わかっているわ。ただ見張ってくれればいいのよ」

「わかった。まず何をすればいい？」

イブもそこまでは考えていなかった。何か思いつかないかとあたりを見まわしたとき、近くの茂みが小さく動くのが目についた。

ジャン・マリーの腕をつかんで言う。「誰かに見られているみたい」

護衛はイブの視線の先を追い、茂みに近づくと枝をかき分けた。

彼のこわばった背中から緊張が消えた。「心配するようなことではありません」

「どういうこと？」イブはジャン・マリーのもとに向かい、茂みをのぞき込んだ。アルフもうしろからついてきた。

劇場の事務室で見た巨大な犬が横になっていた。いまは目を閉じて、まったく動かない。痩せた体を茂みの中に静かに横たえている。

イブは罪の意識を覚えた。恐れるあまりに犬をじっくり見ていなかった。おなかをすかせていることにまったく気づかなかった。「死んでいるの？」

ジャン・マリーはかがんで犬の汚れた脇腹にしばらく手を当ててから、立ちあがって首を横に振った。「まだ生きていますが、そう長くはないでしょう」

イブは犬を見つめた。初めて見たときは震えあがるほど怖かったその犬が、いまはあばらが浮き出るほど痩せ細って汚れ、体を丸めて横たわっている。こんな状態の犬を、誰も怖がったりしない。

イブでさえも。

アルフを振り返って言った。「お願いがあるんだけど」

少年は彼女と犬を見比べ、顔に一瞬嫌悪感を浮かべてから、無表情に戻って言った。

「殺してほしいの？」

「いいえ」イブは答えた。「助けるのを手伝ってほしいの」

　エイサが難しい顔で手紙を読んでいるとき、事務室のドアが開いた。目をあげると、イブが入ってくるところだった。彼女はエイサのほうを見もせずにうしろを振り返った。「気をつけてね」

　死にかけたみすぼらしい犬を抱いて、ジャン・マリーが入ってきた。

「いったい――」エイサは言いかけた。

「そこにおろして」依然としてエイサに注意を向けることなく、イブがジャン・マリーに告げる。「そこにあるぼろ切れを使えばいいわ」

　そう言って、彼女は山積みになった赤と金の布を指し示した。

「おい！」エイサはかっとなって立ちあがった。「そのぼろ切れは衣装だぞ」

　イブはようやく彼の存在を認めたらしく、眉をひそめた。「なんだか薄汚れているけれど？」

　エイサは髪をかきあげた。「火事のときに救い出したものだ」

　彼女がうなずく。「それがいま、役に立つのよ。それを着たがる役者や歌手がいるとは思えないもの」

「だが……」言い返す言葉がなく、エイサはジャン・マリーが犬をイブの机の向こうに連れていって、衣装の山の上にそっと横たえるのを黙って見ているしかなかった。

彼女も心配そうに眉根を寄せて見守っている。

エイサはイブを見つめずにはいられなかった。彼女は犬を怖がっていた。それはエイサもよく知っている。あの犬を見て取り乱してから二日も経っていないというのに、今度は死にかけたその犬が居心地よく過ごせるよう気を配っている。矛盾に満ちた女性だ。公爵の妹で誇り高く厳格である一方、ほんの三〇分前には、彼が女性を愛撫するさまを説明するのを、目を丸くして聞き入っていた。わけがわからない。イブと話したこと――ふたりのあいだは机とテーブルにはばまれていたから触れてはいない――を思い出すだけで、下腹部がうずく。

彼女は美人ではない。いまでもそう思う。鼻は長すぎるし、顔立ちは地味すぎる。それでも彼女の体を見たくてたまらない。ほっそりした手や白い肩に触れられるなら、なんだって差し出すだろう。それよりはるかに大胆なことを女性たちにしてきた、このおれが。

エイサはひそかに鼻で笑った。許されないことだからこそ、惹かれるのだろう。実際にイブに触れることはできないから。腕に抱き寄せ、自分の口であの取り澄ました唇を開かせることができるとしたら、すぐ飽きてしまうに違いない。

きっとそうだ。

そこへ、水の入った洗面器を持ち、腕にずだ袋をぶらさげた少年が入ってきた。

「ありがとう、アルフ」イブが、犬のそばに来るよう少年に合図した。

彼女が何をしようとしているのか見るために、エイサは近づいた。イブは犬をのぞき込むようにしている。触れてはいないものの、何かしたいと思っているのは明らかだ。

「おれがやろう」彼は上着を脱いだ。犬はひどい悪臭を放っていた。

袖をまくり、真紅の布を破る。

「何をしているの?」イブが不安げに尋ねた。

エイサは鼻を鳴らし、そっと彼女を押しのけた。「こいつをここに置いておくつもりなら、においをなんとかしないと」まだ洗面器を持って立っている少年に合図する。「それを置いて手伝ってくれ」

少年はイブのほうを見て、彼女がうなずくとエイサの言葉に従った。

エイサはしゃがんで犬を調べた。かなり状態が悪く、今夜ひと晩もつかも疑わしい。だが、それをイブに伝える気はなかった。

元気なときは大きな頭と垂れさがった顎で巨大に見えた犬だが、いまは骨と皮だ。骨盤が痛々しいほど突き出ていて、尻が大きくへこんでいる。皮膚のあちこちに切り傷や引っかき傷があった。残飯をめぐって、ほかの犬と争ったのだろう。片方の耳は短くちぎれており、目と鼻にはかさぶたができている。

けれどもエイサが頭に手をのせると、犬は目を開けて、布の上で弱々しく尻尾を振った。

「いい子だ」彼はささやいた。布を濡らし、犬の口の上で静かに絞る。

犬が舌を突き出して、滴り落ちる水をなめた。

「チーズと肉がある」アルフが横からそう言って袋を開け、チーズの塊とスライスした牛肉を見せた。

エイサは首を横に振った。「いまのこいつには無理だろう。誰か昼食用にパンを持ってきていないか、きいてきてくれ」

「わかった」アルフは立ちあがった。

「手伝う者がいなくなりましたが、ほかに何か必要なことはありますか？」ジャン・マリーが言う。

「スポンジで汚れを落としてやろう」エイサは犬の不潔な頭を撫でながら言った。「だが、あまりびしょ濡れにしてはまずい。脂肪がまったくついていないぶん、風邪を引きやすいからな」

ジャン・マリーはうなずくと、上着を脱いでからひざまずいた。

エイサは犬にさらに少し水を与えてから、布で体を拭いてやった。傷のいくつかは新しく、拭くとまた血が出た。痛むはずだが、犬は身動きひとつしない。静かに横たわったまま、エイサの動きを見つめている。ときおりイブを見て、そのたびに尻尾を振っていることにエイサは気づいた。

思わず笑みが浮かぶ。「きみに崇拝者ができたようだ」

「えっ？」彼女が振り返った。眉根を寄せた様子が微笑ましい。

エイサは犬を示して言った。「こいつはきみのことが好きらしい」

イブがいぶかしげに犬を見おろす。「でも初めて見たとき、わたしは悲鳴をあげてしまったのよ。わたしを好きになるなんておかしいわ」

彼は肩をすくめ、ジャン・マリーとともに犬をそっと逆向きにした。「動物が人を好きになるのに、いつも理由があるとはかぎらない」

「そうなの」イブが犬を見つめたまま応える。

その真面目な口調に、エイサはまた微笑みそうになった。

ドアがふたたび開き、彼は肩越しに振り返った。アルフが勝ち誇ったようにパンのかけらを持って入ってきた。「手に入れた」

「よし」エイサはうなずき、布を水に放って手を拭いた。できるだけのことはした。犬を水に浸《つ》からせるのは、もっと元気になってからでないと無理だ。

元気になるとしたらの話だが。

エイサは難しい顔でパンをちぎった。はやる犬に噛まれないよう、用心しながらかけらを差し出す。しかし腹をすかせているのは間違いないのに、犬は差し出されたパンをそっと口で受け取った。

「紳士だね、この犬は」アルフが感心したように言う。「食べ物をくれる手を噛まないよう気をつけてる」

「ああ、実に行儀がいい」エイサはやさしく言って、犬の額を撫でた。哀れな状態だが、人なつこい犬のようだ。「おれたちは精一杯のことをしたと思う」

イブが言った。「アルフ、汚れた洗面器をさげて、新しい水を持ってきてくれる?」

少年はうなずき、洗面器と泥まみれの布を持っていった。

彼女はまだ心配そうに犬を見ている。「よくなるかしら?」

「わからない」正直に答えた。「だが。ゆっくり休めばよくなるかもしれない」

イブは不安げにうなずいてからジャン・マリーを見た。「そういえば、自分たちの昼食を持ってくるのを忘れたわ。何か手に入らないか見てきてくれる?」

「ここからそんなに遠くないところに、ミートパイを売る店がある」エイサは言った。「裏門から出て左にまっすぐ行けばいい。絶対にわかるはずだ。パイを焼くにおいがするからな。おれの分もひとつ買ってきてもらえるか?」

ポケットからひとつかみの硬貨を出して、ジャン・マリーに渡した。

「もちろんです」ジャン・マリーが白い歯を見せて言う。「すぐに戻ります」

そう言って、彼は出ていった。

エイサはテーブルにつきながら、ちらりとイブを見た。ふたりきりになることに居心地の悪さを感じているとしても、彼女はそれを表に出さなかった。

たぶん、あのことはもう忘れたのだろう。

彼はテーブルを見おろして、イブと犬が入ってきたときに読んでいた手紙を見た。

「くそっ」

当然ながら、それは彼女の耳にも入った。「どうしたの?」

「いや、なんでもない」いらだちを隠しきれない口調で言い、手紙をたたんでテーブルの端に置く。

イブが眉をあげた。「そうは見えないわ。もし庭園について新たな問題が起きたのなら、わたしにも知る権利があるのよ」

「庭園とは関係ない」

「だったら何？」

エイサは手紙を持って振った。「最近生まれた姪の洗礼を祝う夕食会の招待状だ」

「まあ」イブが微笑んだ。スカイブルーの瞳が明るくなる。「すてきね。あなたには何人の甥と姪がいるの？」

「大勢だ。とくに兄のコンコードのところは多い。ほぼ毎晩、奥さんをくたくたにさせているに違いない。とんでもない好色野郎だよ」

「とにかく――」彼女はかすかに赤面しながら咳払いをした。「おめでとう。赤ちゃんに贈り物を持っていくの？」

「いいや」手紙を放りながら、うなるように答える。「それに行くつもりもない」

イブの笑顔が、またたくまにしかめっ面に変わった。「どうして？」

「それは――」できるかぎり辛抱強く言った。「家族が集まるからだ」

イブの眉がゆっくりとあがる。

エイサは彼女の眉を指差した。「そんな顔をするな。きみはおれの家族に会ったことがないから、会うのがどれだけ気の滅入《めい》ることかわからないんだ」

「家族がどんなに不愉快なものになりうるかは、よくわかっているわ」イブが鋭く言う。「でもあなたは、自分の家族が怪物みたいな人たちだなんてまったく言わなかったじゃないの」

エイサは鼻で笑った。「怪物みたいどころか、信心深いんだ」

「だけどその子は大きくなって、家族の中で自分のときだけ、あなたが洗礼式に来てくれなかったことを知るでしょう。それはあまりに――」

エイサは小さくつぶやいた。

彼女が言葉を切る。「なんて言ったの？」

「洗礼式は誰のにも行っていないと言ったんだ」少し声を大きくして言った。なぜ声をあげるのに躊躇するのかは、自分でもわからない。ふだんの彼は躊躇などしないのだから。

イブは一瞬凍りついてから、少し前のめりになって机の上で手を組んだ。「確かめたいのだけれど――」

「おいおい、よしてくれ」彼はつぶやいた。

彼女がおかまいなしに続ける。「あなたには五人のきょうだいがいる。そのうち何人に子どもがいるの？」

エイサは赤くなった。「まずベリティにコンコード。このふたりは間違いない。サイレンスはよくわからない。怪しいやつと結婚して、きょうだいとのつきあいがあまりないんだ。ウィンターには孤児院がある。テンペランスは……」目をかたく閉じて考えた。去年、子どもの話をしていなかったか？　「たしか、女の子がひとりいるんじゃなかったかな？」

イブが鋭く息を吸った。「それで、ベリティとコンコードは何人子どもがいるの？」

「ベリティには三人」即答した。それは知っている。「コンコードは……五人か六人だろうか？」

「一番新しい姪も入れて？」

エイサはしばらく彼女を見つめた。まったくわからない。「たぶん」

イブは一瞬目を閉じてから、また開いた。「つまりこういうことかしら。あなたには九人から一一人の甥や姪がいるのに、どの子の洗礼式にも行っていないということ？」

「忙しかったんだ！」彼は叫んだ。やっと大きい声が出るようになった。「庭園にかかりきりだったからな！」

言葉を切ってイブをにらむ。

彼女は唇をすぼめて目を細め、はっきりと言った。「エイサ・メークピース、あなたはその洗礼式に行くのよ」

エイサは笑った。笑わずにはいられなかった。「どうやって行かせるつもりだ？　おれを抱えあげて、ロンドンの街を歩くのか？」

「いいえ。子どもも大人もひっくるめてその人たちはあなたの家族なのよ、と指摘して、いつまでも逃げているわけにはいかないわ、と諭すだけ。それに――」イブは微笑んだ。全然感じのいい笑みではないけれど。「きっとあなたも楽しめるわ」

「楽しめない」まるで三歳の子どものように言う。

「そんなにひどい人たちなの？」彼女が真顔で尋ねた。

「コンコードはいつも機嫌が悪い」

イブがわざとらしくエイサを見る。

首から顔にかけて熱くなった。「じゃあ、きみはどうなんだ？」

「わたし？」

「きみだって、喜んで家族の夕食会に出かけたりしないじゃないか」

「わたしには家族はいないようなものだから」彼女が乾いた口調で言う。

エイサは目を細めた。「〝〈恵まれない赤子と捨て子のための家〉を支える女性たちの会〟はどうなんだ？」

イブは目をそらした。「あれは社交的な集まりよ。家族とは違うわ」

「きみだって！」ふたたび彼女を指差す。

その指をイブは振り払った。「やめてちょうだい。失礼よ」

「話をそらそうとしているな」エイサは鬼の首を取ったように言った。

「なんの話？」

「〝〈恵まれない赤子と捨て子のための家〉を支える女性たちの会〟はたしかに家族の集まりではないが、きみはその集まりに出たいと思わない。おれが――」自分の胸を指し示す。

「姪の洗礼式の夕食会に出たいと思わないのと同じように」

「全然同じではないわよ」イブは不思議なものを見るように彼を見た。「あなたのほうは家族の義務として出席を求められている集まりだけれど、わたしのほうは社交的な集まりで、しかも歓迎されていないんだもの」

「そんなことはない。このあいだのレディ・フィービーの親しげなふるまいからしても、きみは歓迎されている。賭けてもいい」

「あなたにはわからないのよ」

「わかるさ」

イブは鼻にしわを寄せた。「とにかく居心地は最悪だわ」

「臆病者め」からかうような口調で言う。

「ろくでなし」彼女は言い返したが、自分の言葉に驚いたようだった。「だって、そうでしょう。姪の洗礼式を欠席するなんて、ろくでなしのすることよ」

その言葉をはねのけるように、エイサは手を振った。「おれに家族の集まりとやらに出ろと言うなら、きみにも次の〝〈恵まれない赤子と捨て子のための家〉を支える女性たちの会〟に出てもらう。いいな?」

イブは目を丸くした。「そんなこと――」

「それから、夕食会に耐えろというのはきみが言いだしたことだから、きみにも一緒に来てもらう」

「わたしも?」さらに目を丸くする。「だけど――」

エイサは腕組みをした。「きみが行かないなら、おれも行かない」

イブは口を開いたが、何も言わずにただ彼を見つめた。

彼女の思考を断ち切って、エイサは満足だった。

ひそかに微笑み、手紙を手に取って見る。「三日後の午後七時だ」しばらく眉をひそめて考えてから、イブに笑みを向けた。「きみの兄さんの馬車で行こう」

9

　ダブは暗い森の中を走って走って走りました。枝が顔に当たり、膝をついてしまったことは一度ではありません。それでも、そのたびに立ちあがりました。王の護衛たちがすぐあとを追ってくるのが聞こえたからです。

　サンダルがぼろぼろになるまで、足が焼けるように痛んで震えるまで走りました。

　やがて、恐ろしいうなり声が聞こえ……。


『ライオンとダブ』


　その日の晩、ブリジット・クラムはヘルメス・ハウスのすべてのドアに鍵がかかっているのを確かめてまわった。夜の戸締まりは従僕のボブの仕事だが、ブリジットは彼が何か見落としていないか二重に確認するのが好きだった。

　それに、ひそかに自分のなわばりだと思っている屋敷を調べるのも好きなのだ。

　正面玄関のドアの鍵に触れると、今夜の玄関番のビルに向かってうなずいてから、曲線を描く階段をのぼった。その動きに合わせて、ブリジットの持つ枝付き燭台のろうそくの火が揺れ、暗い壁を踊るように照らす。壁にはいくつもの絵が飾られていた。大半が肖像画で、そこに描かれた顔が前を通り過ぎていくブリジットを見つめる。ほかの使用人はみなベッドに入っており、邸内には彼女の足音しかしない。上階に着くと、ひとつひとつ部屋のドアを確認してから、最後にモンゴメリー公爵の寝室にたどりついた。

ブリジットは部屋の中に入った。

ヘルメス・ハウスは豪華な邸宅だ。あらゆる面が、彫刻か金箔《きんぱく》か輸入大理石のどれか、あるいはすべてで飾られている。まるで公爵が世間に自分の富を──国王さえもうらやむような邸宅を建てる財力があることを──知らしめるために作ったかのようだ。

そんな豪奢な建物の中でも、主寝室はまた格別だった。

淡いピンクの壁には、絡まる蔦《つた》と葉が浮き彫り模様になっており、金箔が施されている。ひとつの壁の半分を、白い大理石の暖炉が占めていた。床には分厚い赤と青のじゅうたんが敷かれ、天井には全裸の神々や女神たちの酒宴が描かれている。

部屋の中央に置かれているのは、一三歳の頃から貴族の家で働いてきたブリジットでさえほかでは見たことのないような巨大なベッドだ。なんの種類かわからないが金色の木で作られており、湾曲した太い柱が、金色の房飾り《タッセル》がついたひだ入りのスカイブルーの天蓋を支えている。天蓋から垂れさがった部分の布は、四本の柱にこれまた金色の房飾りで留めつけてあった。ベッドには、カバーを覆い尽くすほどたくさんの枕が置かれている。

ブリジットはベッドの横を通り過ぎながら、ふんと鼻を鳴らした。このばかげた代物の埃を払うために、メイドたちは毎週三〇分を費やしている。

ベッドの先には象牙と金箔をあしらった繊細な書き物机が置かれていた。脚付きの長方形の箱みたいに見える。天板は蝶番《ちょうつがい》で留めてあり、閉めればその上で手紙を書くことができる。机の前面の中央には鍵穴がついていて、鍵がかかっていた。

ブリジットはサイドテーブルに燭台を置き、鍵穴を調べた。当然ながら金でできており、注意しないと簡単に傷がつきそうだった。

彼女はため息をついて体を起こした。

書き物机の上には、公爵の実物大の肖像画がかかっている。階段の壁にも公爵の肖像画があり、それも実物大だ。そちらの絵では公爵は立っている。美しく、いかにも高慢そうな様子で、アーミンの毛皮とベルベットとシルクに包まれ、長い指で本を持っていた。この部屋の絵では寝そべっている。

裸で。

いや、全裸ではない。冷ややかに肖像画を見つめながら、ブリジットは心の中で訂正した。骨盤のあたりには透ける布がかかっているけれど、それは彼の下腹部を隠すというよりもむしろ強調している。

画家は彼の持ち物の大きさについて、お世辞を言っただろうか？　それはブリジットがずいぶん前から持っている疑問だった。

だが、そんなことはどうでもいい。もっと考えるべきことがある。

最後にもう一度、公爵の満足げな笑みを見てから、書き物机に目を戻した。髪からヘアピンを抜いてしっかり折り曲げると、腰をかがめてそっと鍵穴に差し込んだ。

五分間、根気よくピンを動かしたのちに、カチッという音が聞こえた。

ブリジットは微笑み、机の天板をあげた。中には分類箱が並んでいた。ひとつずつ入念に調べていったが、見つかったのはインクとペン——いくつかはペン先が削れて丸くなっている——紙、砂、公爵にしてほしいことをあからさまに記した二通の女性からの手紙程度で、ほかにたいしたものはなかった。

腰を伸ばしてため息をつく。少なくとも、書き物机には目当てのものがないことはわかった。さらに数分かけて隠し引き出しを探したが見つからなかったので、机の中をもとに戻し、天板を閉じてふたたび鍵をかけた。

そのとき、かすかな音が聞こえた。くすくす笑っているような声だ。

ブリジットは一瞬凍りついてから、燭台を手に取って高く掲げた。

部屋には自分しかいなかった。

ドアに近づき、勢いよく開けた。

廊下にも誰もいない。

背後で何かが動いた。

彼女は振り返り、公爵の部屋の奥の隅を見つめた。暖炉の向かいの壁には、狭い着替え室に通じるドアがある。公爵の滞在中は、従者がそこで眠ることがある。ブリジットはそのドアまで行って開けた。

着替え室は静かで、誰もいなかった。

ゆっくりとドアを閉める。ブリジット・クラムは田舎育ちだが、洗練された女性だと自負していた。

幽霊なんて信じていない。

もう一度寝室を見まわしてから、部屋を出てドアを閉めた。

そして、二階全体にネズミ捕りを仕掛けるようメイドに命じることを心に刻んだ。

なぜこんなことになったのかわからないが——同意した覚えは絶対にない——三日後の晩、イブはエイサと一緒に馬車に乗っていた。

通りにできたわだちで馬車が大きく揺れ、向かいに座っているエイサを見つめるイブも揺れた。今夜の彼は、縁に金のレースがついた、燃えるように赤い上着を着ている。その下のベストは金の錦織《ブロケード》に黒で複雑な刺繍が施してあり、ブリーチズも黒だ。エイサの家族が彼の言うように信心深いなら、彼らを怒らせようとしてわざとそんな服装をしているとしか思えない。

イブ自身は、袖口と襟元に白いレースを控えめにあしらった簡素なグレーのシルクのドレスを着ている。ボディスには防寒と慎みの意味で薄い肩掛け《フィシュー》をたくし込んでいた。今夜はジャン・マリーを解放してやれというエイサの言葉に従ったが、だからといって守られていないわけではない。エイサのほかに、御者、それに兄の従僕ふたりもついている。ロンドンを馬車で通り抜けるだけなら、これだけいればじゅうぶんすぎるくらいだ。

イブは咳払いをした。「赤ちゃんへの贈り物は決まった？」

この数日も、彼女は庭園の帳簿整理を続けてきた。エイサもほとんどの時間をイブの向かいで過ごしていたが、ややよそよそしかった。

いま、彼は膝を揺すっていたのをやめてイブを見た。「おれだって作法ぐらい知ってる」

彼女は眉をひそめた。「ただきいただけよ」

エイサはうめくと、暗い窓の外を物憂げに眺めた。「一ギニーを用意した」

「赤ちゃんにお金をあげるの？」

「実用的じゃないか。コンコードが貯金して、あとで好きなことに使えるようにしてやるだろう」そう言いながら顔をしかめる。小さい女の子が一ギニーで何を買うか、想像できないのだろう。彼はいらだたしげに手を振った。「とにかく贈り物は持ってきた」

「そうね」なだめるように言う。「わたしは小さなボンネットを見つけたの。赤ちゃんのお母さんが喜んでくれると思うわ」

本当は、ボンドストリートで完璧な贈り物を探すのに必要以上に時間をかけた。赤ん坊への贈り物を買うのはとても楽しかった。

エイサがイブを見つめた。「きみは贈り物を持ってくる必要はなかった。おれの姪なんだから」

その言葉に、彼女はわけもなく傷ついた。「わかっているわ。でも、何かあげたかったの。赤ちゃんはとても大事な存在だもの」

そう言って両手を見おろす。わたしは子どもを産むことはないだろう。そんなわたしが自分に関係のない赤ん坊をかわいがるのは、責められるべきことなのだろうか？

イブのこわばった声を聞いて、エイサが表情をやわらげた。「ローズは絶対にボンネットを気に入るさ」

彼女が応える前に、馬車は一軒の店先に止まった。従僕が踏み台を置くのを待ってから、イブは馬車をおりた。ロンドンでもひときわ危険な地域、セントジャイルズの外れだが、この通り自体は危険はなさそうだった。

彼女は困惑して、仕立屋らしき店を見あげた。

「兄とその家族は、この店の上に住んでいるんだ」エイサがイブの耳に口を近づけて言う。

「そう」急に落ち着かない気分になり、スカートを撫でおろした。本当のことを言えば、大勢の人――とくに知らない人たち――と同席するのが苦手だった。そのうえ階級も違うし、何か失敗をしてしまうのではないかという恐怖心もわいてきて、馬車の中に戻りたくなった。

そんな彼女の不安を感じ取ったらしく、エイサが腕を差し出した。「騒がしいし、思ったことをなんでも口にする家族だが、嚙みついたりはしないよ」緑色の瞳がやわらぐ。「それにおれの姉妹のことは、きみも好きになってくれると思う」

「じゃあ――」イブは息を吸って微笑もうと努めた。「行きましょう」

エイサが店の脇の小さなドアを指し示す。ドアを開けると、まっすぐ二階へ続く急な階段があった。階段をのぼっていくうちに、楽しそうな笑い声や興奮して話す声が聞こえてきた。のぼりきったところで、エイサは一瞬止まって胸を張ってから、閉まっているドアを大きくノックした。

中の声が少し静かになり、ドアが開いた。

赤みがかったブロンドが顔のまわりで後光のように見える女性が立っていた。頬はピンク色で、瞳は美しい青緑色だ。

その女性はエイサを見たとたん、彼の腕に飛び込んだ。「エイサ！」

「やあ、ローズ」エイサがそのほっそりした肩を腕で包みながら、つぶやくように言う。

「来てくれてよかった！　ジョサイアが大喜びするわ。人形芝居に連れていってもらったこと、いまも覚えているのよ。あれはもう何年も前ね。プルーデンス、ジョン、ジョージも喜ぶわ。あなたのことを伝説の人だと信じているから。それからレベッカに会うのは初めてよね。それにもちろん、生まれたばかりのレイチェルも」彼女は微笑みながらエイサから離れ、横で居心地悪い思いで立っているイブを目に留めた。その目に問いかけるような光が灯る。

ローズの興奮ぶりが、部屋じゅうの関心を呼んだ。数人の子どもが彼女のスカートのまわりに集まって興味津々で新顔を見つめ、三人の女性も近づいてきてローズのうしろからのぞいた。

上品なドレスを着て、青い瞳に赤褐色の髪を持つ女性が、イブを見て好奇心もあらわに微笑んだ。「まあ、ミス・ディンウッディ。またお会いできてうれしいわ」

イブはつばをのみ込んだ。イザベル・メークピース。〈恵まれない赤子と捨て子のための家〉の責任者、ウィンター・メークピースの妻だ。

イブは手を差し出した。「ミセス・メークピース、こんばんは。そして……レディ・ケール？」

イブは当惑して目をしばたたきながら、ふたり目の女性を見た。生真面目な顔に茶色の髪、ひときわ美しい金色の目。彼女もミセス・メークピースも〝〈恵まれない赤子と捨て子のための家〉を支える女性たちの会〟の会員だが、どうして彼女――悪名高いケール卿の妻、レディ・ケール――がここにいるのだろう？

だが、レディ・ケールがイブの手を取って口にした言葉で謎は解決した。

「わたしの旧姓はメークピースなの。以前は〈恵まれない赤子と捨て子のための家〉の運営を、弟のウィンターと一緒にやってたのよ」彼女は皮肉っぽくエイサを見た。「あなたをここに連れてくることを決めたとき、エイサはわたしが妹だって言わなかったみたいね」

「いえ、その……」イブはエイサを困らせたくなくて言葉を濁した。彼を見ると、妹のほうをにらんでいて、なんの助けにもならない。イブはため息をついた。「わたしがいて、お邪魔でなければいいのですけれど」

「邪魔だなんてとんでもない」イザベルがイブの腕に腕を絡ませる。「でも、意外だわ」

エイサがかすかに警戒するような顔になった。「おい……」

「みんなに紹介するわ」ようやく三人目が口を開いた。メークピース家の茶色い髪を持つ彼女の笑みは、こちらまでつられて微笑んでしまいそうだ。彼女はイブに丁寧にお辞儀した。「サイレンス・リバーズよ。エイサの一番下の妹なの。いらしてくださってとてもうれしいわ、ミス・ディンウッディ」

「ありがとう」イブははにかんだ笑みを浮かべた。「イブと呼んでいただける？」

「それじゃあ、イブ、入って」サイレンスはイブの腕に自分の腕をかけ、やさしく引っ張った。

中に入ったとたん、イブは息をのんだ。エイサから大家族だとは聞いていたけれど、狭い部屋に全員が集まるとこれほど壮観だとは思わなかった。

家の奥には中庭に面していると思われる窓が並んでいた。窓の下の長テーブルにはさまざまな種類の肉やパン、プディングが並んでいる。黒髪の小さな女の子がつま先立ちになって、きらきらしたピンクの砂糖菓子に指を突っ込もうとした。だが菓子に触れる前に、長い白髪を黒いリボンでひとつに結んだ男性に抱きかかえられた。男性の見た目は恐ろしげだが、女の子はそうは思っていないらしく、宙に投げあげられて笑っている。

サイレンスがイブの表情に気づいたらしい。「最初は圧倒されるかもしれないけれど、わたしたち、本当はとても打ち解けやすいのよ」

「少なくとも女性陣はね」エイサがすぐうしろでつぶやく。

そのとき、茶色い髪に白髪が交じった大柄な男性が振り向き、エイサとイブを見て目を細めた。

「エイサ！　これは驚きだ。なんだか知らんが自分のやっていることから手を離して、姪の洗礼の夕食会に来てくれるとは」

ローズが静かに女性たちから離れてその男性に近づき、腕を絡めると、微笑みかけながら彼の足の甲をヒールで踏みつけた。

男性は声をあげなかったが、わずかに目を見開いた。

「エイサが来てくれて本当にうれしいわね。そうでしょう、あなた？」ローズが言う。

「もちろんだ」コンコード・メークピースは妻の腕から逃れ、用心深く距離を置いた。「おかえり、弟よ」

「コン」エイサはこわばった声で応じた。

イブはあきれたが、それを顔には出さないようにした。

ローズはそんなことはおかまいなしのようだ。「コンコード、こちらはミス・イブ・ディンウッディ。エイサのお友だちよ」

友だち。なんて無難な言葉だろう。それでもエイサと結びつけて語られたことで体が震え、イブはそれを抑えなければならなかった。わたしたちは友だちなの？　たぶんそうなのだ。単なる知りあいなら、姪の洗礼を祝う夕食会に同伴させたりしないはず。

「どうも」コンコードが軽く頭をさげた。エイサよりだいぶ年上のようだが、顎のあたりに見られる頑固さと遠慮のない視線は似ている。その視線が、イブの半歩うしろに立っているエイサにまっすぐ向けられた。コンコードはイブとエイサを見比べて目を細めた。

「ミスター・メークピース、お会いできてうれしいです」イブは心から言った。エイサの兄のまなざしがやわらぐ。

「コンコードと呼んでくれ」彼はぶっきらぼうに言った。

ローズが夫の手を軽く叩いた。「ほかの家族にも紹介するわ」

その後の歓迎ぶりは集中攻撃のようだった。ローズは残りの家族にイブを紹介した。白髪の男性は悪名高いケール卿だった。飛び抜けてハンサムなサイレンスの夫、ミスター・リバーズもいた。きょうだいの中で最年長のベリティ・ブラウンは、母が亡くなったあと、コンコードを除く弟や妹たちの母親代わりだったようだ。中年の彼女は物静かで、髪は茶色よりも白が多い。子どもたちは五、六人が走りまわっていて見分けがつかず、それよりも小さい幼児もほぼ同じ人数いた。

最後に紹介されたのが今日の主役だった。レイチェル・メークピースは美しい赤ん坊だった。手編みのボンネットのひもを顎の下で留めており、おでこの真ん中で、ボンネットの下から黒髪がのぞいている。周囲の喧噪《けんそう》――とりわけおじと父親の大声――をよそに、籠の中でぐっすり眠っている。部屋の隅に移動したコンコードとエイサの会話は白熱しているらしく、ふたりの声は次第に大きくなった。

「あのふたりのことは気にしないで」イブがそちらを見たのに気づいて、ローズが言った。「よく言い争いをするの。でも兄弟だし、コンコードだって今日はレイチェルが主役なのだから、そんなにひどいことは言わないでしょう」

「それで思い出したわ」イブはエイサとその兄から視線を引きはがした。「レイチェルに贈り物です」

ポケットに入れてあった小さな包みを取り出した。

「まあ！」ローズが笑顔になる。「こんなことしなくてよかったのに」

イブは微笑んだ。「赤ちゃんへの贈り物を買うのが嫌いな人なんていませんわ」

ローズはくすくす笑うと、贈り物のリボンをほどいた。薄い包み紙を開いて息をのむ。

「すてき」

彼女は縁にごく薄いピンクの刺繍が施された白い麻のボンネットを、ほかの女性たちにも見えるよう高く掲げた。テンペランスとサイレンスが細かな刺繍に感心して声をあげ、イザベルはどこの店で見つけたのかとイブに尋ねた。

ローズが目をきらめかせてイブを見る。「ありがとう。あなたが来てくださって本当にうれしいわ」

「わたしたちみんなそうよ」テンペランスがやさしく言った。

イブは戸惑って彼女を見た。

「理由を教えてあげましょうか」イザベルの声は楽しそうだ。彼女は許可を求めるように、ほかの女性たちを見た。

ローズがうなずく。

イザベルはイブに向き直った。「わたしがウィンターと結婚してこのかた、エイサが家族のもとへお友だちを連れてきたことは一度もなかったの」

ベリティが鼻を鳴らした。「それだけじゃないわ。エイサがレディを連れてきたこと自体、初めてよ」

イブに向かって意味ありげに微笑む。

大変だ。自分とエイサはそういう関係ではないことを説明しようと、イブは口を開きかけた。ただの仕事上のつきあいなのだと。

けれども説明する機会は失われた。ちょうどそのとき、コンコードがエイサを力いっぱい殴ったからだ。

コンコードの拳を受けて、エイサはうしろによろめいた。頬がとてつもなく痛む。頭をさげ、うなりながらコンコードの腰に向かって突進し、兄ともども椅子に倒れ込んだ。ふたり分の重さを受けた椅子は音を立てて壊れ、彼らはエイサが上になって床に伸びた。

兄と、その偽善者ぶった態度が腹立たしくてたまらない。

エイサは拳を振りあげたが、うしろから誰かに腕をつかまれた。

うめきながらその手から腕を引き抜こうしたが、できなかった。振り向くと、義弟のケール卿と〝ミスター・リバーズ〟――かつての悪名高き盗賊、チャーミング・ミッキー――が立っていた。

リバーズが笑いながらウインクする。「つかまえたぞ、義兄《にい》さん」

「放せ、このくそったれ」

「それはどうだろう」反対側からケールが言った。

姉妹たちの男の趣味の悪さときたら超一級だ。もっとも、ジョン・ブラウンと結婚したベリティだけは例外だった。そのジョンと、メークピース兄弟の末弟であるウィンターがコンコードを押さえていた。ジョンは自分より二〇歳若いコンコードが自分の手から逃れようとするのを、落ち着いた様子で見つめた。

「コンコード・レジリエンス・メークピース！」ローズが両手を腰に当て、夫の目の前に立った。「娘の洗礼式の日に弟を殴るとはどういうこと？」

一瞬、コンコードは恥ずかしそうな顔になった。「忙しくてたまらないと言うんだ。そのせいで顔を見せられないと。サイレンスが三月にコンコーディアを産んだことすら、知らなかったんだぞ！」

それを聞いてローズは目を丸くし、そのうしろに立っていたサイレンスは唇を噛んで視線をそらした。

「くそっ」チャーミング・ミッキーがエイサの耳元で言う。「サイレンスはずっと、きみがコンコーディアを見に来ないのは、わたしの居場所が表沙汰になるのを避けるためだと言っていたんだ」

エイサは胃が締めつけられるような気がしたが、そちらに気を取られまいとした。コンコードに向かって顎を突き出す。「兄さんはかたくなで、他人に対して厳しくて、父さんそっくりだ。こんな歓迎を受けるのに、なんで家族の集まりに出なければならないんだ？」

「父さんのことは口にするな」コンコードが叫んだ。「父さんにあんな思いをさせたおまえには、そんな権利はない」

「権利だと？」思わず冷笑した。「これは失礼。父さんが兄さんにそんな権限を与えていたとは知らなかったよ」

誰かが大きく息をのむ音が聞こえたが、エイサは気にしなかった。最初から、ばかな思いつきだったのだ。家族が、ましてコンコードが、おれをまた心から歓迎してくれるなんて。

「黙れ！」コンコードが怒鳴った。子どもたちの何人かが泣いている。「なぜだ？　なぜそんなことが言える？　父さんが……」不意に言葉を切って口を閉じた。歯のぶつかる音が周囲に聞こえた。

コンコードでさえ、あのことを話題にするべきではないとわかっているのだ。

「なんて言おうとしたんだ、兄さん？」エイサは猫撫で声で言った。「聖人みたいな父さんがおれを勘当したというのに、と言おうとしたのか？」

不意に誰もが静かになり、赤ん坊まで泣くのをやめた。

「なんですって？」口を開いたのはベリティだった。「エイサ、いったいなんの話？」

エイサはコンコードから目を離し、一番上の姉を見た。ベリティは母の死後、ずっと一家の中心にいた。しかしその髪がすっかり白髪だらけになっているのを見て、エイサは驚いた。最後に会ってから、そんなに長い年月が経っていたのか。

急に疲労感を覚えた。義弟たちの手から腕を引き抜いて言う。「父さんはおれを勘当したんだよ、ベリティ。おれが一九歳のときだ。父さんが生きているうちは二度と顔を見せるなと言われた。おれが家を出たのはそのためだ」

「でも……」ベリティの温かな茶色の目が見開かれ、衝撃を受けた様子でエイサとコンコードを見比べる。「どうしてお父さまは、わたしたちには何も言わなかったの？　あなたはどうして？」

コンコードが肩をすくめた。「父さんがしたことの理由なんて誰にもわからない。わたしがみんなに話さなかったのは、話しても仕方がないと思ったからだ。父さんの言うことは絶対だったからな。そうだろう？」

ベリティはたじろいだようだったが、考え込むようにエイサを見た。「でも、コンはお父さまがあなたを勘当したことを知っていたのね」

「父さんが死ぬ前に話したかどうかは知らないが、五年前に父さんの遺書を読んだときには間違いなく知っただろう」エイサは皮肉な笑みを浮かべた。「おれが遺産相続から外されるとき、なんらかの説明があったはずだ」

コンコードが顔をしかめ、エイサの視線から目をそらした。

それで、これまでエイサが疑ってきたことがすべて事実だったとわかった。彼は口元を引きつらせながらベリティを見た。「父さんの死後、コンが醸造所を丸ごと相続したのはおかしいと思わなかったかい？」

ベリティがゆっくりと首を横に振った。「知らなかったわ。あなたが醸造所にいっさい関わりたくないのだと思っていた」

「父さんはいい人だった」コンコードが、自分に言い聞かせるかのように大きな声で言った。

「正義感が強くて信心深かった」

「たしかに正義感が強かったな」エイサはばかにするように言った。

「それにしても、お父さまはなぜあなたを勘当したの？」テンペランスが尋ねる。

彼女を見て、エイサは冷たい笑みを浮かべた。「おれの仕事のせいだ」

イブが息をのむのがわかった。すべてをつなぎあわせて合点がいったのだろう。それが腹立たしかった。判断されるのはいやだ。こんなふうに、彼女の前で裸にされるのは。

「それで、どんな仕事なんだ？」コンコードがきいた。「何にせよ、それを聞いて父さんは驚き、衝撃を受けた。色男みたいにレースとベルベットで着飾りやがって。ずいぶん稼いでいるんだろう。この一〇年間売春宿でも経営していたのでないかぎり、そんなに稼げるわけがない」

エイサは首をのけぞらせて大笑いした。「売春宿か！　それが兄さんの聖人ぶった頭で考えつくものなんだな。教えてくれ、コン。あんたは自分がつらい思いをしているあいだ、夜の女たちと戯れているおれの姿を想像していたのか？」

「エイサ！」ベリティが叫んだ。

「この恥知らずめが！」コンコードが怒鳴る。

「ひとりよがりの偏屈野郎！」今度はエイサが言い返した。

「わからないわ」怒声の応酬を切り裂くように、イブの澄んだ声が響いた。

「何がわからないの？」ベリティが尋ねる。

だが、イブが見つめているのはエイサだった。「これまでずっと、自分がどうやって生計を立てているか、家族に話してこなかったってこと？」

「ああ」エイサが彼女をにらんだ。

「どうして？」戸惑いを隠せない声だった。イブは横に立っているベリティに向き直った。

「エイサはハート――」

「イブ！」

「ハート家の庭園の責任者なんです」彼女は妙な目でエイサを見た。おそらく洗礼名で呼んだからだろう。「正確に言えば所有者です」

「でも、庭園は火事で焼けてしまったじゃないの」テンペランスが心配そうに言う。「一年ちょっと前に。わたしたちも居あわせたのよ」エイサを見つめる明るい茶色の目は傷ついていた。「なぜ話してくれなかったの？」

「どうでもいいだろうと思ったからだ」

テンペランスは殴られたかのように息をのみ、ケール卿がその手を取った。

「家族なのよ。どうでもいいわけがないじゃない」

イブが咳払いをして口を開いた。「エイサは庭園を再建しています」全員に見つめられて顔を赤く染めたが、ひるまずに続けた。「本当に忙しかったんです。少なくとも、この一年は。わたしの兄はモンゴメリー公爵で、ハート家の庭園に出資しています。わたしはその管理をしているんです。庭園は二週間後に再開します」

しばらく沈黙が流れた。

コンコードが眉をひそめてエイサを見た。「庭園？　父さんが庭園の経営に反対したのか？」

「それに、その中にある劇場もな。偽善的だと思わないか？　スタンリー・ギルピン卿とは親友だったのに」

エイサの言葉に、コンコードの体がこわばった。

兄の顔に指を突きつけながら、エイサはイブを振り返った。「ほらね。おれが家族に話さなかったのはこのためだ」

「お父さまがハート家の庭園を認めてくださらなかったのは残念だわ」イブはそう言うと、真剣な目をベリティに向けた。「ロンドン一美しい庭園だと思います。劇場もとても立派です。こけら落としのオペラのために、新しくカストラートを雇ったところなんです。もちろん、ラ・ベネツィアーナも歌います」眉を寄せ、自信なさげにエイサの家族を見まわす。「ラ・ベネツィアーナのこと、ご存じですよね？」

「ええ」イザベルが答え、テンペランスとサイレンスもしきりにうなずいた。

イブは青い瞳を輝かせてうなずいた。「それなら、どんなすばらしいオペラになるかおわかりでしょう？　開園の際の招待券を差しあげましょうか？」

「おい、それは――」だが、エイサの声は子どもの声にかき消された。

「ママ、そこに行ってもいい？」ジョンだかジョージだかが言った。この双子を見分けるのは、エイサにとって至難の業だった。

「もちろんよ」ローズがやさしく答える。「楽しみね！」

エイサは目をしばたたいた。コンコードやローズが父ほど信心深いと思ったことはないが、それでもローズがハート家の庭園に興味を示したのは意外だった。

「でしたら、券をお送りします」イブが言った。

「全員分？」ジョージだかジョンだかがきいた。父親譲りの粘り強さだ。

「そうよ」イブが少年に向かって微笑む。「だって家族ですもの」

エイサはうめいた。

ケールがエイサの肩を叩いた――強く。「ご親切なことだ、義兄さん」

反対側から小さな声が聞こえなかったら、エイサはケールをにらみつけるところだった。

リバーズが耳元でささやいていた。「彼女には気をつけたほうがいいぞ。きみが自分の仕事のことを話さなかったら、やさしい彼女が全部ばらしてしまいそうだ」

やさしい？　イブが？　エイサは笑いかけたが、彼女を見てやめた。イブは自分のスカートをべたべたの手で触っている幼児を、微笑みながら見おろしている。あれがおれの部屋を侵略し、こっちの言い分も聞かずにおれをはねつけたのと同じ女性なのか？　まっすぐ背筋を伸ばして座り、帳簿に次から次へと書き込んでいったのは、あの女性なのか?

そしておれがキスしたとき、ひどくおびえたのも?

そうなのだ。イブは小うるさいが穏やかで、鋭いがやさしくて、胸元をしっかり隠しているが、おれが女性に触れる話をしたときは青い瞳を輝かせた。

幼児を慎重に抱きあげる彼女を見ながら、エイサは思った——なんてことだ、おれは彼女にすっかり惹かれている。

10

ダブは恐怖のあまり膝をつきました。何も見えない闇の中、何かが――大きくて毛深くて強い何かが――ぶつかってきて、彼女を押し倒しました。

「どうか助けて！」そう叫びましたが、それに対する返事は耳を聾《ろう》するほどのうなり声だけでした。

そのあと、ダブは何もわからなくなりました……。

『ライオンとダブ』

その晩遅く、イブは疲れ果てて馬車に乗り込んだ。エイサと兄の言い争いはあったものの、さんざんな晩というわけではなかった。エイサの家族と会ったのは楽しかったし、彼とコンコードはいさかいのあと、話はしなかったがけんかもしなかった。

明るい要素はわずかだけれど、全体的に考えればそれで満足するべきだろう。

向かいでは、エイサがだらしなく座席の背にもたれかかっている。「やっと終わった」

イブは顔をしかめた。「楽しかったじゃないの」

彼の眉があがる。「泣き叫ぶ赤ん坊も？　怒鳴る大人の男も？」馬車の天井を叩いて、出発するよう御者に合図した。

「怒鳴る男性たちがいなければ、もっとよかったでしょうね」イブはそう言ってから、少しためらった。馬車ががくんと揺れて走りはじめる。「みんな、本当にハート家の庭園のことを知らなかったの？」

エイサは肩をすくめて窓の外を見た。外は暗くて何も見えないが。「きかれなかったから、おれも自分から話しはしなかった。父が……」手を振ってから膝の上におろし、首を横に振る。

「あの……」イブは慎重に言葉を選んだ。「勘当されたとき、つらかったでしょうね」

「つらかったよ」彼は笑った。その声は鋭く、痛みに満ちていた。「父はおれを家族から放り出した。おれは家に戻ることを禁じられ、父がいるときは近づくことができなかった」頭を振り、窓の外を眺める。「父はスタンリー卿と古くからの友人で、スタンリー卿は家族みたいなものだった。劇場で――スタンリー卿の劇場で働きたいと言ったとき、父にあれほど強く反対されるとは思ってもいなかった。父はきっぱり言ったよ。働いてもいいが、その場合は自分の息子ではなくなると。若くて短気だったおれは、父のその言葉に応じた。荷物をまとめて、日が暮れる前に一シリングも持たずに家を出たんだ。その晩どこで寝るかも考えていなかったが、ありがたいことにスタンリー卿が受け入れてくれた」

イブは胸が痛くなった。親にそこまで拒絶されるなんて、つらかっただろう。先代の公爵はイブにとって父親らしいことは何ひとつしなかったが、彼女にはバルがいて、彼独特の気まぐれなやり方ではあるけれど、守ってくれるとわかっていた。

「スタンリー卿が親切でよかったわ」イブは静かに言った。

「ああ。間違いなく父より親切だった」エイサが皮肉な笑みを浮かべる。

それ以上何か言ってもエイサの父親を非難することにしかならないので、イブは何も言わずに彼を見つめた。

エイサは腿の上で拳を握り、暗い窓を見つめていた。「それから一度も父とは話さなかった。九年間、おれはスタンリー卿とともにハート家の庭園に住み、スタンリー卿にいくら促されても父と接触しようとしなかった。もし、そうしようとしていれば……」首を横に振ってイブを見る。「父の死は突然だった。病気でもなかったし、なんの前触れもなかった。夜ベッドに入り、そのまま翌朝になっても目覚めなかった。そうコンから聞いている。そのとき、父がおれを遺産相続からも外していたのを知ったんだ。おれは最初からいなかったかのような扱いだった」

「気の毒に」イブはささやいた。

彼は顎を突き出し、緑色の目を細めた。「気の毒に思うことはない。おれはハート家の庭園を見事に成功させたし、これからはもっと成功させる。おれは無能な芸術愛好家じゃない。父やコンがどう思おうとな。家族であろうとなかろうと、おれにはあのふたりは必要ない」

イブは落ち着かない気分になって身じろぎをした。庭園を再開させたいというエイサの熱意の裏には、お金よりもっと大きな理由があったのだ。

「あなたが芸術愛好家でないのは知っているわ。それに庭園があなたにとって、とても大事だということも。でも、あなたの家族はひとつしかないのよ。コンコードはお父さまがあなたを相続から外したわけを知らなかったみたいだし、お父さまほど劇場に反感を持っていないかもしれない。長い年月が経ったのだから、そろそろ彼と話してみたら？」

「コンコードは父に負けない頑固者だ」

イブは首を傾けて微笑んだ。「あなたにも負けないほどの？」

エイサがかすかに笑みを浮かべる。「たぶん」

彼女は膝の上で手を組んだ。「とにかく、今日はあなたのご家族や赤ちゃんたちに会えて楽しかったわ」

「赤ん坊が好きなのか？」彼の声はなかば満足げだった。

イブは自分の手を見おろした。口が一度だけ震えた。「嫌いな人なんている？　やわらかくて繊細で、指なんて本当に小さいのよ」

感情を出しすぎたと思い、唇を噛んだ。

エイサは何も言わなかったが、やがて顔をあげて彼女を見た。緑色の瞳はやわらいでいた。

イブはつばをのみ込み、明るい笑みを顔に張りつけた。「あなたの一族には赤ちゃんがたくさんいるわね」

彼は鼻で笑って、脚を大きく開いた。「ロンドンでも指折りの子だくさんな一族だろうな。

コンコードは恥じているに違いない」

「むしろ誇らしげに見えたけれど」

そうつぶやくと、エイサからにらまれた。

イブは微笑んだ。「あなた、自分がまだ家族を持っていないから嫉妬しているんじゃない?」

「とんでもない」彼が大きくかぶりを振る。「おれは家族を持つつもりはない」

「どうして?」

「わからないか?」エイサは手を広げた。馬車の揺れに合わせて体が揺れる。「おれには管理しなければならない庭園があるんだ。庭園に関することはおれにとって最優先だし、それにすべての時間を取られてしまう」

イブは眉をひそめた。「そう? でも、仕事をしながら結婚して子どもを持つ男性は大勢いるわよ。あなたのお兄さんは醸造所を経営しているけれど、わたしの勘違いでなければ、今夜わたしたちは彼の六人目の赤ちゃんの洗礼を祝ったはずでしょう」

エイサが肩をすくめる。「コンコードの場合は、こざっぱりした醸造所と子どもたちをうまく両立できたんだろう。だが、おれは庭園のために夜も昼も働いているんだ。人生にそれ以外のものを受け入れる余裕はない」

「それ以外の人も?」首をかしげて彼を見つめる。「ずいぶん……寂しいのね」

エイサの唇の片端があがり、緑色の目が愉快そうな光を帯びた。「それほど寂しくはないさ。ほかの男と同様、欲求はあるし、それを満足させるようにしている」

彼の欲求のことを考えたとたんに鼓動が速くなったのを隠して、イブは唇を突き出した。

「ビオレッタの話だと、あなたはもう彼女を……楽しませていないみたいね」

「ああ」エイサはゆっくりと答え、頭を座席の背に預けた。重いまぶたの下からイブを見ている。ちらちらと揺れるランプの火が瞳に映っていた。夕食のときに兄の作っているビールを三、四パイント飲んでいたけれど、いまになって酔いがまわってきているのかもしれない。

「欲望を満たすために、ほかの女性を探さなければならないな」

イブはどぎまぎしながら唇を湿らせた。

エイサの目が、その唇に釘づけになる。彼はふだんより低い声で言った。「あるいは自分で満たすか」

彼の手が腿に移動し……イブの見間違いだろうか、ブリーチズの前がふくらんでいる。

つばをのみ込んで言った。「どういう意味？」

エイサが白い歯を見せて笑う。頬にあのえくぼが現れた。「ああ、イブ、きみはなんて無垢《む く》なんだ」侮辱されたと思うべきなのだろうが、甘い声がその先の説明を期待させる。「女性は、男が中に入らなくても、男の指や口だけで快感を得ることができる。前にそう話しただろう？」

「え、ええ」

「男も同じなんだ」自分の腿をさすりながら言う。「女性の手や……口だけで」

イブは息ができなくなった。女性があそこに手や口をつけるというの？　急にボディスがきつく感じられて、呼吸が速くなった。どこを見ればいいのかわからない。自分の脚をさすっている、あの長い指？　それとも、なんでもお見通しのきらきらした緑色の目？

「そしてもちろん、女性は自分自身を楽しませることもできる――手を使ってね。男も同じで……」エイサの手が開いた脚の付け根に動いた。自らをあからさまにつかみ、彼女を見る。

イブはたしなみを忘れた。自分がいる場所も、彼が誰なのかも、自分が誰なのかも忘れた。官能的な緑色の瞳を見つめながらささやく。「見せて」

エイサが目を見開いた。驚きか、喜びか、あるいはまったく別の感情からなのかわからないけれど、それはどうでもいい。視線は彼の腿の付け根から離れなかった。彼の手がブリーチズに包まれたものの上で動き、もう一方の手もそれに加わる。

彼はゆっくりと慎重にブリーチズの前のボタンを外した。

馬車が揺れながら角を曲がり、イブは両手を座席に押しつけて体を支えた。

エイサがブリーチズを開ける。「ああ、このほうがいい」

イブは彼の顔を見た。

彼は微笑みながらこちらを見ていた。「大きくなるときついんだ」

彼女は唇を嚙んだ。腿に視線を戻さずにはいられない。白い下着と、その下に隠れているものの輪郭がくっきりと見えた。

「見たいんだろう？」エイサが自分自身を握りながらささやいた。「おれを」

唇を湿らせる。「ええ」

「だったら見るといい」彼は下着のひもをゆるめた。床に足を踏ん張り、少し腰を浮かせてブリーチズと下着をおろす。

勢いよく飛び出したそれは、赤らんでいて想像よりも大きかった。彼の指の下で脈打っており、周囲には血管が絡まるように走っている。ふくらんだ先端があらわになっていた。

「見るんだ」エイサはそう言って、握った手を根元から先端へと滑らせた。

イブは胸が締めつけられたように苦しくなったが、おなかはそれと対照的に温かくなった。脚のあいだがむずむずする。頭の隅では止めなければとわかっていた。彼を止めなければいけない。このみだらで背徳的な行為から、目をそらさなければ。

でも、そうしたくはない。

エイサの顔を見ると、赤らんで目が細くなっている。その目でイブを見つめていた。まるで彼女の視線が欠かせないとでもいうように。

自分を慰めるのに。自分のものに触れるのに。

その言葉が頭に浮かぶと、イブは息を吸ってふたたび視線をおろした。エイサは空いているほうの手で邪魔になるシャツをどかしていて、平らな腹部の筋肉が彼の動きに合わせて動くのが見えた。へそのまわりを囲む毛が、下へ向かうにつれてひとところに集まり、そのまま彼自身を囲む豊かな巻き毛の中に消えている。彼は白いシャツと金色のベストを着たまま脚を広げて座り、赤い上着は腿のあたりで大きく開かれていた。足は馬車の床に踏ん張っている。イブは彼の腰が手の動きに合わせて上下に動きはじめたことに気づいた。

まるで性交と男の欲望しか頭にない好色な牧神、サテュロスのようだ。不意に、イブはエイサが全部脱いでくれればいいのにと思った。彼の胸やヒップ、広い肩の曲線を見たかった。

彼は笑って見せてくれるだろう。なぜかそれがわかっていた。エイサ・メークピースはイブが頼めばなんでもしてくれる。恥ずかしがったりしない。

それどころか、大胆であることを楽しんでいる。

エイサがそういう人なのがうれしかった。男性がこんなふうに自分の欲求にわれを忘れてあえぐところなど、見る機会はほかにない。彼女の人生で、こんなことは二度とないだろう。勇気を出して見せてくれと頼んでよかった。

でも、いまそんなことを考えていてはいけない。この瞬間、目の前で信じられないことが起きているのだから、それをしっかりと吸収しなくては。その光景と音、そしてにおいを記憶に刻みつけるのだ。

イブは鼻から大きく息を吸った。塩辛くて動物的な、麝香のようなにおいが漂っていて、思わず両脚をぎゅっと閉じた。

突然、エイサが歯を食いしばりながら微笑んだ。まるで、イブにどんな影響をもたらしているか自覚しているかのようだ。いまや彼の手の動きは速まっていて、指のあいだから真っ赤になった先端が見え隠れしている。彼女は唇を噛んだ。

「いまだ」彼がうめいた。「イブ、おれを見ろ。見てるか？」

「ええ」

エイサの首の筋肉が盛りあがったかと思うと、白いものが勢いよく放出された。彼の脚が震え、手の動きが遅くなった。

そのあいだ、目はかたときもイブから離れなかった。


手足に気だるさが広がっていくのを感じながら、エイサは重いまぶたの下からイブを見た。彼女の顔はピンク色に染まり、やわらかなフィシューに覆われた胸は激しく上下している。興奮しているのだ。

彼女自身は自覚していなくても、エイサにはわかった。それが驚くほどよかった自分の絶頂感よりも彼を満足させた。

エイサは目を閉じて小さくハミングしながら、暗いロンドンを走る馬車の揺れを体に感じた。不思議だ。イブに触れていない——触れることができなかった——のに、これまで愛を交わしたどの女性よりも、彼女が近くに感じられる。たぶん、あれが親密な行為だったからだろう。彼女がこれほどの経験をしたことがなかったからだろう。

あるいは、イブのためにしたことだったからかもしれない。

イブだけのために。

「いつも……」彼女の静かな声が、眠りに落ちそうなエイサを引き戻した。「いつもこんなふうなの？」

彼は目を開けた。イブは、エイサの腿にむき出しのまま横たわっている彼自身を見つめていた。彼は微笑んだ。女性に賞賛の目で見られるのは、いつだって気分がいいものだ。

「たいていはね。もっといいときもあるが、これほどじゃないことのほうが多い」

ため息をついて座り直し、ハンカチで手を拭いてから身なりを整えた。

「ありがとう」イブが言った。

エイサは顔をあげた。彼女は唇を噛み、眉間に一本しわが寄っている。後悔しているのだろうか？　それどころか、自分が間違ったことをしたと思っているのか？

「どういたしまして」彼は静かに応えた。もっと見せてやれないのが残念だ。絶頂のすばらしさをイブに感じさせたい。

それを経験せずに人生を送るのは悲劇だ。イブがそんな悲惨な人生を送るなんて、ことさら間違っている気がする。彼女は自由に、ためらいも恐れもなくわれを忘れるべきだ。

そうできないのは、根本的に間違っている。

馬車が急停車し、その衝撃でエイサはイブの膝に倒れ込みそうになった。それと同時に銃声が響き、誰かが叫んだ。「止まれ！　金を出すんだ！」

いったい何事だ？　ロンドンのど真ん中だというのに。

「伏せろ！」エイサはイブに言った。

その瞬間、馬車のドアが開かれた。覆面の男が二丁の拳銃を振りかざしている。

エイサの背後で、イブがおびえた声をもらした。

その声に、純粋な怒りが火となって彼の血管を駆けめぐった。

覆面の男がにやりとする。

「おい」エイサは男の目の前で立った。「くそったれ」相手の片腕を払いのける。「いったい——」もう一方の腕をつかんだのと同時に拳銃が暴発して、弾が座席のクッションを貫いた。

「何様の——」二丁目の拳銃が天井を撃ち抜く。「つもりだ」エイサは男の拳銃を取りあげた。

「この——」それを逆向きにする。「けちで——」浮き彫り模様の入った台尻で男の顔を殴った。「薄汚い——」男の鼻から血が噴き出し、彼は悲鳴をあげながら馬車から落ちた。「豚野郎め」

エイサは空の拳銃を放り投げ、男のあとから飛びおりた。馬にまたがったふたり目の追いはぎが、地面でのたうちまわっている相棒を呆然と見つめている。

「この卑怯者《ひきょう》め」エイサは男に近づくと股間を蹴った。「おれのレディを——」男があえぎながら、血だらけの顔から手を離して股間を押さえる。「怖がらせやがって」男の上着の背中をつかんで引きあげ、相手の頭が前後に揺れるほど激しく振った。「わかってるのか?」

「放せ」うろたえたふたり目の男が高い声で言った。

「喜んで」エイサはひとり目を地面に落とすと、両腕をだらりと垂らして馬上の男に近づいた。

男の覆面の奥の目が大きく見開かれ、エイサに拳銃を向けている手が震えた。

やる」
「貴様を馬から引きずりおろして拳銃を奪い、両膝を撃つ。それから縁石に頭を打ちつけて
「な……何をする気だ？」

従僕のひとりが甲高い悲鳴をあげた。

ひとり目の追いはぎが逃げ出し、ふたり目の追いはぎの馬によじのぼった。馬は向きを変え、数秒後には蹄《ひづめ》の音が遠くへ走り去っていった。

エイサはがっかりした。

御者と従僕を振り返ると、不自然なほど目を見開いているが、けがはないようだ。

彼は馬車に戻った。「ここを離れよう」

エイサが飛び乗って席に座ったのと同時に、馬車は動きだした。

向かいのイブは、追いはぎの襲撃が始まったときからまったく動いていないように見えた。真っ白な顔で、世界を締め出すかのように目を閉じて、隅で丸くなっている。

彼は心配になった。「イブ？」

彼女が身震いして目を開け、ぼんやりとエイサを見た。

エイサはイブの隣に移ったが、手を伸ばすと彼女は身を縮めた。「触らないで！」

彼は顎をこわばらせてイブから目をそらした。彼女が自分を恐れているからといって、傷つきはしない。「おれが嫌いになったか？」

「いいえ」イブが首を横に振る。「もちろんそんなことはないわ」

「だが、おれに触らせてくれない」

彼女は顔をそむけた。「男の人には触られたくないの」

「おれはその他の男と一緒なのか？」かたい声でぶっきらぼうに尋ねる。衝撃を受けてまだ震えている彼女を問いつめてはいけないとわかっていても、自分を止められなかった。もううんざりだ。

イブに怖がられるのがいやだった。

「いいえ……でも……」彼女はつばをのみ込んだ。「あなたはとても凶暴だったわ」

「きみを守るためだ！」狭い馬車の中に大きく響いた自分の声に顔をしかめる。

「そんな必要は――」

「ばかを言うな」エイサは彼女のほうを向き、触れはせずに顔を突きあわせた。「きみの身を守るのに必要なら、どんな手も――どんな暴力も使う。わかったか？　交渉の余地はない。きみを守るためなら殺しだってするだろう」

不思議なことに、その過激な言葉がイブを落ち着かせたらしい。「わかるの」彼女は静かに言った。「あなたがあの男を傷つけなければならなかったこと、頭ではわかるのよ」膝の上で両手を組みあわせる。「でも、心が……恐怖に勝てないの」

自分に腹を立てているようだった。本人はそれに気づいてさえいないのかもしれない。

「そうか。わかった。いまはおれを避けていい。おれと距離を置いて震えていればいいさ。だが、いつまでもそうさせておく気はないぞ」

イブが青い目を丸くしてエイサを見あげた。「どういう意味？」

「つまり――」言葉を選ぶあいだも、正しいことをしているという思いが心の中に広がっていった。「いつまでもこの状態を続ける気はないということだ。おれはきみに触れる。いつか、どこかで。おれはきみの全身に触れるし、イブ、きみはそれを楽しむだろう」

声が次第に深みを増し、最後の一文は甘い声となって口から転がり出た。彼女に触れることを思うだけで下腹部がうずくのがわかる。

触れるのを彼女が許してくれることを思うだけで。

イブがうっとりしたようにエイサを見つめた。ピンクの唇はまだ震えていて、それが開いたとき、エイサは無理やり視線を引きはがして彼女の青い瞳を見つめた。

「でも……でも、わたしがいいと言うまで触れないとあなたは約束したわ」

「そうするよ」彼は誓った。「きみは触れてくれとおれに頼むことになるだろう、イブ・ディンウッディ。それを恐れるな」

イブの目が大きく見開かれたとき、馬車が止まり、エイサは彼女の家に着いたことを悟った。

立ちあがってドアを開け、飛びおりてイブのために踏み台を用意する。

それから彼女のほうに向き直り、おりるのを手伝おうと手を差し伸べた。その瞬間に思い出した。

しまった。

けれども手は引っ込めずに、差し伸べたままにした。

イブはすでに乗降口にいて、エイサは自分の手が無視されるのを覚悟した。彼女は差し出された手を見つめながら、実際無視しようかと考えたに違いない。だが自分を勇気づけるように、わずかに背筋を伸ばした。

彼女はエイサの目を見つめ、手を預けた。

肌がじかに触れあい、彼は体が震えるのを抑えた。

キスよりも親密だ。

エイサは彼女を歩道におろした。

「ありがとう」かすれた声でイブが言う。

彼は頭をさげて咳払いをした。「礼を言うのはおれのほうだ。家族の夕食会へ一緒に行ってもらったんだから」

「楽しかったわ」

ランプの明かりの中で、イブの顔が白く輝いた。エイサは、彼女がいま与えてくれる以上のものが欲しかった。

ジャン・マリーがタウンハウスのドアを開け、エイサは彼女から手を離して一歩さがった。

玄関前の階段が明るく照らされた。「おれも帰ったほうがよさそうだ」

イブが急に心配そうな顔になった。「馬車を使って。また襲われたら困るから」

彼は鼻で笑った。「おれはあの追いはぎたちをやすやすと追い払った。もしまた別のやつがおれの命を奪おうとしたら……」ふと気づいて言葉を切る。命が危険にさらされたのは、この二週間足らずで二度目だ。屋根から落ちてきたスレートは、すんでのところでエイサとビオレッタの頭を叩き割るところだった。

最初にスレートが落ち、次に舞台が崩落し、今度は追いはぎが襲ってきた。これほど立て続けに事件が起こるのは怪しい。

「追いはぎですって？　なんの話です？」ジャン・マリーが階段をおりてきていた。

イブはそちらに顔を向けた。「セントジャイルズの外れで、馬に乗ったふたり組に止められたの。エイサ……ミスター・メークピースが追い払ってくれたのよ」

「ああ、神様《モン・デュー》！」ジャン・マリーが思いきり顔をしかめる。「おけがはありませんか、お嬢様？」

「大丈夫よ」イブは答えると、エイサを見ながら頬を染めた。「いま言ったとおり、ミスター・メークピースが戦ってくれたから」

「それはありがとうございます」ジャン・マリーは重々しく言った。「わたしの仕事を代わりにしてくださって」

エイサはうなずいた。

ジャン・マリーが頭を振る。「たった三日で、いろいろなことが起きすぎです。まずは舞台、そして次がこれ……」

「劇場の屋根からスレートが落ちて、ビオレッタとおれに当たりそうになったこともな」エイサは淡々と言った。

イブの目が丸くなった。「なんですって？」

「あなたは狙われている」ジャン・マリーが簡潔に告げる。

エイサが彼のほうを見ると、護衛も真剣な目でこちらを見つめていた。

「ああ、おれもそう思う」

「どうするの？」イブがささやいた。「いまも……」唇を噛む。「いまも裏にミスター・シャーウッドがいると思ってるわけじゃないでしょう？」

「どうかな」エイサは彼女が口を開きかけたのを手で制した。いまいましいシャーウッドを熱烈に弁護するに違いないとわかっていたからだ。「わからない。殺人は、シャーウッドにしてはやりすぎに思える」

ほっとしたのだろう、イブの肩がさがった。「じゃあ、彼を問いつめたりはしないのね」

「約束はできない」ゆっくりと言いながら、ふたたび彼女の肩がこわばるのを見る。「だが、キングス劇場に送り込んだ者から何か言ってくるまでは待つつもりだ」

イブがぽかんと口を開けた。「ミスター・シャーウッドの劇場に密偵を送り込んだの？」

「当然だ」エイサはウインクしてみせた。「二年以上も前にね」

「まあ」

イブの怒った顔を見て、彼は笑いだした。「馬車を借りて家に帰るよ。おやすみ」

向きを変えると、彼女の声が背後から夜気に乗って聞こえてきた。「おやすみなさい」

エイサは馬車に乗り込んだ。衝撃を受けて怒った彼女の顔が目の前に浮かぶ。おれにとって特別な存在であるイブ。彼女を守るためならなんでも——殺しでも——すると言ったのは嘘ではない。表面下でふつふつと燃えたぎっているおれの凶暴な部分を見て彼女が離れていったら、どうすればいいかわからない。

しかし、おれは変わらないだろう。その凶暴な部分がイブを救ったのだから。

翌朝、オペラ歌手とふたりの女優、三人の踊り子がイブの机を囲んで彼女を見つめた。イブのうしろでは、栄養をとって数日ゆっくり休んだおかげでずいぶん元気そうになった犬が、静かにまどろんでいる。机の上の籠では、鳩が種をついばんでいた。

イブはノートに書き込んでから背筋を伸ばした。「確認するわね。基本的にはデイジー、テレサ、メアリーが東側の更衣室を使うけれど、デイジーは息子のバーナードを連れてきた日は、同じく小さい子のいるポリー、シャーロットと一緒の更衣室を使う。マーサとマーガレットは基本的に一緒に着替えるけれど、マーガレットが歌の練習をしているときは、マーサはデイジー、テレサ、メアリーと一緒に東側の更衣室を使う」

自分が書いた表を見つめてから、イブは女性たちを見あげた。「これだと、マーガレットが練習する日は東の更衣室が混みあわない?」

赤毛で細身のマーサが肩をすくめた。「かまわないわ。あの金切り声が聞こえているときは、体が全然動こうとしないんですもの」

小柄でがっしりしたマーガレットが目を細くする。「金切り声なんかあげてないわよ」「紅茶が欲しい人は？」あわててイブが言ったのと同時に、事務室のドアが開いた。エイサが出入り口をふさぐように一歩足を踏み入れてから止まった。「どうした？」静かに尋ねる。

彼を見たとたん、イブは体が震えた。顔を見るのは、昨夜馬車をおりて以来だ。昨夜はひとりでベッドに横になりながら、エイサのことを考えた。自分を見ろと言いながら、彼の声が低くなったのを思い返した。そうして、おずおずと腿の付け根の巻き毛に指を滑り込ませたのだった。

イブは顔が熱くなってきた。エイサはわたしを見るだけで、ゆうべわたしがベッドで何をしたかわかるかしら？

エイサが熱いまなざしを向けてきて、彼女は脚をかたく閉じた。なんてこと。きっと彼にはわたしの考えが読めるんだわ。

そうだというように唇の片端をあげてから、エイサは女性たちのほうを向いた。全員が同時に彼の質問に答えようとしたため、騒がしい彼女たちの言葉は意味をなさなかった。

エイサが両手をあげ、部屋は静かになった。彼はテレサを指して言った。「説明してくれ」

テレサは既婚婦人の役を専門に演じる女優だ。胸の前で腕を組んで言った。「ミス・ディンウッディが更衣室を振り分けていたんです」

エイサがゆっくりとまばたきをする。「どういうことだ？」

「ほかの人の場所に配慮しない人がいたんです、ミスター・ハート」ポリーがメアリーに鋭い視線を投げつけてから、目をぱちぱちさせてエイサを見る。「子どもを連れてこられるようになったいま――」

「なんだって？」エイサがイブを振り返った。

彼に見つめられると、おなかのあたりから温かさが広がっていく。同じ緑色の目で見つめてきたのは、ほんの昨夜のことだ。見つめながら、彼は……。

イブは咳払いをして立ちあがった。「彼女たちの中には、子どもを見ていてくれる人がいない人がいるのよ。それでは練習ができないわ。だから今日から、子どもたちを世話してくれる女性を雇ったの」

エイサは眉を寄せた。「なぜおれに相談がなかったんだ？」

「あなたはいつも忙しい忙しいと言っているじゃない」イブは指摘した。

「それに、ミス・ディンウッディは話しやすいんです」ポリーが言う。

「まあ」イブは微笑んだ。「そう言ってもらえるとうれしいわ」

「本当よ」メアリーが同意したのは予想外だった。イブの知るかぎり、メアリーとポリーの意見が合うことはめったにないからだ。

「そしてあなたは違うんです」テレサがエイサにはっきりと告げる。「あなたは話しやすくないわ」

ポリーがすまなそうに肩をすくめた。「すみません、ミスター・ハート。だけど本当なんです」

エイサは顔をしかめ、一度開いた口を閉じ、もう一度開いて言った。「わかった。どうやら、もっと早くミス・ディンウッディに来てもらうべきだったようだな」

そして、温かいまなざしをイブに向けた。

目が合って、彼女は自分が赤くなるのがわかった。エイサのまなざしが、昨夜の馬車の中でのそれとととても似ていたからだ。追いはぎに襲われる前の。

女性のひとりが咳払いをし、みなが自分のすべきことをするためにドアへ向かった。

イブがエイサからようやく視線を引きはがしたときには、誰も残っていなかった。彼女は当惑して、しばらく眉をひそめてからエイサを振り返った。「彼女たちの言い争いを解決したこと、怒っていないわよね？」

「もちろんだ」エイサが髪をかきあげる。「実を言うと、役者と踊り子と歌手のあいだの言い争いはおれの頭痛の種でね」

「だったら、役に立ててうれしいわ」

「イブ」彼が何か言いかけたとき、とても大柄な男性が事務室の入り口に現れた。

「エイサ、今日、庭のことを話しあうんじゃ……これは失礼」男性の声は少し調子が外れていた。こわばっていて、かすれている。彼はイブを見て眉をあげた。

エイサが背筋を伸ばした。「アポロ、こちらはミス・イブ・ディンウッディ。モンゴメリー公爵の妹さんだ。ハート家の庭園への出資に関わるいっさいを任されている。ミス・ディンウッディ、庭園を設計したキルボーン卿アポロ・グリーブズだよ」

「お会いできて光栄です、ミス・ディンウッディ」キルボーン卿はお辞儀をしながら言った。ハンサムではない――むしろその逆だ――が、礼儀正しい。

イブは膝を曲げてお辞儀した。「わたしの勘違いでなければ、閣下の奥様は元ロビン・グッドフェローですわよね？」

妻の名を言われて、大男の顔に明るい笑みが浮かんだ。「そのとおり」

「舞台での奥様を、いつもすばらしいと思っていました」イブも笑みを返す。「閣下はロンドンの劇場から偉大な才能を奪ってしまわれましたわ」

「だが、返すつもりはありませんよ」キルボーン卿は愛想よく言った。「妻はまだ脚本を書いていますがね。ロンドンの劇場には、彼女の演技の代わりに脚本で満足してもらわなければ」

「そうします。奥様がお書きになる次のお芝居が楽しみで仕方ありませんわ」

エイサがわざとらしく咳払いをした。

ふたりは彼を見つめた。

エイサがドアをほうを頭で示す。「庭に出ようか？」

キルボーン卿が愉快そうな顔になった。イブに向かってもう一度お辞儀をすると、ドアを指し示す。「お先にどうぞ、ミス・ディンウッディ」

「ありがとうございます、閣下」イブはあからさまにエイサを無視して応えた。

部屋を出たとたん、イブは犬にやる水の入った皿を手にしたジャン・マリーとぶつかりそうになった。彼が眉をあげる。

「庭を見てくるわ。犬の世話をお願いできる？」

ジャン・マリーはエイサとキルボーン卿を見てからうなずいた。「もちろんです。犬が外で用を足せるようになったか試してみますよ」

「ありがとう」

振り返ると、エイサが腕を差し出していた。「行こうか？」

イブはつばをのみ込んでうなずき、おずおずと彼の袖に手をかけた。電気ショックでも受けるのではないかと思った。昨夜手が触れあったときと違い、いまは肌がじかに触れているわけではないけれど、それでも服を通して彼のぬくもりが感じられる。

イブはキルボーン卿に顔を向けた。「成長した木を移植するのに成功されたとミスター・メークピースから聞いています」

「ええ」キルボーン卿は応えた。その方法を説明する彼の話は興味をそそるものだった。そうしているうちに三人は庭に着いた。キルボーン卿が迷路を指差す。エイサと話しあいたかったのは、その迷路のことだったらしい。

「常緑樹の生垣は育つのに何年もかかります」キルボーン卿は新しい植栽を示しながら言った。「だから、それまでのあいだ偽の壁を作ることを考えたんです。木製ですが、大理石に見えるよう模様を描いてくれる人間がいるんですよ。いつまでももつわけではありませんが、生垣が成長するまでは、それで迷路を楽しんでもらうことができます」

「でも、雨や風で模様が消えたりはしないんですか？」

キルボーン卿が肩をすくめる。「何年かすれば消えるでしょう。でも、その頃には生垣がじゅうぶんな大きさに育っているはずです」

イブの隣でエイサがうなずいた。「気に入ったよ」彼女を見る。「それに木製の壁なら安くできるだろうから、きみも気に入るはずだ、ミス・ディンウッディ」

「お金の節約はいつだって大歓迎よ」イブは澄まして言った。

エイサが笑う。その笑い声はまるで秘密の冗談を共有しているかのようで、彼女は温かい気持ちになった。

三人はぶらぶらと歩きはじめ、キルボーン卿はほかの計画も説明した。劇場のそばまで戻ったとき、こちらに向かって歩いてくる紳士が見えた。おなかの出た中年の男性で、長すぎる腕が体のほかの部分と不釣りあいだ。顔は赤く、大きな鼻が目立った。彼を見た瞬間、イブは妙な感覚を抱いて歩みが遅くなった。

「ミスター・ハート」紳士が声をかけた。「お会いしたかった」

イブはその場に立ち尽くした。あの声……。

聞いたことのある声だ。

男性がエイサに手を差し出した。その動きで上着の袖口があがり、手首の内側に一風変わったイルカの刺青《いれずみ》が見えた。
恐怖がイブの全身を駆け抜けた。
目をあげると、男性が彼女を見つめていた。愛想のいい笑みが口に浮かぶ。
「なんと、イブじゃないか」
そのとき、彼女はその声をどこで聞いたか思い出した。
悪夢の中だ。

11

ダブがふたたび目を開けると、昼になっていて、男の人が自分を見おろしていました。髪は黄褐色で肩は広く、目はふたりを取り巻く木々の葉のような緑色でした。

「きみはここにいちゃいけない」彼はうなるように言いました。ずいぶん怒っています。

「誰なんだ？」

「わたしはダブ。あなたは誰？」

「エリックだ」それだけ言うと、彼は歩き去っていきました。

それでこの一件は――そしてこのお話は――終わるはずでした。ダブが飛び起きてエリックのあとを追わなければ……。

『ライオンとダブ』


エイサは腕にかかるイブの指に力がこもったのを感じた。彼女を鋭く見てから、目の前の紳士に視線を戻す。微笑みは愛想よく、服は超一流とは言えないまでも高価なものだが、エイサは何かいやなものを感じた。

事務的な笑みを顔に張りつけて言う。「席を外していて、すみませんでした」

紳士は笑みを浮かべたまま、短くお辞儀をした。「ハンプソン子爵ジョージ・ハンプソンだ。きみの庭園への出資に興味があってね」

エイサは姿勢を正した。いやな感じがしようとしまいと、出資者は大事にしなければならない。庭園の経営には常に金がかかる。だがイブの指がさらに強く腕をつかんでいるので、彼は慎重に話を進めた。「ミス・ディンウッディとはどういうお知りあいで?」

「ああ、イブとはずいぶん長いつきあいなんだ」ハンプソンはやさしそうな笑みを彼女に向けた。「彼女の父上の、いまは亡きモンゴメリー公爵閣下と友人同士だったので、イブがわたしの膝までしかなかった頃から知っている」

「でも……」声がかすれ、イブは言葉を切って咳払いした。「でも、わたしはあなたのことを覚えていませんわ、閣下」

「そうかね?」ハンプソンが首を傾け、太いグレーの眉の下からじっと彼女を見つめた。エイサはどういうわけか彼を怒鳴りつけたいという衝動に駆られたが、なんとかこらえた。理由はわからないけれど、この男にはいらいらさせられる。「大昔のことだし、きみはまだ幼かったからね」

「でも、あなたはミス・ディンウッディがわかった」アポロがエイサの背後から言った。

ハンプソンが彼を見た。「どなたかな?」

「失礼をお許しください」エイサは言った。「キルボーン子爵アポロ・グリーブズです」

ですよ、閣下」

「ああ！」ハンプソンは叫んだ。「たしか庭園の設計をなさった。お目にかかれてうれしい

アポロはうなずいて握手をしたが、その顔には警戒の色が浮かんでいた。「どうも」

エイサの隣でイブが身震いする。

彼はハンプソンを見つめたまま、腕にかかるイブの手に自分の手を重ねた。細く繊細な指は氷のように冷たい。エイサはすぐにでも出資の話に取りかかりたかった。鉄は熱いうちに打てというではないか。しかし、イブが怖がっている。

彼女を守りたいという本能から、エイサは言った。「庭園の話はまた別の日にしてもらえるとうれしいのですが。今日はほかにいくつか約束がありまして」

「そうだろうね」ハンプソンが応える。彼は息を吸って庭園を見まわした。一同は音楽堂のそばまで戻っていた。「これを再建するとはすばらしい。最初にスタンリー・ギルピン卿がここを買ったときのことを覚えているよ。湿地に建物がいくつか立っているだけだった」彼は大きすぎる前歯を見せて笑った。「では、明日の午後はどうかな？」

「お待ちしています」

ハンプソンはうなずくと去っていった。

エイサはすぐさまイブのほうを向いてささやいた。「大丈夫か？」

色を失っていた頬に少し赤みが差した。「ええ、もちろんよ。自分でも、どうしてしまったのかわからないわ。不思議ね。あの人の声が……」

その先を続けずに眉をひそめる。

エイサはイブを見つめた。彼女を安心させたかった。それと同時に、ハンプソンを追いかけて対決したかった……だが、なんのことで？

「お茶を飲んだら気分がよくなるかもしれない」アポロが言った。

エイサは感謝の目を向けた。「事務室にケトルがある」

「ありがとう」イブがつぶやくように言う。「ぜひ飲みたいわ」

アポロはお辞儀をした。「もう一度言わせていただくが、お会いできてうれしかったですよ、ミス・ディンウッディ」愉快そうにエイサを見てから続ける。「メークピースがこんなにきちんとした人とおつきあいするのは見たことがない」

「おい！」エイサは明るく言い返した。

アポロは最後にもう一度お辞儀をしてから去っていき、エイサはイブを劇場に連れていった。まだときおり体が震えるのがわかり、彼は忘れないよう心に刻んだ――ジョージ・ハンプソンというのがどういう人物なのか突き止めよう。

幸い、事務室に向かうあいだ廊下にはほとんど人気《ひとけ》がなかった。劇場からは楽団の音が流れ、いくつかある更衣室のドアの向こうからは女性たちの話し声が聞こえてくる。先ほどイブが女性たちに囲まれていたのを思い出して、エイサは笑みを浮かべた。更衣室をめぐる言い争いを解決した彼女の手腕に、心ならずも感心せずにはいられなかった。その手の小さな言い争いは、エイサをとくにいらだたせるものだった。過去には、役者や演奏者や歌手がほかの演者のことで苦情を言ってくると、お手あげだと言ってその場から離れたこともある。

彼は事務室のドアを開けながらイブを見た。彼女がここを去るとき寂しくなるだろうと思うと不思議だった。

一度は彼女をお高くとまった堅苦しい女性だと思ったのが不思議だ。

いまでは、目に見えない針金で彼女の体とつながれていて、常にその存在を意識しているような気がする。

「座ってくれ、お茶をいれるから」そう言いかけて、イブが部屋に入ったところで立ち止まっていることに気づいた。

半分振り返って尋ねる。「どうした?」

「大変」彼女が手で口を押さえて泣き声をあげた。「鳩が……」

エイサはイブの机を見た。鳥籠は朝と同じところに置いてあるが、扉が開いていた。

机の上に羽根が一本落ちている。

なんてことだ。

犬は机のすぐうしろで寝ていた。そして、これまでずっと飢えていたのだ。

「見るな!」腕を広げて彼女を机に近づけないようにした。そのうしろに何があるかわからない。「イブ、頼むから……」

けれども彼女は、エイサの腕の下をすばやくくぐり抜けた。「自分の目で見なくてはだめなの。自分の目で」

イブがぴたりと動きを止める。

エイサは振り返り、彼女が倒れないよう腕をつかんだ。「犬はものすごく腹をすかせていた。いまはなかなかわかってやれないかもしれないが、あいつのせいにしてはいけない。おれが外に連れていって――」

しかし、彼の慰めの言葉は途中でさえぎられた。

くすくす笑いで。

心配になってイブを見た。大切にしていた鳩の死で、頭がどうかしてしまったのだろうか？

けれどもエイサを見あげた彼女の青い目は、まだ残っている涙の奥できらめいていた。

「見て、エイサ」

彼は振り向いて机のうしろを見た。

マスティフは、打ち捨てられていた衣装の山の上で横になって眠っていた。その背中で、鳩がなんの悩みもなさそうに自信たっぷりで歩いている。犬は目を開けて人間たちを見ると、ふたたび目を閉じて大きく息を吐いた。

鳩がくうくうと鳴いた。

悪夢を見たのはずいぶん久しぶりだが、イブにはすぐにわかった。

わかったのは犬のうなり声のせいだ。

彼女のうしろで何匹もの犬が荒い息を吐いていた。その息は生肉と飢えのにおいがした。イブはやみくもに走った。激しく。死にもの狂いで。

果てしなく階段をのぼったかと思うと、階段は突然下りになった。いくつもの戸口を抜けたが、戸口は次第に小さくなっていった。そして彼らの声も聞こえた。男たちの声が。

彼らは笑っていた。仮面をつけ、その肌には刺青のイルカが泳いでいる。

何かに踵を嚙まれ、イブは次に起きることを本能的に悟った。死なせて。痛みを感じる前に、この世から逃げたい。

夢の中の彼女は常に臆病だった。

だが、つらい運命から逃れたいといくら祈っても、それはかなわなかった。這うように角を曲がったが、目の前は壁だった。

行き止まりだ。

彼らはすぐうしろに迫っている。男たちか犬かわからないけれど、どちらでも同じことだ。どちらもひどく飢えている。

血が飛び散った。

イブははっとして目覚め、暗い自分の寝室を見つめた。体がこわばり、身動きせずにそのまま横になっていた。こうしていれば、誰にも見られずにすむような気がした。

安全な気がした。

けれどもやがて呼吸が落ち着き、体のこわばりも解けて、用を足したいことに気づいた。

苦労しながらゆっくりとベッドの端まで転がって立ちあがる。窓からわずかに月の光が差し込んでいるので、それを頼りに必要なものを探して用を足した。

ベッドに戻るべきだが、戻っても無駄だとイブは思った。

そこでローブを羽織り、暗がりの中を居間へ向かった。

暖炉の前に膝をつき、石炭の山を火かき棒でかきまわす。あと二時間ほどしたらルースが起きてくるだろうけれど、いま起こすのは気の毒だ。

眠らせておいて、血ではないものの夢を見させてやろう。

ため息をつき、手が汚れないよう火ばさみを使って、燃えさしの上に石炭を足した。こうして日常的なことをしていると心が落ち着いた。石炭に火が移り、オレンジ色の炎が次第に広がっていくのをじっと見つめる。

火をおこし終えると、イブは立ちあがってろうそくを灯し、机に向かった。鳩は籠の中で、ふわふわした羽の下に頭を隠している。その姿に彼女は小さく微笑んだ。昨日の午後、空っぽの籠を見たときは、最悪のことが起きたと思って恐怖に打ちのめされた。

でも、そうではなかった。

イブがひどく恐れていた犬は羊のように穏やかで、午後いっぱい背中で鳩を遊ばせた。鳩が毛皮に埋まったパンくずをついばんだときでさえ、犬は気にする様子を見せなかった。

ふつうならありえないその光景に魅了されて、彼女はたっぷり一五分間、犬と鳩を見守った。

そんな単純な幸せを味わったあとに、あの悪夢を見るなんて考えられない。けれども見たのだ。

イブはため息をついて、自分の作品に顔を向けた。レベッカ・メークピースのふっくらした頬をもとにキューピッドを描いている。コンコードとローズの下から二番目の子どもは、丸々した幼児のモデルとして完璧だった。イブは座って拡大鏡をのぞいた。キューピッドの巻き毛は、まだ半分しか色をつけていない。

水彩絵の具のふたを外し、筆を濡らしてから注意深く黄褐色の絵の具に浸した。そして描きはじめた。

次に顔をあげたときには、外が白みはじめているのがカーテンを通してわかった。まばたきをし、鳩が籠の底に落ちている種をついばんでいるのを見てから振り向くと、ドアのところにジャン・マリーが立っていた。

その顔は険しく、心配そうだった。「大丈夫ですか、マ・プティット?」

「もちろん」きれいなスカイブルーの絵の具に筆を浸したが、手が震えているのに気づいた。注意深く筆を布でぬぐう。

「イブ」ジャン・マリーが小声で言った。こんな悲しそうな彼の声を聞くのは、ずいぶん久しぶりだ。

「ゆうべ、夢を見たの」彼女は前を向いたまま言った。

ジャン・マリーが部屋の中に入ってくるのが聞こえた。「庭園の所有者のせいですか?

彼が何かいけないことをしたんですか？」

「違うわ」驚いて顔をあげた。「エイサ・メークピースはとても紳士的よ」正確に言えば紳士的とは違うけれど、イブを傷つけるようなことは何もしていないし、ジャン・マリーが尋ねているのはそういうことだった。

「では、なんです？　少なくともここ三年は悪い夢を見ていなかったのに」

彼女は目を丸くした。「わたしの夢を記録していたの？」

「それが仕事ですから、マ・プティット」

不意にある思いが浮かび、イブはオパールの指輪を見おろした。「バルにわたしの悪夢のことを話したの？」

彼が肩をすくめたが、その目は厳しかった。「それもわたしの仕事です」

小さな憤りを感じて顔をそむける。「妹の頭がどうかしていることを知らせるのが仕事なのね」

「あなたの気分がすぐれなかったり、不安を覚えたりしていることを公爵にお知らせするのが仕事です」ジャン・マリーはため息をついた。「公爵の愛情の示し方はとても変わっていますが、間違えてはいけません。あなたのことをとても気にかけておられる。あなたに幸せになってほしいのですよ」

幸せ。幸せになんてなれるのだろうか？

イブは目を閉じた。恐れることに飽き飽きしていた。

急に力がわいて立ちあがる。「ハート家の庭園に行きましょう。帳簿の整理はまだ終わっていないし、ビオレッタが今日練習をすると言っていたの。ラ・ベネツィアーナのアリアを聴き逃す手はないわ」

ジャン・マリーがゆっくりと微笑んだ。「わたしだって聴き逃す気はありませんよ」

イブは笑った。「じゃあ、自分で身支度を整えるわね」

こうして、イブとジャン・マリーは一番乗りと言ってもいいほど早く劇場に着いた。裏門で守衛にひとり、劇場の入り口でふたりに会った。劇場のふたりは、どちらも崩落事故のあとに雇われた者たちだ。劇場の中に入ると、驚いたことにミスター・ボーゲルとミスター・マクレイシュがひそひそ声で話しあっていた。どちらも真剣な表情だ。

イブが近づくとふたりは離れ、ミスター・マクレイシュが明るく微笑んだ。「おはようございます」ミスター・ボーゲルは黙ってうなずいただけだった。

数分後、許しがたいことに、エイサが事務室のドアの鍵をかけていなかったことが判明した。前日に新調したばかりの、ぴかぴか光る錠前を見ながらイブはつぶやいた。

「使う気もないのに、わざわざ錠前をつけるなんて」

うしろでジャン・マリーが鼻を鳴らし、テーブルに鳩の籠を置いた。

「紅茶用にお湯を持ってきましょうか？」

「お願い」イブは机の前に座りながら答えた。新しい守衛のことを思い出して言う。「それから、アルフがどこかにいるか探してくれる？　何か報告することがないか知りたいの」

ドアが閉まる音を聞きながら、イブは犬の様子を調べた。

「ずいぶんよくなったみたいね」犬に向かって話しかける。「ジャン・マリーが外に連れていって、きれいに洗ってくれるかもしれないわ。あら、まだ起きちゃだめよ」

最後の言葉は、犬が苦労しながら立とうとしたからだ。

「本当にだめ」

よろよろと近づいてくる犬を、彼女は目を丸くして見つめた。

「座ってちょうだい、お願いだから」両手をあげて言ったが、通じなかったのか無視したのか、犬はおぼつかない足取りでまっすぐこちらに近づいてくる。イブはあわてて閉まっているドアを見て、ジャン・マリーが早く戻ってきてくれることを祈った。

そのとき、犬が大きな頭をイブの膝にのせた。

「まあ」そう言うしかなかった。犬は茶色の大きな目でイブを見つめ、その額にはまるで心配しているみたいにしわが寄っている。巨大な顎の皮膚が膝の上で汚れた黒いスカートのように広がり、三角形の耳はうしろに倒れていた。

意外にも、かわいいと思えた。

おそるおそる、犬の頭に手のひらをのせてみた。

犬はゆっくりと尻尾を前後に振り、大きなため息をついた。


その朝、事務室に足を踏み入れたエイサは、眼前の光景に思わず目をしばたたいた。

イブ・ディンウッディが机の前に座り、膝にマスティフが巨大な頭をのせている。彼女は何かささやきかけながら、細い指でその頭を撫でていた。犬がイブを見あげる様子は、まるで彼女を女神だと思っているかのようで、それにはエイサも同感だった。

自分があの犬と同じような表情を浮かべていないといいのだが。

ジャン・マリーがケトルを持って、エイサのうしろから入ってきた。

エイサは彼のほうに頭を傾けて尋ねた。「何があったんだ?」

護衛がゆっくりと答える。「なんのことです?」

エイサは彼を横目で見てから、目の前の光景を指し示した。「なんのことかって? ゆうべミス・ディンウッディと別れたとき、彼女は間違いなくまだ犬を怖がっていた。鳩が何も恐れていないのを見ても、犬に触ろうとしなかったんだ。それが今朝来てみたら、あの犬を撫でている。そのあいだに何かあったはずだ」

「ヘンリーがわたしのほうに歩いてきて、膝に頭をのせたのよ」イブが静かに言った。「賢いと思わない?」

しばらくのあいだ、エイサはただあっけに取られていた。「ヘンリー?」

「昔から、ヘンリーっていう名前が好きなの」彼女が考え深げに言う。「とてもやさしそうな名前だと思わない?」

「いや……」エイサは言いかけた。彼の知っているヘンリーは、スズメに石を投げたり鼻をほじったりするのが好きな少年ひとりだった。けれどもそのとき、ジャン・マリーが肘で脇腹を思いきり突いてきた。「ああ」

「ウィ、お嬢様」ジャン・マリーが大声で言う。「すばらしい名前です」

「いい名前だと思う」エイサは痛む脇腹をさすりながら同意した。

イブが顔をあげて微笑み、エイサは動けなくなった。血が熱くたぎるのを感じて、彼は悟った。彼女は美しいと言われることはないだろうが、それでも魅力的だ。地味な顔立ちではあるものの、左右が均等とか、単に端整だとかいう以上の魅力があり、それが静かに人を引きつけるのだ。

そして、あんなふうに微笑みかけるとき。喜びと幸せと心の安らぎを覚えて、微笑みかけるとき。

そのときの彼女は光り輝いている。

エイサはイブに背を向けて咳払いをした。動揺していた。なぜおれは何かについて——誰かについて——これほど間違った思いを抱いていたのだろう?

ドアをノックする音がして、アルフが顔をのぞかせた。「おれにご用だとか」

イブが答えた。「ええ。何か報告はある?」

はっとして、エイサは顔をあげた。「なんだこれは?」

彼女が肩をすくめる。「舞台の崩落事故の裏に誰かいないか、アルフに調べてもらっているのよ」

彼は眉をつりあげた。イブの聡明《そうめい》さを甘く見てはいけない。「それはいい考えだ。監視の目は多いほうがいいからな」

イブは咳払いをした。喉から顔に向けて赤くなっていくのが彼女らしい。

「それで、どうなの、アルフ?」

「ちょっとはあるけど、たいしたことじゃない」少年が言った。「庭師のひとりでアイブズってやつが、事故の翌日から姿を消してるそうだ。いろいろ聞いてみてわかったのは、誰もそいつのことをよく知らないってこと。少なくとも、知ってるとおれに言おうとはしないってことさ」

イブは疑わしげな顔になった。「それでは証拠にならないわ」

アルフがにやりとする。「これだけだったらそうなんだけど、踊り子のひとりが先週そのアイブズを劇場でつかまえたらしいんだ。アイブズは音楽を聴くのが好きなんだって言い訳したそうだよ。なんの問題もなさそうに聞こえるだろ? そのとき、誰も音楽なんか演奏していなかったという事実がなければ」

「なぜ踊り子はそのことを報告しなかったのだろう?」エイサはうなった。

アルフは肩をすくめて用心深く言った。「誰かが劇場に入ってくるのはそんなに珍しいことじゃないらしいからね、彼女も大事なことだとは思わなかったんじゃないかな」

「それにあなたは舞台に破壊工作がなされていたことを、みんなに知らせようとしなかったじゃない」イブが言った。「庭師のことをあなたに報告する理由がなかったのよ」

「ちくしょう、きみの言うとおりだ。誰かをやって、アイブズのことを調べさせよう」

彼女はうなずいた。「ありがとう、アルフ。これからも、わたしとミスター・ハートのために監視を続けてちょうだい」

「わかった」そう言うと、少年は廊下に消えていった。

「くそっ！」エイサはテーブルに手を叩きつけた。イブが飛びあがり、犬は耳を寝かせた。

「庭園の再開まであとわずかだというのに、庭師がうろつきまわって劇場に細工したり、きみとおれを襲ったりするとは」

「ミスター・シャーウッドの劇場にいる密偵からは何か言ってきた？」

「いいや」いらだって首を横に振る。「シャーウッドは歌手のひとりに夢中になって、その女につきまとっているらしい。報告はそれだけだ」

イブはヘンリーの頭をそっと膝から外して立ちあがり、エイサに近づいた。

「でも、いまではわたしたちは警戒しなければならないことがわかっているし、監視している人たちもいるわ」ためらいがちに、彼の手に手を重ねる。その手は温かくて軽く、蝶が舞っているようだった。イブがおびえて手を離さないよう、彼はじっとしていた。彼女はスカイブルーの目で真剣にエイサを見た。「ハート家の庭園は再開する。わたしが約束するわ」

エイサはイブを見つめた。彼女の指が自分の手の上で自信なさげに動き、胸が温かくなる。ふたりのあいだにはつながりがあった。これまでどんな女性とのあいだにも感じたことのないつながりが。

事務室の外から、楽団が音合わせをするのが聞こえてきた。

「ラ・ベネツィアーナの歌の準備ができたのかしら？」イブの目が輝いた。「彼女の歌をまた聴くのを楽しみにしていたのよ」

エイサは眉をあげた。「また？　前にも聴いたことがあるのか？」

「誰だってあるでしょう？」彼女は手を引っ込めてスカートで拭きながら答えた。「オペラが好きな人なら誰だって、という意味だけれど、もちろん」

「もちろん」その言葉を彼は小さく繰り返した。おれはどうかしている……。

「いらっしゃい、ヘンリー」イブは犬に呼びかけ、犬が理解してついてくると信じきっている様子で歩きはじめた。

不思議なことに、犬は彼女に従った。

けれどもイブと犬がジャン・マリーの前を通り過ぎるとき、彼が体をこわばらせた。

「わたしがヘンリーを洗いましょう。ひどくにおいますから」

彼女が心配そうに眉を寄せる。「もう洗えるほど回復したかしら？」

「したと思う」エイサは言った。彼にも発言権はある。ここ数日、事務室がかすかににおっていたのだから。

「よく気をつけてくれるなら」イブは言った。「でも、あなたもラ・ベネツィアーナの歌を聴きたかったはずでしょう、ジャン・マリー？」

「庭から聴きますよ。彼女は伝説の声を持っていますからね。おいで、ヘンリー」護衛はかがんで犬を抱きあげると、少しよろめきながら体を起こした。痩せていても、ヘンリーはけっして小さな犬ではない。「お湯を沸かしてやろう。王様みたいな風呂に入れてやるぞ」

ジャン・マリーが出ていき、エイサはイブを見た。「行こうか？」

彼女は微笑むと、ためらうことなくエイサの腕を取った。彼は誇らしく思わずにはいられなかった。

イブはおれを信頼するようになった。これはすごいことだ。

エイサは音楽堂の外までイブを連れていった。舞台はまだ再建中なので、ここに椅子を並べて、演奏者も数少ない観客――エイサ、イブ、何人かの踊り子とほかの歌手たち――も座れるようにしてある。イブはポリーに微笑みかけ、少し離れて立っているマクレイシュにうなずいた。

エイサはふたつ並んだ椅子を見つけてイブを座らせた。隣に座るときに彼女を見はしなかったが、これだけ近いと花の香水のにおいが感じられた。

二日前の晩、馬車の中でかいだのと同じ香りだ。あのときエイサは自分の下腹部に手を伸ばし、そして……。

衣装を着たビオレッタが登場した。アンダースカートとボディスに金色のスパンコールをちりばめた、真っ赤なドレスを着ている。金色のレースが大きく開いた胸元を縁取り、袖から流れるように垂れていた。

彼女は女王のように落ち着いて円形の中庭の中央に立ち、女王のようにボーゲルにうなずいて、準備が整っていることを伝えた。

ボーゲルが厳しい目で楽団員たちを見つめ、両手を振りあげる。

魅力的で美しい曲が始まった。

エイサは息をのんだ。ハート家の庭園の所有者となって何年にもなる。数々の本番やリハーサルを見聞きしてきた。それでも、そのたびに感動を覚える。

ああ、おれは劇場が好きなのだ。

壮大で力強い曲。昼の光のもとではけばけばしいのに、劇場のろうそくの明かりのもとでは神々しく見える衣装。そして役者や歌手や踊り子たち。昼間見ればほとんどが平凡だ。染みがあったり、目が小さすぎたり、性格が悪かったり。そんな彼ら彼女らが照明の下に立ち、衣装をまとって音楽に包まれると、神と化す。人間よりも優雅ですばやくて美しい神や女神となる。劇場に座って芝居を見て音楽を聴き、奇跡を体験すれば、人はそのときだけオリュンポス山に近づいた気分になる。神と女神が住むというオリュンポス山に。

このために、エイサは自分の名前も家族も捨てたのだ。父の怒り、コンコードの絶え間ない落胆に背を向けた。しかし、いまこの瞬間、自分の庭園で自分の雇った人々に囲まれていると、なんの後悔も覚えなかった。

ラ・ベネツィアーナ——ここでの彼女はただのビオレッタではない——が口を開くと、美しい歌が流れだした。

イブに腕をつかまれて、エイサは隣を見た。そしてすぐに、彼女が昨日とはまったく違う理由でそうしたのがわかった。

「彼女、きれいだわ。そう思わない？」イブは歌手からかたときも目を離さずに言った。

自分と同じ興奮を彼女の青い瞳に認め、エイサは唇の片端をあげて微笑んだ。「ああ」イブの耳に向かってささやく。「きれいだ」

これがおれの世界。おれの家族。おれはこれを、自分の血と汗で築いたのだ。

そして血と汗で守るつもりだ。

12

エリックは眉をひそめました。「ぼくについてきてはいけない」

「どうして？」ダブは尋ねました。「ほかに行くところがないのよ」

「ぼくは忙しいんだ」エリックは言いました。「強い魔女にとらわれていて、その魔女に仕事を言いつけられている」

「あなたを手伝えるかもしれないわ」ダブは期待をこめて言いました。

エリックはそれを聞いてせせら笑ったものの、ダブを追い払いはしなかったので、彼女は満足でした……。


『ライオンとダブ』

イブはハミングしながら、エイサとともに事務室へ戻った。ラ・ベネツィアーナの圧倒的な歌を聴いて、まだ高揚感がおさまっていなかった。再開までに舞台を作り直し、屋根を完成させ、庭の植栽を終えられたら——そのほかの細々したことも全部終えられたら——ハート家の庭園の成功は保証されるだろう。彼女にはそれがわかった。あんな美しい音楽も、あんな圧倒的な歌も、これまで聴いたことがなかった。

客を集めて聴かせさえすればいいのだ。

事務室のドアに着く直前に、ジャン・マリーが目に入った。彼は悲しげなヘンリーを抱き、全身ずぶ濡れになって立っていた。

イブは目を丸くした。「どうしたの？」

「ヘンリーはきれいにしてもらうのが嫌いなようです」ジャン・マリーが威厳をこめて言う。「よろしければ、乾いた服を取りに帰りたいのですが」

「ジャン・マリー、気の毒に」イブは罪悪感を覚えた。ヘンリーが護衛の手から逃れて自分の隣に来ると、さらにその思いが強くなった。どうやらこの犬は、予告なしの風呂よりもイブのことが好きらしい。「もちろん、帰って着替えてきていいわよ」

「大丈夫ですか？」ジャン・マリーがひどく真面目な顔できいた。

「ええ」毅然《きぜん》として答える。

今日は悪夢を見て目覚めたけれど、いまは明るい昼だし、エイサがいる。ちらりと彼を見た。エイサの言うとおりだ。彼はもう、〝その他の男〟とは違う。

イブはジャン・マリーに視線を戻した。「ミスター・メークピースと事務室にいるわ。大丈夫よ」

ジャン・マリーは男同士の情報を交わしあうようにエイサを見てからうなずいた。

「わかりました。できるだけ早く戻ってきます」

彼は身震いして去っていった。

エイサは事務室に向かい、イブとヘンリーのためにドアを押さえた。ヘンリーは派手なベッドまで直行して向きを変えると、長いため息をついて寝そべった。

「そんなに悪くなかったでしょう」イブは犬の片方の耳にやさしく触れながらたしなめた。「ジャン・マリーをびしょ濡れにすることはなかったはずよ」

犬は尻尾を一回だけ床に打ちつけてから目を閉じた。

イブは目をあげた。エイサがじっと見つめていて、彼女は不意に、ふたりきりになるのはあの馬車以来であることに気づいた。

我慢できなかった。彼はいつものように脚を開いてテーブルにもたれており、目がどうしても脚の付け根に向いてしまう。

ああ、何を差し出せば、もう一度見られるのだろう？

急いで視線をそらしたが、遅かった。エイサがこちらを見つめている。悟られてしまったのだ。

頬が熱くなった。「とてもよかったわ。音楽のことだけれど」

「ああ」エイサがうわの空で応える。彼は座り直し、ヒップがテーブルから離れた。

小さな動きだが、刺激的だ。

「彼女の……」声がかすれ、イブはつばをのみ込んでから続けた。「ラ・ベネツィアーナの声は、最後にわたしが聴いたときよりよくなっている気がするわ」

「本当に？」エイサがテーブルをまわって、ゆっくりと彼女の机の脇に近づいてきた。

イブは一歩あとずさりして、どすんと椅子に腰をおろした。

彼が足を止め、机の隅に寄りかかってイブと向かいあう。ふたりの距離は近く、もう少しで膝が触れあいそうだった。

もう少しで。完全には触れない。

彼女は視線を落とした。エイサの腰がちょうど目の高さのところにあり、ブリーチズの下のふくらみが大きくなった気がしたからだ。

ゆっくりと視線をあげて、彼の目を見つめた。今回は見ていないふりすらしなかった。

彼はわかっている。

わかっているのだ。

エイサが両手でブリーチズの前を包んだ。「考えるのをやめられないんだ」低く真剣な声だった。「きみがおれを見たときの目を。欲望が光っていた」息を吸い込む。「あの晩の馬車の中に漂っていた香り。それを考えるとかたくなる」

イブは彼を見つめ、目がそらせなくなった。心臓が早鐘を打つ。

「それを考えると――」彼が繰り返した。声の深みが増している。「きみのことも見たかったと思ってしまう」

「わたしを見たかった」イブははっきりと言った。用心しつつ、同時に興奮も覚えていた。それを否定しても仕方がない。

「きみを見たかった」エイサはじっと彼女を見つめている。「きみの脚を、太腿を、女性そのものの部分を」

イブはその言葉に息を吸った。とても率直であからさまだ。疑問の余地はなく、彼女にも意味はわかった。

わたしはそんなに大胆な女ではない。

それとも大胆なのだろうか？

「見せてくれるかい？」エイサがささやいた。「きみを」

イブの口が開いたが、声は出なかった。

「触らないよ」低く誘うような声が言う。「おれはここから離れず、手も出さない。ただきみを見たいんだ。頼むよ、イブ。きみを見せてくれ」

そんなことはできない。間違ったことでしょう？　ただ、その理由は思いつかなかった。

その瞬間、求めるものを彼に与えたいと思った。

そして長年、闇の中に生きてきた自分にも。

ずっと恐怖の中に生きてきた。

もうそんなふうに生きるのはいやだ。

決心する前に、手がスカートに向かって少しずつ動いていた。裾のほうへと向かう。

エイサの目は、これから世界の不思議を見せられるかのように、彼女の指に釘づけになった。

たぶん、そのとおりなのだろう。

ゆっくりと前かがみになり、スカートの裾をつかんで引きあげた。下は見なかった——彼の顔のほうに興味があった——が、ストッキングを通して冷たい空気を感じた。最初は足首に、続いてふくらはぎに。

「もっとだ」エイサがささやき、ブリーチズのボタンを外しはじめた。

これが——自分が——彼を興奮させていると思うと、脚のあいだが熱くなり、イブはさらにスカートをあげた。膝に、次にガーターから上がむき出しになった腿に風を感じた。

エイサがうめきながら、残りのボタンを外す。「イブ、ダーリン。あともう少しあげてくれるなら、この命を差し出してもいいぐらいだ」

「そんな必要はないわ」イブはささやき、腰の上までスカートをあげた。自分を見ている彼を見られなくて目を閉じたが、沈黙が耐えられなかった。

まぶたを開けると、エイサが下着の前を開けてこわばりを出したところだった。イブを見つめながら、それをさすっている。

「脚を広げてくれるか？」

彼女は息をのんだ。

ゆっくりと膝を開くと、秘めやかな部分に冷たい空気を感じた。

彼がうめいて、手の動きを速めた。彼のものは屹立《きつりつ》している。わたしがそうさせているのだと、イブの中でささやく声がした。

「感じるか？」エイサの声は、まるで猫が喉を鳴らしているみたいだった。「これまでそこに触れたことがあったかい？」

「わたし……」そんなことは言えない。「おとといの晩だけよ。馬車のあと、ちょっとだけ」

「いい子だ」彼が低く笑う。「おれのことを考えたか？」

ああ。エイサを見ていられず、目を閉じてから言った。「ええ」

「おれのことを考えながらそこに触れて、達したのか？　教えてくれ」

「あの……」ふたたび目を開き、彼のなんでも見通す瞳を見つめた。エイサは欲望に満ちていて、いまのこの瞬間を支配している。まるで、イブのもっとも深くて暗い欲求を彼女自身に教えるために生きているかのようだ。命令に応じたかった。なんとか彼と対等になりたい。緑色の目を見つめながら、唇を湿らせた。「どういう意味かわからないわ」

「では、達していないんだ」エイサは手を止めて、そう断言した。声がかすれ、彼は一瞬目を閉じて動きを止めた。自制心を働かせようとしているかのようだ。「達していればわかるはずだから」

イブはあえぎ、自分の体を見つめるエイサをなすすべもなく見つめた。次に何が起きるのか、彼が見せてくれるのを待ち望んでいた。

「自分のそこに触れられるか？」彼の手がふたたび動いていた。長引かせたいのか、動きが遅くなっている。彼が不意に目を開けた。エメラルドのような緑色の瞳。「触れてごらん」

イブは腰の上で丸まったスカートの下に右手をやった。細い巻き毛に触れ、さらにその下に……。触れた瞬間、息をのんだ。

「ああ、そうだ」エイサはやさしく言うと、突然手を止めた。目を閉じて首をのけぞらせたので、つばをのみ込むのに合わせて喉が動くのが見えた、「きみがそのかわいい指をあそこに触れたとき、おれはもう少しでいきそうになった。わかるかい？」

「いいえ」イブはささやいた。「教えて」

「きみが自分に触れることを考えたら……そして実際にこの目で見たら……」目を開けると、頭を傾けて、また彼女を見た。「指を動かしてくれるか？　きみの指が濡れるのを見せてくれ」

衝撃的な言葉だった。エイサの言っていることがよくわからない。それでも自分の秘所に指を押しつけた。彼の言うとおり、そこは濡れていた。彼がそれを予期していたという事実は別として、恥ずかしく感じるべきなのだろう。

やわらかなその部分に触れながら、イブは唇を湿らせた。「次は何をするの？」

エイサが彼女の目を見つめた。「前におれが言ったことを覚えているか？　割れ目の先端の突起、クリトリスのことだ」

「ええ」

「それを探してごらん」

なめらかさを感じながら、指をゆっくり上に動かす。奇妙なほど、すてきな感覚だった。

一度探検したことはある――闇の中でひそかに怖々と――が、明るい中、彼の目の前で触れるのは大胆な体験だった。指が何かに触れて体がぴくりと動き、イブは赤くなった。「そこだ」エイサがうめくように言う。「そこだよ、イブ。いい子だ。それでこそ、おれのダーリンだ。そこに触れてくれ」

目を閉じて、その部分にふたたび指を走らせる。さっきと同じ衝撃を感じた。前触れもなくいきなり火花が散り、それが体の奥深くの何かにつながっているみたいな感じ。肌がちくちくして、踵がうずいた。

なんとも奇妙で……なんとも心地よい感覚だった。

目を開けると、エイサは机にもたれ、ふたたび自分のものをさすっていた。先端がつややかに赤く、イブはそこに触れたくなった。

あるいはキスしたい。

そう思っただけで新たな衝撃が体を走った。今回の衝撃は、いま自分がさすっているところと直結していた。

イブが震えるのを見て、エイサは緑色の瞳を輝かせて微笑んだ。「そうだ。ああ、きみはもう少しで達するよ。きみのそこがどんなに美しいか知っているか？　ピンク色でふっくらして、茂みはきれいなブロンドだ。おれがもしきみのように画家だったら、きみを描くだろう。それをベッドの上に飾るよ。美しいきみのそこを毎晩見られるように」

彼女は息をのみ、そのまま呼吸ができなくなった。そして不思議なことが起こった。

イブは爆発した。体から熱が放射され、手足からその先端へとあたたかさが広がっていく。

その甘美でうるわしい感覚に、一瞬目がくらんだ。

すべてが真っ白になり、彼女は衝撃の余波に身を震わせた。

けれども聴覚は失われていなかった。エイサ・メークピースが床に精を放ちながら、笑いともうなりともつかない声をあげるのが聞こえた。


絶頂に震えるイブの顔を見るのは、どんなワインよりも大きな喜びをエイサの全身にもたらした。彼女は口を開き、頬を赤く染め、幸せそうに目を閉じながら、指の動きを速めていった。

これはイブにとって初めての経験であり、エイサは彼女に対して奇妙なほどやさしい気持ちになっていた。この厳格な女性が、おれのためにもっとも原始的なことをした。彼女を抱きしめて、やさしくキスをしたい。彼女の体が震え、そのあとリラックスするのを感じたい。彼女が……。


いらだちを覚えて、エイサは顔をそむけた。おれは彼女に何かを求めている。それは理不尽だ。おれはたったいま、彼女に絶頂を教えた。おそらくほかの男が踏み込んだことのない領域に、足を踏み入れたのだ。それなのに、さらに何かを求めるとは。

何より腹立たしいのは、自分が求めているのが肉体的なものではないことだった。

「ああ」イブが息を吐いて目を開けた。

彼女はぼうっとしている。男に抱かれたあとのようで、そう思うとエイサの下腹部がうずいた。肉体以上のものを求めているとしても、おれは男だ。彼女が差し出す官能の歓びに背を向けはしない。

だが、イブは何も差し出していない。彼女を説き伏せたのはおれのほうだ。いまも彼女はスカートをおろして、美しい体を隠そうとしている。エイサはもう一度見るために、彼女の手を押さえたくなった。

あと一度だけでいい。

イブが自分の指に目を向けた。濡れて光っているのを見て、彼女は不機嫌な猫みたいに鼻にしわを寄せた。

エイサは思わず微笑み、ポケットからハンカチを出して渡した。「使ってくれ」

「ありがとう」イブは澄まして言うと、素知らぬ顔で手を拭いた。

使ったあとのハンカチをどうしたらいいかわからないらしく、親指と人差し指でつまむ。

彼は何も言わずにそれをイブの手から奪い、自分の下腹部を拭いた。

イブが黙ったまま目を大きく見開いて彼を見つめる。目が合うと、エイサは笑った。

彼女が視線をそらして咳払いをし、エイサはそのあいだに自分のものをしまった。

「あの……ありがとう」

「おれに礼を言うのか？」彼はさらに大きく微笑んだ。

「見せてくれたことよ」あいまいに手を振って言う。「それを」

「いつでも見せるよ」イブを抱き寄せたいという衝動が、これまでにないほど強くなっていた。

後悔するようなことをしてしまう前に立ちあがる。「ハンプソンがもう着いているか、見てきたほうがよさそうだ」

イブは動きかけてやめた。エイサの腕をつかもうとしたようだ。

「どうした？」

「彼に会わないで」早口で言う。「お願い」

エイサはふたたび机に腰をおろした。「なぜだ？」

わかっているような気がしたが、彼の中の残酷な部分が、本人の口から言わせたがっていた。

イブは力なく手を振り、かぶりを振った。

「彼が金を出したら、それはきみには管理できない金になるからか？」

彼女がすばやくエイサに顔を向ける。「そうではないとわかっているでしょう？」

そう、わかっている。

「だったらなんだ？」不意に怒りを覚えた。辛抱強くない男にしてはずいぶん辛抱してきたが、イブは何も話してくれない。エイサの持っている情報はすべて、推測とジャン・マリーから得たものだ。ハンプソンがイブにとって危険なら——過去に彼女を傷つけたなら——彼女は自分でそう言うべきだ。

「わたし……」息を吸って、イブは少し背筋を伸ばした。「ゆうべ、悪い夢を見たの」

だからなんだというのだ？

「抱きしめさせてくれ」

「なんですって？」彼女の青い目が驚きに丸くなった。

エイサは腕を差し伸べて待った。いま拒絶されたら、自分が何をするかわからない。

だが、イブは拒絶しなかった。彼の腕を一瞬見て、ためらいがちにうなずいた。

エイサはイブがうなずき終わるのを待たずに抱きあげ、小さく叫ぶのも気にせずに彼女が座っていた椅子に座った。

彼女は体をこわばらせて静かに抱かれている。

彼女を放したくない。

木の人形を抱いているみたいな気がするが、それは無視して腕に包み込んだ。金色の髪の花のようなにおいをかぎながら、イブの腕をゆっくりさする。おびえた動物を落ち着かせているみたいなもので、性的な意図はまったくない。

それでも抱擁は温かく、彼女は安らぎを覚えていないかもしれないが、エイサは心が落ち着いた。

「教えてくれ」彼女の耳元でささやく。「夢の中で何があった？」

イブはため息をつき、ゆっくりと首を曲げてエイサの肩に頭をのせた。その重みがいとおしい。

いつの日か、おれはこれを勝利と見なすだろう。

「思い出せるかぎりの昔から見続けてきた夢なのよ」イブの声はとても小さく、エイサは頭をさげないと聞こえなかった。「始まりはいつも同じで、たくさんの犬なの」

エイサは部屋の隅でいびきをかいているヘンリーのほうを見た。いくらかきれいになった犬は淡い黄褐色で、鼻から口にかけてと両耳に黒い模様が入っている。体も太りはじめていて、エイサはなんとも思わないが、イブには怖いだろう。

「犬が何をするんだ?」

「わたしを傷つけるの」彼女は淡々と答えた。とうの昔に恐怖に慣れ、いまではただ耐えているのだろう。「わたしは大きな家にいて、部屋から部屋へ廊下を走り、階段をのぼったりおりたりして逃げるんだけど、犬は吠えながらずっと追いかけてくるの」

エイサはつばをのみ込んだ。うなりたい。怒りを声にして叫びたかった。だがそんなことをしても、イブは救われない。「それから?」

「わたしをつかまえるの。つかまえて手足を引きちぎるのよ。そして犬たちのうしろでは、仮面をつけた男の人たちが笑っているの」

かわいそうに。エイサはまばたきをした。これまでの人生でいろいろなことを見聞きしてきたが、自分が殺される光景を語るイブほど哀れなものは見た覚えがない。

さらに強く彼女を抱きしめ、ほっそりした骨格と肌のぬくもりを感じた。彼女は、おれのイブは繊細だが、内面はとても強い。

「なぜそんな夢を見るんだ?」そっと尋ねる。

「わからないわ」彼女の声は相変わらず感情がなかった。実のところ、エイサにはそれが気になりはじめていた。さらに言うと、イブは嘘をついているに違いないと、なぜか確信していた。

「だが……」一度ためらい、慎重に言葉を選びながら続ける。「実際にあったことではない。そうだろう？　犬に傷つけられた跡はない」本当にそうだろうか？　彼女の上半身の裸は見たことがない。

「ええ、傷つけられてはいないわ」その返事に、彼はそっと安堵のため息をついた。

「よかった」イブのやわらかな頬を撫でながら言う。「本当によかった」

彼女はエイサの胸に顔をつけ、手をそろそろと上に移動させて、初めて彼のベストに触れた。

エイサはため息をついた。もっと話してほしい。「きみが夢の中でいる場所はわかっているのか？　誰の家だ？」

「わかっているわ。父の家よ」

エイサは続きを待ったが、もちろんその先の説明はなかった。ここまで話してくれたことを喜ぶべきなのだろう。

「その夢がハンプソンとどう関係するんだ？」

「わからないわ。でも昨日あの人に会うまで、何年も夢は見なくなっていたの」

「たぶん……」口にする前から胸が痛んで顔をしかめたが、言わなければならない。「たぶんなんの関係もないんだろう。お父上の古い友人と会ったその日に夢を見たのは偶然だよ」

「そうかもしれない」いくぶん力強い声になっていた。イブは顔をあげて彼の目を見つめた。「でも、それだけじゃないの。ハンプソン卿の手首には刺青があったわ」彼女は自分の手首の内側を示した。「昨日見たの。イルカの刺青よ。わたしの夢の中でも、笑っている男性たちにはイルカの刺青があるの」

エイサは彼女の手首の内側を見おろしてから、青い瞳を見つめた。「イブ」

「あの人に会ってほしくないのよ。今日は。いいえ、これから先も」

ドアをノックする音が響いた。彼はあわててイブを椅子におろし、自分はテーブルについた。

ドアが開き、ハンプソンが微笑みながら立っていた。「おはよう、ハート」

「閣下」エイサはテーブルから離れ、ハンプソンとイブのあいだをさえぎるように立った。イブは会わないでほしいと言ったが、この男が彼女を苦しめるなら、もっと彼のことを知らなければならない。「庭を歩きながら話しましょうか?」

だが、エイサの動きはハンプソンの注意をイブに向けただけだったようだ。

「やあ、イブ。そこにいるとは気づかなかったよ」ハンプソンの笑みが広がった。「わたしのことを思い出したかい?」

もうたくさんだ。エイサはハンプソンに詰め寄り、あとずさりさせた。そして愛想のいい笑顔を作ってドアを示した。「行きましょうか? キルボーン卿が作っている迷路をお見せしたいんです」

エイサの作戦がうまくいったのか、そもそもイブに対してさほど関心がなかったのか、ハンプソンはうなずいた。「キルボーンの独創的な設計は評判だからな。ぜひともこの目で見てみたいものだ」

エイサは思いきってイブを振り返った。「長くはかからないよ、ミス・ディンウッディ。帳簿のことで話をしたいんだろう？」もちろん、彼女はそんなことはひとことも言っていない。だが、彼女を見捨てるわけではないことをなんとかして伝えたかった。「誰にも邪魔されずに仕事をしたければ、ドアに鍵をかけるといい」錠を指差して言う。

イブが咳払いをした。「ありがとう、ミスター・ハート」

こちらの意図が伝わったかどうか、彼女の声や態度からはわからなかった。会わないでくれと言ったのに、ハンプソンと庭に出かけようとするエイサに怒っているのかどうかもわからない。

しかし、ハンプソンをイブから離すにはこれが一番いい方法だ。

エイサは彼を廊下にいざなった。「火事の前にハート家の庭園にいらっしゃったことはありますか？」

「ああ」ハンプソンが笑う。「妻とその娘たちを連れてきたよ。妻はもう一度連れてきてくれとせがんだ。庭園が好きでね。妻はわたしより少し若くて――ふたりとも再婚なんだが、わたしは彼女をつい甘やかしてしまう。もう一度連れてくるつもりだったが、そこへあの火事だ」彼は肩をすくめ、陽気な笑みをエイサに向けた。「それ以来、妻は悲しんでいるよ」

「閣下と奥様とそのお嬢様たちのために、すぐに招待券をお送りしますよ。開園のときにいらしてください」

「ありがとう」ふたりは庭に入った。「妻がどんなに喜ぶことか。義理の娘たちもだ。三人いるんだ。フローラ、グレース、マリー。三人とも、きみが見たこともないような美人だぞ」ハンプソンがウインクする。「実のところ、妻と結婚したのは彼女の美しさもさることながら、娘たちも美しかったからなんだ。家に美しい女性がいると、男は気分が明るくなるものだからな」

エイサはあいまいに微笑んだ。迷路が見えてくると、彼は足を止めた。

「着きましたよ。迷路をごらんください。キルボーン卿が迷路をどのように育てたいかも見られるでしょう。あとで壁に大理石の模様を描きます」

それからの三〇分間、エイサは仕事に集中し、出資を検討しているふつうの相手に対するように劇場や庭を案内してまわった。ハンプソンは気に入ったらしく、移植された木や、アポロが作った小島の建物を見て感嘆の声をあげた。ハンプソンはエイサが求める出資者像にぴったりだった。頭が鋭くて知性がある。そして何より大事なのは、富を持っていることだ。人から金を引き出すのに、その相手を好きになる必要はない。ハンプソンはたしかにちょっと変わっている。笑いすぎるし、ときおり妙なことを言って、エイサの神経を逆撫でする。とはいえ、決定的な欠点はないように思われた。彼は庭園に出資する財力があることを示す銀行からの手紙も見せた。貴族としてはごくふつうに見える。傲慢さが自然と身についてい て、自分のほうが身分が高いこと、エイサが自分を必要としていることを意識しており、自分の手を汚して働く者を軽蔑している。

ハンプソンよりはるかにいやな相手からだって、不本意ながらも金を引き出したことが何度もあった。

イブがこの男を恐れていなければ、喜んでハンプソンと契約を交わすところだ。

「断るだと?」ハンプソンが唖然《あぜん》としてエイサを見つめた。「正直に言って驚いているよ。出資を申し出て、断られたことはほとんどないのでね」

「わかりますよ、閣下。お申し出は心から感謝します」エイサはすらすらと言った。「ですが、いまのところ支援者は間に合っているんです」

「たいていの人は、いくらでも金を集めたいと思うものだろう」

「そして借金に苦しみます」エイサは微笑みながら返した。

ハンプソンも微笑んだ。「きみは商才があるな」

彼は明らかに失望していたが、数分後、愛想よくいとまごいをした。

エイサは物思いにふけり、顔を伏せて事務室に戻った。イブはなぜ、あの貴族を嫌っているのだろう? 単に父親を思い出させるから? それとも、何かもっと深い理由があるのか?

ハンプソンに傷つけられたとか?

その答えを見つけようと決心して、事務室のドアを開けた。ところが事務室は空っぽだった。

イブは消えていた。


ブリジット・クラムが使用人にとって月に一度の重労働である大階段の大理石磨きを監督していると、玄関のドアをどんどんと叩く音が聞こえた。

これは興味深い。ふつう、公爵家の玄関を叩くときは、もっと静かに叩くものだ。

ブリジットはメイドのひとりに鋭い視線を投げてから――ファニーは監視の目がなくなるとよく仕事をさぼるのだ――玄関に向かった。

ドアを少し開けたとたん、それがさらに大きく押し開けられ、ミス・ディンウッディが入ってきた。

「お兄様に手紙を書かないと」彼女はそう言いながら、階段に急いだ。

「はい、お嬢様」ブリジットはそう言ったが、相手は聞いていないようだ。

いつもミス・ディンウッディに付き添っている従僕が入ってきて、階段を駆けのぼる女主人を心配そうに見あげた。

「お茶を用意しましょうか？」ブリジットはきいた。

彼は感謝の目を向けてきた。「ありがとうございます」

そう言って、ミス・ディンウッディのあとを追った。

ブリジットはメイドのひとりに紅茶の用意を言いつけ、メイドはすぐさま立ちあがって厨房に急いだ。ブリジットは眉根にうっすらとしわを寄せながら、メイドよりはゆっくりした足取りで厨房へ向かった。

厨房に着いたときには、すでにトレイに紅茶の準備ができていた。常にケトルに湯が沸いている状態にしているおかげだ。ファニーがトレイを持ちあげようとするのを、ブリジットは制した。

「わたしが持っていくわ。大理石磨きを続けてちょうだい。わたしがおりてくるまでに、手すりを仕上げておいてね」

「わかりました」ファニーが恨みがましい声で応える。

階段をのぼりながら、ブリジットはため息をついた。ファニーには近いうちにいとまを出したほうがいいだろう。怠け者で無愛想なメイドは邪魔なだけだ。ブリジットは新しい仕事につくときに、使用人を入れ替えなければならないことがたびたびあった。よく働くか、覚えがいいか、頭がいい者——できればその三つをすべて兼ね備えている者——は残らせ、あとは解雇する。怠け者、仕事に興味のない者、手癖の悪い者は真っ先に首。ハウスキーパーのよしあしは、その下で働く者次第なのだ。

二階の廊下に着くと、公爵の図書室から声がもれてきた。中に入ってみると、ミス・ディンウッディが早口で従僕に話していた。「これをすぐにお兄様に届けたいの。知りたいのよ。そうでないと頭がどうかなってしまいそう」

ブリジットが紅茶のトレイを持って入っていくと、ミス・ディンウッディは振り返った。

「まあ、ありがとう、ミセス・クラム。すぐにアルフに使いを出してもらえる？　この手紙を一刻も早くバルに送りたいの」彼女は片手に手紙をつかんでいたが、突然凍りついた。

「ああ、しまった」

ほんの一瞬、ブリジットは紅茶を用意する手を止めた。ミス・ディンウッディは悪態をつくようなレディではない。

何かあったに違いない。

「何かわたしにできることはありませんか、お嬢様？」小声でささやいた。それ以上、言うことはできない。

しょせん、わたしは使用人なのだから。

「いいのよ、ありがとう、ミセス・クラム。わたしが愚かだったの」ミス・ディンウッディは目をかたく閉じた。「アルフはハート家の庭園にいるんだったわ。わたしがそこでの仕事を頼んだのよ。どうして忘れてしまったのかしら？」

急に気持ちがくじけてしまったようだ。

「興奮していましたからね、マ・プティット」従僕が言った。「頭がまわらなかったんですよ。わたしがアルフに使いを出します。すぐにここへ来て、閣下に手紙を届けてくれるでしょう」

「ずいぶん簡単そうに言うのね、ジャン・マリー」ミス・ディンウッディがつぶやいた。その目が涙で濡れるように光るのを見て、ブリジットはぎょっとした。

うろたえるあまり、彼女はティーカップをミス・ディンウッディの手に押しつけた。ミス・ディンウッディが紅茶を飲むあいだ、ブリジットとジャン・マリーは不安げに視線を交わした。

「実際簡単なんですよ、シェリ」ジャン・マリーが言う。「さあ、お茶をお飲みください。そのあいだに、わたしはアルフを呼びにやってきます。わたしが戻ったら家に帰りましょう。いいですね？　ゆうべはよく寝ていないのですから、休んだほうがいい」

「あなたの言うとおりね、ジャン・マリー」ミス・ディンウッディはため息をついた。「あなたはいつも正しいわ」従僕は用を足しに行き、ミス・ディンウッディは小さな子どものようにティーカップを両手で包んで膝の上に置いた。

ブリジットも部屋を出ていくべきだが、彼女をひとりにしたくなかった。

そこで、すでに整頓されている机を黙ったまま片づけはじめた。ミス・ディンウッディは物思いにふけっていて、ブリジットが残っていることに気づいていないようだ。

しばらくして従僕が戻ってきた。「すべて問題ありません。アルフには使いを出しました。彼が来たら、ミセス・クラムが手紙を渡します」

「すぐに渡します」ブリジットは言った。

ジャン・マリーがブリジットに向かってうなずく。「ですから、これ以上ここにいる必要はありません。家に帰って、テスがどんなおいしい夕食を用意しているか確かめましょう」

彼が手を差し伸べ、ミス・ディンウッディはその手を取って立ちあがった。ブリジットは部屋を出て階段をおり、玄関を出るまでふたりを送った。

けれども玄関のドアが閉まるやいなや、ブリジットは公爵の図書室に急ぎ、ドアの鍵を閉めた。

手紙はすぐアルフに渡せるよう、机の上にあった。

ブリジットはそれを持ち、裏返して封印を見つめた。手紙を置いて、机の引き出しから小さな短剣の形をしたレターオープナーを手に取る。暖炉まで行き、その火でレターオープナーの刃を温めた。

それから熱い刃を手際よく蠟の封印の下に滑り込ませ、封印の浮き彫り模様が消えたり紙が破れたりすることなく封筒が開くまで蠟を溶かした。

ブリジットは手紙を開いて読んだ。

〝バルへ

あの晩の男の名前を知っている?

あなたの愛する妹、Eより〟

眉根を寄せながら、ブリジットはその短い手紙をしばらく見つめた。そしてふたたびレターオープナーを温め、封蠟の裏側を溶かした。慎重に封をする。

手紙を机の中に戻し、声に出して言った。「この手紙を公爵がすぐに受け取られるといいのだけれど」

それから彼女は部屋を出てドアを閉めた。

13

エリックとダブは果てしなく長い道のりを歩き、ごぼごぼと水が流れる美しい小川にやってきました。川のほとりには、クレソンがうっそうと茂っています。この光景を見て、ダブはにっこりしました——とてもおなかがすいていたのです——しかし、エリックがこの緑の葉を見て顔をしかめているのに気づき、笑みを消しました。
「ご主人様からこのクレソンを取ってくるように申しつかったのだが、呪文がかかっている」エリックが言いました。「摘み取ろうとするたびに、クレソンが小さくなって手から逃げてしまうんだ」そう言って、ダブに見せるためにクレソンに手を伸ばすと、たしかに葉は土の中に引っ込んでしまったのです……。

『ライオンとダブ』

ジャン・マリーはその夜、イブのタウンハウスのドアの前に立っていたエイサをじろじろと見てから彼を通した。
「イブはどこだ?」エイサはぐったりした様子できいた。疲れ果てているうえに、テムズ川の南岸にあるハート家の庭園からイブの家まで一時間以上かかったのだ。

「二階です」ジャン・マリーが言った。「とても動揺しておいでです」

エイサは階段の一段目に足をかけたところで立ち止まった。「知っている」

そう言うと、階段をあがっていった。

イブは居間にいたが、絵を描いているのではなく、膝に手を置いて長椅子に座っていた。

エイサが部屋に入ると、彼女は顔をあげた。

「ノックの音が聞こえたわ」

「なるほど」彼はこのお高くとまった、それでいて興味深く、心惹かれる魅力的な女性を見つめた。理論武装して、問題ないと請けあうつもりでやってきた。ハンプソンは恐れるに足りないことを説明し、そもそもなぜこうも彼を恐れているのか聞き出すのだ。

けれどもエイサは疲れきっていたし、座り込んでいるイブの青い瞳は物悲しく、あまりに弱々しい。

「くそっ」彼は大股で歩み寄り、イブの隣に腰をおろした。手のひらを上に向けて両手を差し伸べる。「いいか?」

断られても不思議ではない。エイサはイブが明らかに怖がっている男とともに出ていったのだから。彼女には拒否する権利がある。

エイサを信用しない権利が。

しかし、イブは彼を見てこう言っただけだった。「ええ」

そしてエイサは彼女にキスをした。

エイサの唇が触れ、イブは凍りついた。望んでいたことだった――彼となら試してみたいと思っていた。今日の午後はもう限界で、兄のタウンハウスに駆け込んだ。不安と恐怖に震えながら、自分がハンプソンを覚えていたのか、それとも単にひどい偶然なのかもわからなかった。いや、どちらにしろ、このままではだめなのだ。完全な女になりきれないまま、記憶と悪夢でできたガラスの檻《おり》の中でただひとり、恐怖にうずくまっているわけにはいかない。人生を生きたかった。

イブは期待に胸を震わせ、エイサを求めていた。だからキスを受け入れたものの、かつての恐怖と嫌悪感がふたたびわきあがってくるのではないかと思い、凍りついたのだった。

でも、恐怖はやってこなかった。

やわらかな唇と、ざらざらした無精ひげの感触。

彼女は体を震わせた。興奮しか感じないことが自分でも驚きだった。

エイサが残念そうなため息をついて身を引いた。

目を開けると、彼が眉根を寄せてこちらを見つめていた。「イブ？　やめたほうがいいか？」

「いいえ」この機会を、誤解でふいにしてしまうことは避けたい。身をこわばらせたのは嫌悪ではなく警戒からなのだ。

彼の顔が険しくなった。「ならば、おれにキスしてくれ」

イブはエイサの上着をつかみ、彼にもたれかかると、先ほどの興奮を追いかけるようにして、ぎこちなく唇を押しつけた。いまさら、これを失うわけにはいかない。

そんなことはできない。

ああ！　この感覚。彼が顔を傾け、応えるようにそっと唇を動かすと、イブは震えた。エイサは唇を前後に撫でるように動かし、彼女の不安と緊張を解いた。

彼の唇の下で、イブの口が開いていく。

それでもなお、エイサは焦らなかった。まるで何かサインを探しているかのようだった。何度もやわらかな唇を重ねる。ふたりの息が混じりあった。

そのとき、イブの唇に湿ったものが触れた。

彼の舌が下唇をなぞる。じらすような、もてあそぶような、ゆっくりとした動きに、イブは思わず追いかけるようにして舌を沿わせた。やさしすぎる彼のふるまいに、かすかないらだちさえ覚えていた。

エイサはどこからどう見ても、やさしい男ではない。イブは彼のそこに惹かれていた――むしろ、その荒々しさを期待していたのだ。

彼女はそっと、エイサの口の端を噛んだ。

彼は低く笑ってから、イブの声にならない希望をくみ取ったように口を広げた。彼女の唇を噛み、口を押しつけたままうめく。イブを腕に抱き寄せてから、自分の腕にもたせかけるようにして頭を上に向けさせた。そして広い肩で彼女の体を包み込んだ。イブは大きくてたくましい肉体に包まれ、抱きかかえられていた――恐怖を抱いてもいいはずだった。

逃げようともがいてもおかしくはない。

それなのに彼女はエイサに身を近づけ、指先にその鼓動を感じながら、彼の中にひそむ野獣と向きあおうとしていた。

エイサが手でそっとイブの顎を押さえ、口に舌を滑り込ませて彼女の舌をなぞる。イブは本能的に彼を閉じ込めようとして口を閉じた。おずおずとエイサの舌を吸ってみたが、これは正解だったらしい。彼がうめき声をもらした。

エイサは身を引くと、目を閉じて息を荒らげ、額を合わせた。

彼の大きな体が震えているのを見て、イブは目を疑った。

わたしのせいなの？　わたしのせいで、こんなに興奮しているの？　そう考えると自信がわいた。不器量で平凡なわたしが、これまで会った中で一番男らしいエイサのような人を、情熱に震えさせているなんて。

エイサが目を開けると、緑色だった瞳は暗い翡翠《ひすい》色になっていた。「イブ・ディンウッディ、寝室に案内してもらえるかい？」

躊躇なく答えた。「ええ」

イブは立ちあがり、手を差し伸べた。彼に聞こえるのではないかと思われるほど、胸の中で心臓がどくどくと鳴り響いている。

エイサも立ちあがった。肩幅が広く、生命力にあふれている——本当に、なんという生命力だろう——少なくともこの瞬間だけは、彼はイブのものだった。

彼女はいつも注意深い女性だった。そして注意深い女性は、エイサ・メークピースが与えてくれるものを取り逃がすような愚かな真似はしない。

イブは何も言わずに廊下を突っ切り、彼を寝室に案内した。

ここはイブの私的な空間だった。エイサはどう思うだろうと、彼女は新しい視点で自分の部屋を見つめた。居間は快適にしてあった。実用的な品々を美しく並べてある。けれども寝室では、少しだけ自分の好みを反映させていた。

壁はごく淡い青色で、腰壁や柱、木の部分は白だ。湾に面した窓には華奢な机を置き、手紙を書くために座ったときに裏庭が一望できるよう、灰青色のダマスク柄のカーテンを開け放ってある。

壁沿いには、金装飾を施した大理石と紫檀材のチェストが置いてあった。反対側には白い大理石でできた暖炉があり、火のまわりには青と白のタイルが敷きつめられている。そして部屋の隅にベッドがあった。灰青色のダマスク柄のクッションを置き、同じく灰青色のカーテンを濃紺のベルベットのひもで留めてある。

イブが振り返ると、エイサがじっと彼女を見ていた。笑みを浮かべて。

「おいで」彼が言う。「一緒に横になってくれるかい？」

「ええ、いいわ」イブはベッドに向かった。そこで立ち止まり、このあとどうしたらいいのだろうと途方に暮れた。

彼はわたしをどうしたいのかしら？

逃げようとしたが、エイサがすぐうしろに来て、彼の熱に取り囲まれた。ほかの男性にここまで近づかれたら、おそらく恐慌状態に陥ってしまっただろう。

だが、エイサはイブが欲している男性だった。

彼の手がウエストに触れ、あらわになったうなじに息が吹きかかる。それから唇が触れた。

「髪をおろしてもいいか？」エイサが耳元でささやいた。

彼女はとっさにうなずいてから息をひそめた。

エイサの手がウエストから上に移動し、体の横を通って肩を過ぎ、髪に触れた。意図的に胸に触れないようにしているらしいが、これを喜ぶべきか残念に思うべきかわからない。

彼は体のほかの部分に触れないよう注意しながら、イブの髪から慎重にピンを抜きはじめた。男性は髪にそそられたりするのかしら、と彼女はいぶかった。

髪がほどけ、くるくると肩に流れ落ちる。急に恥ずかしくなり、イブは振り返ってエイサを見た。

彼は髪に見入っている。

「美しい」そうつぶやいてから長い髪に指をうずめ、すくいあげるようにして、はらはらと落とした。「まるで流れる黄金のようだ」突然、彼は髪を顔に近づけた。「それにいい香りがする。花のような」

「スズランよ」髪が肩にかかっているだけで、まだ地味な灰色のドレスを着ているにもかかわらず、イブはこれまで感じたことのない気持ちにとらわれた。

「スズランか」エイサがつぶやいた。「二度とこの香りを忘れることはない。イブ・ディンウッディ、この香りをかぐたびに、おれはきみを思い出すだろう。永遠に悩まされるに違いない」

彼女ははっと息をのみ、エイサを見あげた。からかうように笑っていると思ったのに、表情は真剣そのものだった。イブは不思議そうに彼を見つめた。彼の中にはいつも、このもうひとりのエイサがいたのだろうか？　情熱的な詩人が身をひそめていたの？　それならば、好戦的で口が悪い庭園の所有者という見せかけは実に見事だった。イブは型破りな庭園の所有者にひそかに好意を寄せていたけれど、詩人となると……。

急に不安になり、ごくりとつばをのみ込む。

情熱的な詩人を愛するようになるかもしれない。

エイサは両手でイブの顔を包み、前かがみになってキスをした。額に、それから両頰に、そして唇にそっと。

「脱がせてもいいか、イブ？」彼が唇に向かって言葉をささやくと、ふたりの唇が触れあった。

彼女は話すのが怖くてうなずいた。

エイサはまっすぐに立ってイブを見ると、ボディスに押し込んだレースのフィシューにゆつくりと手を伸ばした。「いいか？」

「ええ」ささやくように言う。

エイサはボディスのひもの下からフィシューの先端を引っ張り出した。そうしながら下を向き、四角い襟ぐりから見える胸元を観察している。

「白いベルベットのような肌だ」彼がボディスのひもに触れた。「いいか？」

「ええ」一着ごとに、そう尋ねられるのかしら？　そんな気遣いは無用だと伝えるべきなの？　でも尋ねてくれるからこそ、主導権を握れるのよ。

それは悪くない。

イブはうつむき、日に焼けた無骨な手がひもをほどくのを見守った。

エイサがボディスの裾をつかみ、顔をあげて彼女の目を見る。「いいか？」

「ええ」

「それなら腕をあげてくれ」

言われたとおりにすると、エイサは細い袖を取り外してから、そっと椅子の上にボディスを置いた。

これであとはコルセット、スカート、長靴下、室内履きだけになった。

彼がスカートの腰ひもに手をかける。「いいか？」

イブはうなずいた。

彼女が呼吸を落ち着けているあいだに、エイサはひもの結び目をほどいた。

するとスカートが床に落ちた。

イブが期待のまなざしで顔をあげると、彼は口元に笑みを浮かべながらコルセットに触れた。「いいか?」

「ええ」

エイサがひもに手をかけるのを、彼女はじっと見つめた。彼の緑色の目は、この作業に集中している。目尻にかすかにしわがあり、大きな口のまわりにはそれ以上のしわが見て取れた。エイサは顔をあげて彼女の目をとらえると、口元を引きつらせ、それからふたたび下を向いた。

イブはうれしかった――彼がここに、自分のもとに来てくれたことが心からうれしかった。いままでこれほど慎重に――かつ根気強く――彼女を追い求め、迫ってきた男性はいない。

誰かに求められるというのは心地よかった。

コルセットがゆるむと同時に、イブは息を吸い込んだ。肺が、肋骨《ろっこつ》が、胸が、自由になる。

彼女はエイサの指示を待たずに両腕をあげた。

彼がコルセットを脱がせる。

シュミーズはごく薄く、上質で繊細だった。

ほとんど透明に近い。

イブは下を向く勇気を持てなかった。体を震わせながら、じっとエイサを見つめる。男性にここまで体をさらけ出したのは、これまで一度だけ……。

押し入ろうとしてくる考えを必死に振り払ったが、頭がわずかに震えるのを抑えることはできなかった。

エイサがイブを見て、少しためらってからひざまずいた。

彼女の目を見たまま室内履きに触れる。「いいか?」

イブは弾《はじ》かれたようにうなずいた。これこそ、まさに望んでいた——必要としていたことなのだ。過去に未来を左右させはしない。「え……ええ」

彼は片方の室内履きを脱がせてから、もう一方を脱がせた。

彼女は先ほどよりも激しく震えていた。

エイサが心配そうに眉根を寄せる。「イブ、ここでやめてもいい。これ以上進める必要はないんだ」

「いいえ」すっと息を吸った。「お願い」

彼がうなずく。

ゆっくりと足首から上に手を這わせ、指先でそっとふくらはぎに触れた。「いいか?」

「ええ」

エイサはシュミーズの下に手を忍ばせて、ガーターをほどいた。

温かく頼もしい指が靴下に触れるのを感じ、目を閉じてその感覚に意識を集中させる。

息を荒らげている犬のことも、流れる血のことも考えてはいけない。

もう片方の靴下のときは、エイサの指に集中するのは最初よりも簡単だった。それから彼が立ちあがった。

目を開けると、エイサが彼女に指一本触れることなく目の前に立っていた。「いいか？」

イブはつばをのみ込んだ。感謝すると同時にほっとしていた。

体が熱い。「ええ」

まるで彼女をなだめるようにじっと見つめたまま、エイサがシュミーズの裾をつかんで頭から脱がせた。

イブは一糸まとわぬ姿になった。完全に生まれたままの姿に。

とっさに手で胸を覆い、情熱をこめたまなざしでエイサを見た。彼は口元を引きつらせてから、胸元に置かれたイブの手に自分の手を重ねた。「いいか？」

口を開いたが、言葉は出てこなかった。代わりにうなずいてみせる。

エイサは彼女の両手に指を絡め、胸から手を離してぐっと押し広げた。

わたしは細すぎて背も高すぎるし、骨張っていて、胸も小さい……。

彼が身をかがめ、片方の胸の頂にキスをした。唇がかすめると、先端が張りつめた。エイサはもう片方にもキスを捧げた。

イブは息を止め、目を丸くして彼を見つめていた。

エイサが口を開き、舌を突き出して胸のつぼみに触れる。

あらゆる考えが彼女の頭の中から吹き飛んだ。これは思い描いていたこととはまったく違う。初めての不思議な感覚。

なんて幸せなのだろう。

エイサが濃いまつげの向こうから彼女を見つめていた。口はまだ、先ほど触れたほうの胸のすぐ上にある。

「もう一回」イブは言った。

彼はくすりと笑うと前かがみになり、かたいつぼみを口に含んだ。

「ああ」思わずため息がもれる。胸の先端から、なぜか脚のあいだに向かって、甘く鋭い緊張が走った。「ああ」

エイサがさっと口を離し、まるで赤ん坊を抱っこするように彼女を抱きあげた。イブは腕をあげたものの、その腕をどうしていいかわからずに彼を見つめた。その様子がおかしかったのか、エイサがまたしてもくすりと笑う。「イブ。いいか?」

「ええ」そう答えたものの、自分が何に対していいと言ったのかは見当もつかない。

彼はくるりと向きを変えてイブをベッドにおろすと、続いて自分もベッドにあがった。

エイサが覆いかぶさってきたので、彼女は一瞬体をこわばらせたが、彼が隣に身を置くと力を抜いて、問いかけるようにエイサを見た。

彼は微笑み、ふたたびイブの胸に顔を近づけて、頂を口に含んだ。その感覚はなんとも甘美で、吸われるたびに肌の下でぱちぱちと火花が飛び散るようだった。脚がむずむずする。

エイサが頭をあげ、反対側の胸に移動すると、彼女は足の指でマットレスをつかんだ。

胸を吸われ、エイサの下で少し身をのけぞらせる。異端の神への捧げ物を思わせるような、甘く背徳的な感覚だった。

胸のつぼみを甘嚙みして、彼がイブを見あげた。髪が眉にかかっている。「いいか?」

それはかすれるほど低い声だった。

「ええ」

エイサが胸の先端から谷間まで舌を滑らせる。それから腹部にさっとキスを浴びせると、へそのまわりを舌でなぞった。イブはシーツをぎゅっと握りしめた。彼は茂みのすぐ上まで来ている。

彼女は目を見開いて下を向いた。黄褐色の髪がエイサの顔に降りかかり、口元にまでかかっていたが、肌をつままれるような軽やかなキスの感触はわかった。誰にも触れられたことがない茂みのまわりに、鋭く刺激的な感覚が走る。

エイサが顔をあげ、緑色の目が髪越しにこちらを見た。その姿はまさに野生動物の神、パンのようだった。

男性性の神。

「いいか?」エイサがしゃがれた声で言う。

「お願い」小声で応えた。

エイサはイブを見つめたまま体を起こし、脚を開かせてから、まるで反論を待つかのように間を置いた。筋肉質でたくましく、色黒で官能的な男性。この数日で急接近した見知らぬ人――彼はイブが反論しないことを確かめると、脚のあいだに身を置いた。

悪夢ではない夢のようだ。

彼がゆっくりと顔を伏せ、小高くなった部分で動きを止めた。湿った巻き毛に息が吹きかかる。「いいか？」

何も言わずにうなずいた。

けれど、もうそれでは足りなかった。

イブの目を見つめたまま、エイサがかぶりを振る。「言ってくれ」

彼女は唇を湿らせた。「お願い」

「いい子だ」

エイサが身をかがめて、小さな突起にキスをする。

何をされるのか見当もつかず、イブは体をこわばらせた。

彼が口を開いて舌を出した。

ああ！

片方の手で口を押さえた。拳を噛んで、口から声がもれないようにする。唇と舌で愛撫され、イブはもう片方の手で彼の髪をつかんだ。

肺に空気が吸い込めず、彼女はあえいだ。エイサがしていることは背徳的でありながらどこか神秘的で、身悶《みもだ》えせずにはいられない。

いつまでも、彼にこうされていたい。

こんなにも快感を覚えてしまうのはなぜだろう？

エイサの舌が動くたび、イブはせがむように身をそらした。声が喉をつき、拳の隙間からもれる。体が震え、どんどん熱くなって、彼女はそのときを待った。

彼が口を大きく開き、何度も何度も突起を刺激する。

ついに体の中心が爆発し、イブはうめきながら崩れ落ちた。エイサの髪を握りしめるあいだも、愛撫は休みなく続いていた。

全身が粉々になり、頭が真っ白になる。どのくらいの時間だろう、しばらくのあいだ体じゅうが濃密な歓びに満たされた。彼女はただただ驚きに圧倒されていた。

ようやく落ち着いてくると、エイサの髪から指を離し、息を吸い込んだ。体がしっとりと濡れていて、イブは確信した。

わたしは生まれ変わったのだ。


エイサは唇を湿らせてイブを味わった。

彼女がぱっと目を開いた。ぐったりと横たわり、恍惚として、満ち足りた顔をしている。イブをこの快楽に導いたことが、彼は誇らしくてならなかった。

もっとも、自分の下腹部は大理石のようにかたくなったままだ。

イブが回復するのを待って、エイサは彼女の脚と腹部を撫でた。いまも脚のあいだ――満開の花のように濡れて開いた秘所のすぐ近く――に身を置いている。舌先には先ほどの味が残っていた。彼女と体を重ね、その温かく湿った場所に身を沈めたくてたまらない。

だが、それはできない。いまはだめだ。おそらくこれからもずっと。そう考えると悲しくなり、魂の一部が引き裂かれるような気がした。そんなものを自分が持っているとは、これまで思ってもいなかったけれど。

エイサはため息をつき、ゆっくりと――そして苦しみながら、イブの脚のあいだから這い出した。隣に体をずらして片肘をつき、顔をしかめつつブリーチズを整える。

イブが夢見心地の青い目を開けた。「エイサ」

「なんだ？」前かがみになり、彼女の唇にやさしくキスをする。

「すばらしかったわ」ほとんど聞き取れないほど、小さな声だった。

彼は思わずにやりとしたが、体を起こしたときには、笑顔はしかめっ面に変わっていた。

イブは予想以上に鋭かった。「どうしたの？　どこか痛いの？」エイサの体の下のほうへ視線を走らせ、張りつめたブリーチズに気づいて目を見開く。「まあ。あの……痛くない？」

「少しだけ」

彼女が眉をあげた。「それなら、どうして何もしないの？」

エイサも眉をあげる。イブとの一件以前、女性の前では――誰の前でも――一度も自分に触れたことはなかった。どちらにせよ孤独な行為だ。暇なときとか、やけになったとき、もしくは欲求を満たしてくれる女性がその場にいないときにするものだ。

少なくとも、エイサはそう考えてきた。

イブと馬車に乗ったあのときまで、自慰が男女間で起こる性的な行為になるとは考えたこともなかった。

あの日のことを思い出して、エイサの情熱の証《あかし》が主張した。

彼は横になり、手を伸ばして、ブリーチズのボタンを外した。

イブの視線が彼の手元に引き寄せられたので、服の中に精を放ってしまわないよう、つかのま目を閉じる。

そっと前を開き、ブリーチズと下着を腰の下まで押しさげた。こわばりが飛び出し、エイサは解放感にうめいた。

手におさめようとしたとき、ためらいがちな指先を感じた。

目を開けると、屹立したものにイブが指を滑らせていた。なんということだ！　じかに感じた彼女の手は、ひんやりしてやわらかかった。

「かたいのね」彼女が青い目を好奇心に輝かせてエイサを見あげる。「こんなにかたくなるとは思わなかったわ。触っても……？」

息をのんでうなずいた。片手でぐっとベッドカバーを握りしめる。これでイブが喜ぶなら耐えよう。

彼女がエイサの前にひざまずくと、見事な金髪が白い肩に流れ落ちた。指がこわばりをなぞる。

ふたりの視線がちらりと合った。「いいかしら？」

どうして断れるだろう？　いまのイブは怖いもの知らずだし、エイサに触れているのだ。

彼は頭を振って脚を広げた。「好きにしてくれ」ざらついた低い声が出た。

だが、それでイブの好奇心がそがれることはなかった。唇のあいだからわずかに舌をのぞかせ、エイサに覆いかぶさるようにしながら、華奢な指を滑らせる。金色の髪が波打つように肩に落ちて、すっきりと弧を描いた鎖骨をくすぐっていた。胸のふくらみは繊細で愛らしく、下側でかすかに曲線を描いている。エイサの上に覆いかぶさるときにもっとも美しく見え、先端はごく淡いピンク色だった。そして指が……。

彼は息をのみ、歯を食いしばって一瞬目をそらした。

上品な女性らしい指が、荒々しい情熱の証をしっかりと包み込んでいた。

これまでにも、はるかに手慣れた扱いを受けたことはある――中にはそういう職業の女性もいた。だが、イブは自分が何をしているかよくわかっていない。おそらく男のものに触れるのは初めての経験なのだろう。

ああ。

女を欲して、ここまで高まったことはかつてない。

欲望の証をイブの指が撫でた。ぎゅっと握って動かしてくれと言いたいが、同時にこの苦行に耐えたいという気持ちもある。ただ横たわって、うずく体をさらけ出し、この処女の気の向くままにさせるのだ。

ちらりと盗み見ると、ちょうどイブは張りつめた先端部分をなぞっているところだった。

そしてなんたることか、そこに息が吹きかかった。

「失神しそうだ」エイサはあえいだ。

イブが青い目を見開いて顔をあげる。

もうこれ以上、耐えられそうもない。

彼女の頭のうしろに手をまわし、体をぐっと引きあげて胸に抱き寄せ、舌で愛を交わすようにキスをした。

ふたりはそろってうめき声をあげた。エイサはイブの手に手を重ねて屹立したものをつかませ、どう動かせばいいかを教えた。熱い部分を手が滑る――ああ、最高だ――今度はぐっとつかんだまま、先ほどよりもすばやい手つきで下へ動かす。ふたりのあえぐような息遣いに合わせて、彼は腰を突きあげた。

イブがエイサの舌を吸い、強烈な歓びが彼の体じゅうを駆けめぐった。身震いとともに、ふたりの指に精が放たれる。エイサは死を思わせる声でうなった。あるいは死なのかもしれない――このうえなく甘美な死。

しばらくしてエイサは自分のものから手を離したが、濡れた指を絡ませたまま、イブの手は放さなかった。彼女の体に精をすり込みたいという、荒々しい衝動に駆られる。自分のにおいを彼女にこすりつけたかった。

気だるげにイブの口の中で舌を動かすと、彼女はぐったりとエイサにしなだれかかった。

おれのものだ。彼の中にいる、野蛮なもうひとりのエイサがつぶやいた。

おれのものだ。

彼はその考えを押さえ込んだ。ありえない。男の人生で一番大切にされる権利がイブにはある。そしてエイサのその場所は、すでに埋まっていた。

庭園で。

いつだって、庭園が一番だった。

イブはもっと献身的な男に愛されるべきだ。もっと社交的で、やさしい紳士に。来る日も来る日も劇場にこもってばかりではない誰かに。

エイサは顔をしかめ、そんな考えを追いやった。いまこの瞬間、おれはイブ・ディンウッディとベッドをともにしているじゃないか。

エイサは彼女の頭を胸に抱き寄せ、目を閉じて、香水の香りがする枕に体をゆだねた。たとえこれがイブとのあいだに起きるすべてであっても、じゅうぶんすぎるくらいだ。

14

ダブは小さく笑いました。「葉っぱが逃げるのも無理はないわ。手つきが乱暴すぎるもの」

彼女は小川のほとりにひざまずくと、ゆっくり手を差し伸べ、きらきらした葉をそっと撫でてから、やさしく摘み取りました。あっというまに、バッグはクレソンでいっぱいになりました。

「ふん」エリックはダブからバッグを取りあげ、自分のベルトにくくりつけました。そして向きを変えて、ふたたび森の中へと歩きだしました……。

『ライオンとダブ』

その晩イブが目を覚ますと、足元で犬たちが牙をよだれで光らせていた。今度はつかまらない。闇をじっと見つめながら考えられるのは、それだけだった。手足をめちゃくちゃに引き裂かれてなるものか。
あえぎ泣いていたら、不意にひとりではないことに気がついた。

エイサ・メークピースがイブを胸に抱きかかえ、まるで子どもを相手にするかのように、そっと揺さぶっていた。

「しいっ、スウィートハート」エイサが髪に向かってやさしく語りかける。「静かに」

彼のベストの生地が頰に当たると同時に、髪や腕に温かな手の感触を覚え、イブはうれしくなった——夢から覚めたときにひとりきりではないということが、心からうれしかったのだ。

彼女はエイサのシャツの襟首に指を滑り込ませた。上着を身につけていないということは、夜のあいだに脱いだのだろう。彼の喉元のぬくもりと、ごわごわした胸毛を感じる。

エイサはゆっくりと揺らすようにして、何も言わずにイブを抱きかかえていた。そして果てしなく長い時間——真夜中で時間のはかりようもないが——彼のやわらかな息遣いとベッドがきしむかすかな音以外は、何も聞こえなかった。

この世界で生きているのはふたりだけのような気がした。


次にイブが目を覚ましたときには、窓から太陽の光が差し込んでいた。まばたきをして、男性の大きな腕が押さえつけるようにおなかにのっていることに気づく。

不思議なことに、動揺は覚えなかった。

その代わり、そっと腕をどかしてから慎重に体を起こし、隣で眠っている男性をのぞいた。

エイサ・メークピースは大の字になって、ベッドの大部分を占領していた。太陽の光が当たり、黄褐色の髪が部分的に金や赤に輝いている。顎には無精ひげが生えていた。わずかに口を開け、息を吐くたびに小さないびきのような音を立てている。

その音を聞いてイブは微笑み、ベッドサイドのテーブルにいつも置いてある小さなスケッチブックと鉛筆に手を伸ばした。

ふたたび枕に身を預け、エイサを描きはじめる。少し大きめの鼻に、寝ているときはしわが消える目元、ゆるんだ美しい口。初めて会ったときは、不愉快で男性的すぎる怖い人だと思ったのに、あとになってさまざまな側面が見えてきたのはどうしてだろう？　オペラを愛する人。手の早い荒くれ者。大声で口論したり、野良犬を助けたりもする。

頑固で、ひねくれ者で、暴力的で、ときに意地悪。

それでも、愛を交わす方法をやさしく教えてくれた。

いままでわたしに、これほどの好意を寄せてくれた人はいなかった。

そう考えると手が震えてしまい、そっと鉛筆とスケッチブックを置いた。

エイサはなんの約束もしなかった。実際、庭園にすべての時間を取られてしまうから、家族を持つつもりはないと言っていた。つまりふたりのあいだに起こったことはすべて、一時的なものだということになる。

彼に感情的に入れ込むのは、恐ろしく愚かなことだ。

イブは唇を噛んだ。それでもいまこの瞬間は、恋人が眠っている姿を眺めることができる。

彼女は身をかがめて、ふたたびスケッチブックを取った。それからしばらく、部屋に響くのは鉛筆を走らせる音だけだった。

寝室のドアが開き、ルースが灰の入ったバケツを床に落とした。

メイドがベッドにいる立派な体格の男性を凝視したので、イブは顔を赤らめた。

エイサが目を開け、顔をしかめて、ふたたびぎゅっと目を閉じる。「なんなんだ」

イブは咳払いをした。「おはよう」

彼はふたたび片方の目を開けると、目を細めてイブを見あげた。「銃声が聞こえたような気がしたんだが」

「ええと、いいえ」イブは口ごもった。「メイドのルースよ。バケツを持っていたの」

「お……おはようございます、サー」ルースが口を開く。「お茶をお召しあがりになりますか？」

「ああ、頼む」エイサはそう言って、ごしごしと顔をこすった。

イブはメイドにうなずいた。「ルース、とりあえず暖炉はいいから、お茶を持ってきてくれるかしら」

「かしこまりました、お嬢様」ルースはお辞儀をし、床にバケツを置いたままにして、そそくさと立ち去った。

イブはベッドから抜け出すとシュミーズを見つけて頭からかぶり、部屋着を取りにチェストへ向かった。

振り返ると、エイサが苦しそうに顔をゆがめ、彼女が部屋着を身につけるのを見守っていた。「使用人を解雇しようと思ったことはあるか?」

「いいえ」きっぱりと言う。「そんなことをしたら、今日の朝食だって運ばれてこないわよ」

「なるほど」彼が伸びをすると、拳がベッドの天蓋に届きそうになった。「いい指摘だ」

「あの」イブは軽く咳払いをした。「化粧室に洗面台と洗面用品があるわ」小さなドアを指差す。

エイサがうなずいて立ちあがり、ブリーチズのボタンを留めた。

彼女はさっと目をそむけた。じきにルースが戻ってくる。

実際五分後には、ふたりは紅茶とハムステーキを前にテーブルについていた。

イブが紅茶を注いで手渡すと、彼はミルクと砂糖を両方とも入れた。

「今日は庭園に行くの?」

「ああ」エイサが紅茶をすすり、小声で答える。「開園まで毎日だ」

彼女はうなずいた。当然だろう。「それなら一緒に行きましょう」

「いや、だめだ」彼は無作法にも、フォークをイブの顔に向かって突きつけた。「おれは今日何があるか忘れていない。きみが忘れていたとしてもね」

イブは少しがっかりした。自分がうしろめたい顔をしているであろうこともわかっている。

「なんのことだかわからないわ」

エイサがとがめるような目で彼女を見る。イブはいつだって、嘘をつくのが下手なのだ。

「〝〈恵まれない赤子と捨て子のための家〉を支える女性たちの会〟だよ。おれの勘違いでなければ今日のはずだ」

彼女は顔をしかめた。「行く必要はないと思うわ」

エイサが眉をあげる。

オパールの指輪が光を受けてきらめくのを見ながら、イブは手でティーカップをくるくるとまわした。「心から歓迎してもらえるはずがないもの。レディ・ケールが……」言葉を切って、つばをのみ込んだ。バルが年配のほうのレディ・ケールを脅迫して、前回の会合にイブを連れていかせたのだ。いったいどうやったのか――あるいはどんな弱みを握っていたのか――わからないけれど、レディ・ケールがイブを歓迎するとは考えにくい。

幸い、エイサはイブが考え込んでいることに気づいていないようだった。彼はハムステーキを切りながらうなずいた。「おれもレイチェルの洗礼式には行きたくなかったが、きみに強制されたんだぞ」ハムを口に入れて嚙みながら言う。「ここは公平にいこう」

「でも庭園が……」

「あとで来ればいい」

「それに鳩も……」

「鳩は一日くらい家にいればいいさ」

イブは口をとがらせた。

「もしくは」エイサがあきれたように目をぐるりとまわした。「きみが会合に出ているあいだ、代わりに鳩を劇場に連れていってやってもいい。きみはあとで合流するんだ」

ため息をついた。「仕方ないわね」

エイサがにやりとする。「いい子だ」

彼女はふくれっ面で紅茶を見おろした。

「イブ……」エイサが言った。

警戒しながら顔をあげる。

「昨夜のことだが」彼は慎重に言った。「きみの悪夢だよ。あれはハンプソンのせいなのか？」

「わたしにも……」イブは息を吸って、気持ちを落ち着けた。「わたしにもよくわからないの。彼を見ると不安になるのよ。それにイルカの刺青のこともあるし」

エイサが続きを待つように視線を向けてきたが、彼女は落ち着かない気分で紅茶をすすっただけだった。

テーブルの上に置かれていたイブの両手に、彼が自分の手を重ねた。

「伝えておきたいことがある。昨日、ハンプソンからの出資の申し出は断った。あの男のことを探ろうと思って一緒に出かけただけだ」肩をすくめる。「もっとも、気取り屋だということ以外はほとんど何もわからなかったけどね。とにかくハンプソンの申し出は断ったんだ。きみのために」

彼女は微笑んだ。「ありがとう」

そして今回、イブは確信していた。彼の笑顔はわたしのためだけのものだと。

ブリジット・クラムは頭にフードをかぶり、セントジャイルズにある小道を足早に進んでいた。まわりにある建物は道のほうに傾いているかのようで、太陽の光はほとんどさえぎられている。彼女は身震いをして、マントをぎゅっと体に巻きつけた。セントジャイルズはいつもほかの場所より気温が低い気がする。

道の真ん中には覆いのないどぶがあり、そこの水は有害物質で汚染されていた。しゃがみ込んで水の中を棒でつついている小さな子どもの横を通り過ぎる。その男の子はサイズの大きすぎるベスト以外、何ひとつ身につけていなかった。

けれどもセントジャイルズでは、ベストがあるだけ運がいいと思うべきだろう。

戸口には物乞いが座っていた。緋色の上着で、以前は兵士だったことがわかる。両脚がなく、汚れた手を上に向けて膝にのせていた。

近づいても物乞いは何も言わなかったが、ブリジットは立ち止まってポケットから硬貨を取り出し、物乞いの手のひらに落とした。

それから、うしろを振り返ることなく先を急いだ。

ブリジットのような節度ある女性が、セントジャイルズでもたもたすることは許されない。たとえ日が高いうちであっても。

角を曲がると目的地が見えた。〈恵まれない赤子と捨て子のための家〉は実用的なれんが造りで、最近建設されたものだった。メイデン通りの中心に立つこの施設は、暗鬱なこの地域の希望の光となっている。

ブリジットは大股で歩くと、コンコンと軽快にドアをノックした。

一分もしないうちに、でっぷりした腹の中年の執事に迎えられた。「おはようございます、ミセス・クラム」

ブリジットはうなずいて中に入った。「こんにちは、ミスター・バターマン」

彼女がマントを脱ぐと、白い小型犬がけたたましく吠えながら角を曲がってきた。

「ドードー」ブリジットは膝をかがめ、指を差し出してにおいをかがせてから犬を撫でた。

「こちらにおいでくださいますか、奥様」ミスター・バターマンはそう言って、家の中を歩きはじめた。

この執事の厳粛な礼儀正しさを、ブリジットはいつもありがたく思っていた。使用人同士、彼女を客人のように扱う必要はないのに、いつも丁重に接してくれる。

ミスター・バターマンは、ブリジットが知る多くの貴族よりもよほど紳士的だった。

「ほとんどの方が、すでにお見えになっています」階下の居間のドアを開けながら、執事が小声で言う。

部屋の中は居心地がよさそうだった。小さな暖炉では火が燃え、五、六人の女性が座って紅茶を飲んでいる。三人の少女——この家の孤児たち——が、バターをたっぷり塗ったパンの皿を慎重に手渡していた。

「まあ、ミセス・クラム」ブリジットが入ってきたのを見て、栗色の巻き毛の快活そうな女性が言った。眠っている赤ん坊を反対側の肩に移動させる。「また会えてうれしいわ。もっとも実を言うと、わたしの屋敷はあなたがいたときほど秩序正しくできそうもないのだけれど」

「奥様」ブリジットはレディ・マーガレット・セントジョンに完璧なお辞儀をした。モンゴメリー公爵の屋敷での職を得る前、彼女はレディ・マーガレットのハウスキーパーとして働いていたのだ。

「どうぞ座って、ミセス・クラム」褐色の肌をしたミス・ヒッポリタ・ロイルが、低いコントラルトの声で言った。ブリジットは、いくぶん派手なピンクと黒のドレスを着ているミセス・イザベル・メークピースの隣に腰かけた。「あなたの報告を、みんなとても気がかりに思っているのよ」

「残念ですが、奥様……」ブリジットは話しはじめた。

「どういうことなの？」部屋の隅に座っていた女性が立ちあがる。それがミス・イブ・ディンウッディだと気づき、ブリジットは少しばかり衝撃を受けた。

まあ、どうしよう。なんだか気まずいわ。

通常ブリジットは、優秀な使用人として無表情を取り繕うのに困ることはないが、今度ばかりは思わず少しだけ目を見開いてしまった。

「大丈夫よ」レディ・フィービーがなだめるように言った。盲目であっても、場の空気を読むことに長《た》けているのだ。レディ・フィービーは姉のレディ・ヘロ・リーディングの隣に座っている。小柄でふっくらした妹とは対照的に、レディ・ヘロは背が高く細身で——しかも豊かな髪は燃えるように赤かった。「兄弟の行動で人を判断することはないと言ったのを覚えているでしょう?」

ミス・ディンウッディは、逃げ出すか座るかで迷っているようだ。「ええ、覚えています」

「あれは本当よ」レディ・フィービーが微笑むと、隣のレディ・ヘロもうなずいた。

ミス・ディンウッディは一瞬ためらってから、ブリジットをちらりと見た。

「でも、兄のハウスキーパーがここで何をしているんです?」

ここで、この場の中心人物が口を開いた。「どうぞお座りになって、ミス・ディンウッディ。説明しますから」六〇代と思われる、真っ白い髪をした年配のほうのレディ・ケールがブリジットを見てうなずく。

ブリジットはレディ・ケールに見つめられて背筋を伸ばしてから、ミス・ディンウッディのほうを向いた。深く息を吸って彼女の目を見る。「お兄様に雇われてからずっと、閣下が脅迫に使用した名誉棄損の手紙とそのほかの品物を探しておりました」

「ああ、なんてこと」ミス・ディンウッディは片方の手で口を覆い、がくりと長椅子に座り込んだ。レディ・ケールを見て言う。「あなたのお手紙でしょうか?」

レディ・ケールが首をかしげる。

ミス・ディンウッディは目を閉じた。「どうかわかってください。わたしは兄の計画にはいっさい関与していません。過去に兄がこれ以上に非道な計画を試みたときには、なんとか止めようとしたのです」そう言って、きまり悪そうにレディ・フィービーを見る。「けれど不可能でした。兄は誰にも耳を貸さないのです」

ミス・ディンウッディの苦悩を目の当たりにして、ブリジットはぎゅっと唇を閉じた。非道な兄のせいで罪悪感にさいなまれるとは、なんとつらいことか。

「わたしたち、本当にあなたを責めてはいないのよ」レディ・マーガレットがイブの隣に腰かけた。赤ん坊はいまも肩で眠っている。「わたしの兄たちがしたことを聞けば、きっと耳を疑うわ……」彼女は思い出したように顔をしかめた。「いえ、もしかしたらあなたなら信じるかもしれないわね。でもどちらにしろ、兄の行動の責任を取る必要がなくて、心からうれしいわ」

ミス・ディンウッディはぎゅっと口を引き結び、背筋を伸ばした。「ありがとう」まわりの女性たちを見渡す。「みなさん、ありがとうございます」

レディ・マーガレットが自由なほうの手を、そっとイブの膝にのせる。

レディ・ヘロが動いた。「じゃあ、みんな合意したということでいいかしら？」そう言って、〝〈恵まれない赤子と捨て子のための家〉を支える女性たちの会〟の会員の顔を順番に見ると、全員がうなずいたり笑顔を返したりした。レディ・ヘロは最後にかすかに笑みを浮かべて、ミス・ディンウッディのほうを向いた。

ミス・ディンウッディがいぶかしげに顔をしかめる。「何に合意したんでしょうか？」

「もちろん、あなたをこの会の一員に迎えることについてですよ」レディ・ケールが鷹揚《おうよう》に答える。「今日、あなたが来たのはそのためでしょう?」

「まあ」ミス・ディンウッディはしどろもどろだ。

ブリジットはミス・ディンウッディを責めることはできなかった。レディ・ケールはもう長いあいだ社交界の女帝として君臨しており、優雅にして冷徹、その気になればみなの注意を引くことができた。彼女がにこりともせずにミス・ディンウッディを見つめている。若いレディを歓迎しているかどうか判断するのは非常に困難だろう。

だが、ミス・ディンウッディは勇気を絞り出した。顎をあげ、きっぱりと言う。

「はい。〝恵まれない赤子と捨て子のための家〟を支える女性たちの会〟に入りたいと思っています」

「おめでとう」レディ・ケールが頭を傾けた。「今日からわたしたちの仲間入りですよ、ミス・ディンウッディ」

「まあ!」ミス・ディンウッディは目をしばたたき、頬をピンクに染めた。「でしたら、ぜひイブと呼んでください」

「イブに乾杯!」レディ・フィービーがティーカップを掲げて声をあげる。

「それがいいわ、イブに乾杯!」ミス・ロイルが言うと、全員が紅茶でミス・ディンウッディの加入を祝って乾杯した。そして残念なことに、レディ・マーガレットの赤ん坊を起こしてしまった。

ブリジットは目を伏せ、乾杯に続く興奮がおさまるのを待った。こんな友人たちに受け入れられるのは、きっと楽しいことに違いない。会員たちがティーカップを掲げると、ミス・ディンウッディは顔を上気させた。彼女がうらやましくさえ思える。ただし〝〈恵まれない赤子と捨て子のための家〉を支える女性たちの会〟は雲の上も同然の、遠い世界なのだ。立場をわきまえ、優秀な使用人でいることに誇りを見いださなければ。

会合が再開したのは、かなり時間が経ってからだった。

話しあいが始まると、レディ・ケールはブリジットにうなずいた。

ブリジットは体の前で手を組み、簡潔かつ明瞭に言った。「残念ですが、手紙を見つけることはできませんでした」咳払いをする。「そのほかの品物についても同様です」

つかのま部屋が静寂に包まれ、一同はこの情報を咀嚼《そしやく》したようだった。

ミス・ディンウッディが眉根を寄せる。「兄はこの会のほかの会員も脅迫しているのね、そうでしょう？」

今度こそ、ブリジットは特定の人物に視線が偏らないように注意して首をかしげた。

ミス・ディンウッディが音を立ててティーカップを置いた。「わたしにできることはありますか？」

15

それからふたりは森で一番背の高い、大きなカシの木にやってきました。エリックが顔をあげて、上を指差しました。「ご主人様から、この木になるドングリを取ってくるように言われたが、届きそうにない」

ダブはにっこりして、エリックに向かって首を横に振りました。「子どもの頃、木のぼりをしたことはないの？」そう言うと、彼女は枝から枝へ木をのぼり、緑のドングリをバッグにいっぱい詰めて戻ってきました。

『ライオンとダブ』

ふたを開けてみれば、そんなに悪いものではなかった。数時間後、イブは会合を振り返った。兄が憎まれ者でも、〝〈恵まれない赤子と捨て子のための家〉を支える女性たちの会〟は楽しかった。会員たちが心から歓迎してくれたからなおさらだ。紅茶で乾杯してもらったことを思い出し、彼女は笑みを浮かべた。

それにミセス・クラムの調査の協力を申し出ることもできた――実際に力になれるかはわ

からないけれど、少なくともそのつもりではいる。

兄の理不尽さを思って、イブは顔をしかめた。どうしてバルはあんなにもたくさんの人を傷つけようとするのだろう——わたしの友人たちなのに。イブは頭を振って、窓から馬車の外を見た。馬車はちょうどハート家の庭園の裏門につけたところだった。

「着きましたよ、マ・シェリ」ジャン・マリーが低い声で告げた。

馬車からおりるのに手を貸してもらいながら、イブは少しうしろめたい気持ちでこの護衛を見た。ジャン・マリーはどう思っただろう？　彼は——それにテスも——ゆうべイブがエイサとベッドをともにしたことを知っているはずだった。

けれどもジャン・マリーは、いつものように白い歯を見せて笑っただけだ。心なしか、今朝は少しだけ目がやさしい。

イブがもっと単純な性格なら、エイサとの恥ずべきふるまいを認めてもらったと思うところだ。

劇場に向かって庭園を歩きながら、彼女はこの数週間のうちに加えられたわずかな変化にすべて気がついた。園内は整えられ、道はきちんと整備されて砂利が敷かれていた。残っていた植物もすべて植えられているし、完成したキルボーン子爵の迷路は、彼の説明から想像していたよりもはるかにすばらしかった。

これならもうすぐ開園できる。

イブは自分も——ほんの少しだけれど——この劇場と庭園を再建する一端を担ったのだと

いう、すばらしい感動を覚えた。

それを伝えようとしてジャン・マリーを振り返ったとき、あるにおいが鼻をついた。煙だ。

ふたりは中庭まで全速力で走った。そして劇場の屋根から煙が立ちのぼっているのを愕然として見あげた。

なんてことなの。まさか。

「エイサはどこ？」あわてふためいてジャン・マリーを見る。「きっと中だわ」

イブは足を踏み出したが、ジャン・マリーに腕をつかまれた。「待ってください」彼はバケツと梯子《はしご》を持ってきた庭師たちのところへ駆け寄り、早口で何かを話していた。

ジャン・マリーが走って戻ってくる。「ミスター・メークピースはキルボーン子爵と一緒に庭園にいるようです」

恐怖に襲われ、イブはジャン・マリーを見た。「エイサを探さなくては」

「いいえ《ノン》」彼は激しくかぶりを振った。「ここにいてください、イブ。いいですね？　わたしがミスター・メークピースを探してきます」

ジャン・マリーはイブがうなずいたのを確認すると、すぐに庭園へ走っていった。

作業員や庭師たちが手を貸そうと次々に中庭へやってくる。水が入ったバケツを持っている者もいたが、観賞用の池は何十メートルも先だった。バケツリレーの列を作るには数分かかるだろう。

それに劇場内には人がいる。

イブは中に飛び込んだ。

楽団はまだ演奏を続けていた。ミスター・ボーゲルは頭上の屋根から渦になって立ちのぼる煙に気づかないまま、腕を振っていた。

「ミスター・ボーゲル！」彼女は中央の廊下を走りながら叫んだ。「ミスター・ボーゲル！」

ミスター・ボーゲルが驚いたように振り返る。

イブは彼の隣まで行くと、息を切らしながら言った。「屋根が燃えているわ！」

それ以上、説明する必要はなかった。作曲家の暗い目が理解したようにきらめく。楽団員たちを振り返り、両手を叩いた。「出るんだ、すぐに！　一刻も早くここから出ろ！」

ミスター・ボーゲルが楽団員を逃がすあいだ、イブは舞台に向かった。「ミス・ディンウッディ！　どこに行くんだ？」

「踊り子よ！」振り返りもせずに叫び返す。

舞台の裏側にも知らせは届いていた。着替え途中の踊り子や俳優たちがドアのほうへなだれ込む。

イブの視界の隅にポリーが映った。肩まである髪をおろし、泣き叫ぶ子どもを抱いている。

「ポリー！　子どもたちは……」

「もう外に逃げました」ポリーが答えた。「劇場が燃えているという知らせは全員に届いてます。わたしたちも逃げます。あなたも早く逃げてください！」

きびすを返そうとしたとき、イブは思い出した。

ヘンリー——それにエイサが約束どおりイブの机に連れていったとしたら鳩も。犬も鳩も事務室の中にいる。

身をひるがえしてスカートを持ちあげると、イブは事務室へ走った。部屋に入り、ヘンリーが立ちあがっているのを見てほっとする。

「おいで、いい子ね」机を通り過ぎて犬を呼んだ。鳩の籠をつかみあげる。「おいで、ヘンリー」

イブのうしろでドアがばたんと閉まった。

彼女はぎょっとして振り返った。どんどんとドアを叩く音がする。

いったい……？

イブは鳩の籠を持ったまま事務室の中を横切り、ドアを開けようとした。

開かない。

ノブはまわるが、ドアが押さえつけられているか、ふさがれているようだ。

ドアの下では煙が渦巻いている……。


エイサは目を細めて、新たに塗装した木製の迷路を見ていた。「くそっ、きみの言うとおりだ——大理石にしか見えない」

「それに長持ちする」アポロはいつものしわがれ声で言った。「少なくとも垣根がきちんと育つまではもつ」

「上出来だ」エイサは友人の肩を叩いた。「無謀な仕事をよくぞ成し遂げてくれた。ひと夏で庭園を復活させたんだ」

「全力は尽くした」アポロが広い肩をすくめる。「わかってくれるだろうが、来年の夏も手を入れなくてはならない」

エイサはにやりとした。「少なくとも次の夏まで庭園は存続できそうだ」

さらに言葉を続けようとしたところで、背後から叫び声が聞こえた。

振り返るとジャン・マリーが走ってきて、その背後に……劇場の屋根から煙が立ちのぼっているのが見えた。

血も凍るという表現を聞いたことがあるが、それは誇張だろうとエイサは思っていた。これまでは。

いま、ほんの一瞬だが手足が凍りついた。微動だにできない。

大事な劇場が燃えている。

前回はバケツリレーをした。テムズ川から水をくみ、一杯一杯、手から手へと、すべて人力でバケツを運んだ。エイサも自分の分身とも言える庭園のために、腕がちぎれそうになるまで水を運んだが、すべては無駄に終わった。劇場も、中庭も、楽団が音楽を奏でるバルコニーも、植物も、何もかもが燃えて灰になった。

彼はすべてを失ったのだ。

今度はそうはさせない。

「水だ！」エイサは喉がつぶれそうな声で叫び、劇場に走った。「屋根に水を運べ！」

近くにいた三人の庭師が熊手を放り出し、中庭へ走っていった。

「みんな手伝え！　劇場の屋根が燃えている」

エイサも全速力で中庭に向かった。アポロとジャン・マリーがついてきていることは気づいていた。「イブはどこだ？」

「ここに残してきたのですが」護衛は必死になって中庭を探した。

中庭は大声をあげる男たちや絶叫する女たち、バケツを持った作業員、衣装を腕に抱えて劇場から走ってくる踊り子たちであふれていた。だが、イブの姿はどこにもない。

「イブ！」エイサは大声で叫んだ。「イブ！」

「劇場よ！」踊り子のポリーが、泣き叫ぶ子どもを腕に抱えて声をあげた。「あたしのすぐうしろにいたの。逃げるように言ったんだけど……」

しかしエイサはもう聞いていなかった。さっとアポロを振り返る。

「行け」アポロが言った。「バケツリレーはわたしがなんとかする。行け！」

エイサは煙にのまれた劇場の階段を駆けあがった。すぐあとにジャン・マリーも続く。

劇場の中では、ありがたいことに煙は屋根のほうにのぼっていた。エイサとジャン・マリーは中央の廊下を突き進んだ。部分的に再建されていた舞台で立ち止まる。舞台裏の廊下には煙が渦巻いていた。

エイサは身をかがめ、腕で顔をかばうようにして、できるだけ煙を避けた。「イブ！」耳を澄ますと、不意にどんどんという音が聞こえてきた。

「イブ！」エイサは事務室に走った。いったい彼女は何をしているんだ？「イブ！」事務室のドアは閉まっていた。開けようと駆け寄ったが……ドアはぴくりとも動かない。

「エイサ！」部屋の中からイブの声が聞こえた。

彼はドアに口を寄せた。「鍵を開けるんだ」

「鍵なんてかけていないわ。引っかかっているの」

エイサの背中を汗が伝った。煙はさらに濃さを増している。持っていた鍵をポケットから取り出し、鍵穴に差し込んだ。

鍵は簡単に開いたが、ドアを引いてもやはり開かなかった。

「釘が打ってある」ジャン・マリーが背後から叫び、ドアの上のほうにある釘を指差した。

エイサは悪態をついた。「イブ、さがっているんだ」そう言って、一歩身を引いてからドアに肩をぶつけた。衝撃が骨まで響く。

ドアは震えたが、開かなかった。

なんてことだ！　彼は咳き込んだ。流れ落ちる汗が目にしみる。「一緒に頼む」ジャン・マリーに向かって言う。

ふたりが息を合わせて体をぶつけると、ドアがふたたびぐらついた。それでも開かない。隣でジャン・マリーがうなった。エイサが目をやると、左手で右腕を押さえている。

くそっ。

脱臼したんだな。

エイサはふたたび一歩さがった。必要とあらばひとりでこのドアをぶち破る覚悟だったが、叫び声が聞こえたので振り返って目を凝らした。

マルコム・マクレイシュが濡れた布を口と鼻に当て、廊下に立っていた。一瞬だけ布を外して言う。「こっちだ！」

エイサは疑いの目でマクレイシュを見た。

建築家が顔をしかめた。「ミス・ディンウッディを救いたいんだろう？　一緒に来てくれ！」

マクレイシュは角を曲がって姿を消した。

「ばかげたことを！」あの建築家はいったい何を考えているんだ？　エイサも同じ場所を曲がり……自分の目を疑った。廊下の壁に先ほどまで存在していなかったドアが出現していて、マクレイシュがそのドアを開けていたのだ。

彼は頭をかがめてドアをくぐった。

「いったいなんなんだ？」エイサはうなった。

あとを追うと、壁の中には別の廊下があった。体を横にして進まなければならないほど狭い。

「エイサ！」イブの懸命な叫び声が聞こえ、彼は不安に駆られた。

奇妙な通路を三メートルほど進むと、部屋側の壁の目の高さのところに針の穴ほどの光が見えた。

「ここだ」薄暗がりの中で、マクレイシュが壁に手を当てる。「事務室はこの奥にある。あとはただ……」彼が腰をかがめて何やら動かすと、膝くらいの位置で四角いパネルが開いた。

エイサはマクレイシュを押しのけた。「イブ！」彼女は膝をつき、片手に鳩の籠を持って、もう穴をくぐっていた。

「おいで、ヘンリー」イブがそう言って立ちあがり、巨大なマスティフを招き入れると、狭い通路はいっそう窮屈になった。

エイサは彼女の手を取り、もと来た道を戻った——華奢で温かい、生気のある手だった。ヘンリーとマクレイシュがあとに続く。

一行が通路を抜けると、廊下ではジャン・マリーが待機していた。「よかった《ボン》。ここを出よう」

気のせいか、煙がいっそう立ちこめてきたようだった。

エイサはイブの手をきつく握りしめ、犬や鳩と一緒に煙が充満した劇場を駆け抜けた。外に続くドアを押し開け、新鮮な空気のもとへとイブを引っ張り出す。

「ああ！」叫び声がして振り返ると、どうやらイブは籠を落としたようだった。籠が劇場の石畳の階段に叩きつけられ、自由の身になった鳩が屋根より高く飛んでいく。「なんてこと」彼女はつぶやいた。

「残念だったな」エイサは息を切らしながら言った。

陽光が降り注ぐ中、彼は足を止めて深く息を吸い、痛む肺をひんやりした空気で満たした。

振り返り、目を細めて屋根を見る。

バケツが手から手へ渡り、屋根の上から水が層のように流れていた。建物には梯子が二台かけられ、作業員が何人かのって、屋上にいる者にバケツを手渡している。

「エイサ」

水はじゅうぶんだろうか？　もう煙は見えないが、火事は厄介なもので、ひそかにくすぶり続け、突然また炎をあげることがある。もし万が一……。

「エイサ」

ようやく振り返ると、イブに腕をつかまれていた。彼の注意を引こうと、そっと腕を引っ張っている。

彼は顔をしかめた。「なんだ？」

「大丈夫よ、エイサ」イブは老人に話しかけるように、やさしく語りかけた。「もう鎮火したとキルボーン子爵も言っているわ」

反対側にはアポロがやってきていた。「小火《ぼや》だった。煙突から出火したらしい。確認させるために数名を屋根にのぼらせた」頭を振って声を落とす。「放火かもしれない」

エイサは目を細め、ふたたび屋根に視線を向けた。作業員たちはこれでもかと水をまいているが、アポロの言うとおりだった。もう煙はあがっていない。

イブが咳払いをした。「もう行かなくては。ジャン・マリーがけがをしているから、お医者様のところに連れていきたいの」

エイサは目をしばたたいて彼女を見た。イブ。おれのイブが――おれのなどと言う権利はないのだが――生きている。誰かが彼女を事務室に閉じ込めたのだ。

誰かが、おれのイブを殺そうとしたのだ。

「まだだめだ」エイサはマクレイシュのほうへ大股で歩み寄ると、胸ぐらをつかんでぐっと引き寄せ、脅すような声を出した。「いったいなぜ、おれの劇場に秘密の通路やのぞき穴があるんだ？」

エイサがここまで静かに怒っているところを、イブは見たことがなかった。叫んだり暴力を振るったりするのではなく、恐ろしいほど落ち着いている。彼はミスター・マクレイシュの耳にささやくために、わずかに体を前に傾けた。「いますぐに答えろ」

そのささやき声を聞いて、イブの背筋に寒けが走った。そして明らかに、ミスター・マクレイシュを震えあがらせるにもじゅうぶんだったようだ。

「モンゴメリーの指図だ」ミスター・マクレイシュがあえぐように言い、イブは目を閉じた。

もちろんバルに決まっている。彼女の行く先々で、必ず兄が何か悪事を働いているのだ。

兄はなんとも思っていないかもしれないけれど、イブはいつも恥ずかしかった。

「いったいどういう意味だ？」

彼女が目を開けると、ミスター・ボーゲルがエイサとミスター・マクレイシュに加わっていた。

その場に残っている関係者もいたが、キルボーン子爵は向きを変えて手を振った。

「火が消えたことを確認してくる」そう言って、巨大な牧羊犬さながら、行く手にいる人たちを追い払いながら大股で去っていく。

「マルコム？」ミスター・ボーゲルの声は低く鋭かった。

ミスター・マクレイシュは目を閉じ、エイサの手の中でぐったりとしおれてしまったように見える。白い肌とは対照的に、赤毛が汗でべったりと暗くなっているのを見ると、イブは彼が気の毒になった。「モンゴメリーは設計を変更しろと言って譲らなかった。エイサには秘密だと言われたんだ。ぼくにはどうすることもできなかった」

エイサが激しくかぶりを振った。「ここはおれの劇場だ。きみはおれのために仕事をしているんだぞ」

「いや」ミスター・マクレイシュは、エイサ・メークピースの拳につかまれているとは思えないほど果敢に言い返した。「きみのために働いたことはない。モンゴメリーに働かされるときに、はっきりと言われたんだ。雇用主は彼で、ほかの誰でもないと。モンゴメリーが秘密の通路やのぞき穴を作れと言ったら、ぼくは従うしかない」

ミスター・マクレイシュは真っ青になって、ぜいぜいと息をついた。

「くそっ」エイサがぱっと手を離すと、建築家はよろめいた。「つまり、おれの劇場はのぞき穴だらけなんだな？」

口を開いたのはミスター・ボーゲルだった。「働かされる、と言ったな？」

イブは咳払いをして、ぼそりと言った。「バルはミスター・マクレイシュを脅迫しているのよ」

「なんだって？」エイサが弾かれたように顔をあげ、彼女を見た。

ミスター・マクレイシュの顔がさらに青ざめる。ひどくみじめな表情でミスター・ボーゲルを見つめ、唇をなめて湿らせた。「モンゴメリーは手紙を持っているんだ……」

ミスター・ボーゲルが目を細めた。「脅迫されるがままなのか？」

「あなたにはわからない」ミスター・マクレイシュが進み出てミスター・ボーゲルの前に立つと、イブは不意に好奇心を刺激された。「相手のある話だ。もしモンゴメリーにばらされたら……」

「それでやつの奴隷になったわけか」

まるで顔を叩かれたかのように、ミスター・マクレイシュが顔をそむける。

「ぼくは奴隷ではない。ハンス……」

ミスター・ボーゲルはばかにしたように手をあげ、相手が言い終えるのも待たずに立ち去った。

イブはミスター・マクレイシュが気の毒でたまらなくなった。

「いったいどうしてモンゴメリーはおれの劇場にのぞき穴を開けたいんだ？」エイサが静か

に尋ねる。

ミスター・マクレイシュは文字どおり、一歩あとずさりした。「さあ……わからない」

「脅迫よ」イブは言った。

エイサがさっと振り返る。「なんだって？」

彼女は足を踏ん張って顎をあげた。「それがバルのやり方なの。いつも探しているわ、自分の思いどおりに人を動かせる情報を」壮大にして華麗な、魅力あふれる劇場を眺める。「劇場に出入りする人たちのことを考えてみて――恋愛沙汰もあるし、ボックス席で行われる政治的取引に、社交界の女性たちのひそかな噂話も聞ける」イブは悲しげに肩をすくめた。「バルにとっては、ほっぺたが落ちるほど甘いデザートみたいなものよ」

「まったく」エイサは腰に手を当て、ミスター・マクレイシュに向き直った。「のぞき穴はふさいで、通路もれんがで覆うんだ。わかったか？」

建築家はつばをのみ込んだ。「でも、モンゴメリーが……」

「モンゴメリーのことはおれに任せておけ」エイサが険しい顔で言う。「それから、マクレイシュ？」

「な……なんだ？」

「劇場の修復を頼む」エイサは肩越しに振り返った。劇場のタイルからはなおも水が流れ、いたるところからかすかに煙のにおいがしている。彼はふたたびミスター・マクレイシュのほうを見た。「再開まで二週間を切っている。とにかくきれいにしておいてくれ」

エイサはイブの腕を取り、大股で歩きはじめた。

彼女は不安な思いでジャン・マリーを見た。腕を胸のあたりでつっている。誰かが布切れを見つけ出し、首からスリングにしてさげてくれたのだが、青白い顔と表情からして、彼が痛みを感じているのは明らかだった。ヘンリーも一緒に歩いていて、ジャン・マリーにぴったりと身を寄せている。それを見たイブは思わず微笑んだ。

ジャン・マリーを慰めるなんて、ヘンリーはやさしいのね。

エイサが唐突に立ち止まり、彼女がはっとあたりを見渡すと、信じられない光景が目に飛び込んできた。

アルフがミスター・シャーウッドの背中に銃を突きつけながら近づいてくる。

まあ、なんてこと。いやな予感がするわ。

煤《すす》まみれでぼろぼろになったシャーウッドが銃口を突きつけられ、しぶしぶ劇場のほうに向かってくるのを見て、エイサはいきりたった。

「裏口から逃げようとしてるところを見つけた」アルフが銃を示しながら言う。「ちょっと怪しかったから」

エイサはイブの腕を放し、シャーウッドに歩み寄った。

顎を殴りつける直前に、シャーウッドは震えあがったネズミのような声を出した。キングス劇場の所有者は手足を伸ばして倒れ込んだ。

誰かに腕をつかまれて見おろすと、イブが決然とした表情で華奢な指をエイサの腕に押し当てていた。「やめて」

「こいつはおれの劇場を燃やそうとしたんだ」エイサは息巻いた。

ほんの一週間と少し前に彼の暴力を目の当たりにしたときには尻尾を巻いて逃げた女性は、今度はまばたきさえしなかった。

「そうと決まったわけではないわ」

劇場や庭園を指し示すように、エイサは大きく片手を振った。「それなら、こいつはここで何をしている？」

イブは怒っているようにさえ見えた。「きいてみましょう」

「ほう、なるほど、だったらきいてみよう」そう言って相手の男の前に立ちはだかり、拳を振りあげる。

「やめてくれ！」シャーウッドは顔の前に手をかざして絶叫した。「頼むから殴るな」

「なぜ殴ったらいけない？」

「前回は鼻を骨折したんだ」めそめそと言う。たしかに鼻はふくれあがり、目には色あせた青痣があった。

「ならばもう一度、へし折ってやる」エイサは腕をあげた。

「わたしは何もしていない！」

「不法侵入しただろう」うなるように言う。「劇場が火事になった直後だぞ」

「わたしではない！」シャーウッドがあえいだ。「ラ・ベネツィアーナを取り戻そうと口説きに来た。誓ってそれだけなんだ」

エイサは鼻を鳴らした。「舞台についてはどうなんだ？　舞台が崩れたとき、おまえはどこにいた？」

「なんだって？」シャーウッドは心底面食らったようだった。「あの舞台には触っていない。舞台が壊れたときには、庭園付近にはいなかった。勝手に崩れたんだろう」

「ならばどうして事件のことを知っている？」エイサは吠えた。

「きみの舞台が崩れたことはロンドンじゅうの人が知っている」シャーウッドは金切り声をあげた。「だからといって、わたしを殴らないでくれ！」

エイサは怒りをあらわにして、小さな毛虫のように地面でのたうちまわるシャーウッドを見おろした。「おれはおまえを信じない」

シャーウッドが青ざめる。「待ってくれ」彼は舌を湿らせた。「もし……もしわたしに犯人の心当たりがあるとしたら、どうだ？」

「それも信じない」エイサは冷笑した。「もううんざりだ。おまえを締めあげれば、もうおれの庭園には近づかないでくれるだろう」

ところが、イブが彼の腕をつかんだ。またた。「待って」怒りに燃えるエイサの目を、彼女はしっかりと見返した。「犯人の名前は聞いておいたほうがいいんじゃないかしら？」

エイサはゆっくりとシャーウッドを振り返った。

「ハンプソンだ！」小男は震えあがって言った。

「なんですって？」イブがささやく。

彼女の指がエイサの腕から滑り落ちたが、彼はその手を取って、励ますようにぎゅっと握りしめた。

「わたしの……わたしの後援者はハンプソンなんだ」シャーウッドが唇を湿らせる。「わたしの劇場をここに建設する支援をしてくれているのだと思っていたが、ハンプソンの目的は違った」

「じゃあ、何が目的なんだ？」エイサはうなった。

「土地だよ」エイサが眉をつりあげると、シャーウッドが即座にうなずいた。「建設業者からの手紙を見て気づいたんだ。ここに家を建てたいらしい。劇場にはまったく興味はない」

エイサは目を細めた。

「つまり……ハンプソンがハート家の庭園に、いや、庭全般に興味がないとしたら」シャーウッドがぎこちなく肩をすくめる。「火事を起こして追い出そうとするのも不思議はない」

たしかに理屈は通る——なんとも身勝手な理屈だが。しかし犯人が貴族だとすると……くそっ。エイサには権力者や富裕層とのつてはあまりなかった。しかもライバルである劇場の所有者の言葉以外、証拠は何ひとつないのだ。

できることはほとんどない——少なくとも法的には。

不意に、どっと疲れが襲ってきた。

「とにかく立て」エイサはうんざりして言った。

シャーウッドがおそるおそる見あげる。「殴るつもりじゃないだろうな?」

「いますぐ立ちあがって、庭園から出ていってくれるならな」エイサはうなった。「思い直したんだ。だが……」

シャーウッドは見事な身のこなしですばやく立ちあがると、最後にもう一度恐怖の面持ちでエイサを見たあと、身をひるがえして逃げていった。

「くそ野郎め」エイサはつぶやいた。

イブが彼の手を握る。

ふたりの隣では、ジャン・マリーが息も絶え絶えにうめいていた。

エイサは手で髪をかきあげた。「来い、ジャン・マリー。きみはベッドに横にならなくてはいけない」

そしてもちろん、イブが愛するやさしい兄に関する秘密をこれ以上隠し持っていないかも、確認しなければならない。

16

エリックは何も言わずにバッグを取り、歩きだしました――もっとも、ダブには彼の笑顔が見えたような気がしました。ほどなくして、ふたりは巨大な岩のところへやってきました。岩の下の地面には穴が開いています。

「穴の中には魔法のキノコが生えているんだ」エリックが言いました。「だが、ぼくは肩幅がありすぎるから、この狭い隙間を通ってキノコを取ることができない」

「まあ、簡単なことよ！」ダブはそう言って、体をくねらせて穴の中におりていきました。穴から出てきたとき、彼女は無色のキノコのかさでいっぱいになった袋を持っていました。

『ライオンとダブ』

馬車に乗り込むとすぐ、ジャン・マリーは座席の背もたれに頭をのせ、ぎゅっと唇を引き結んだ。音も立てず、馬車が揺れたり跳ねたりするたびに、ただ静かに悶絶《もんぜつ》するだけだった。ひどく痛むようだが、医者がいないと、イブにはどうしたらいいかわからない。

エイサは彼女の隣に座り、窓の外を眺めている。何か思い悩んでいるのだろうか、と思わずにはいられなかった。

イブは咳払いをした。「ミスター・シャーウッドの言っていたことは本当かしら？　ハンプソン卿が、土地を売却させるために庭園を荒らしているというのは？」

「あの小男の言うことを信用するべきかわからない」エイサは肩をすくめた。「だが、じゅうぶんに理屈は通るようだ」

イブはじっと彼を見た。頬は煤け、疲れきって怒り狂っているように見える。

「何をするつもりなの？」

エイサは緑色の目をきらりと光らせて彼女を見た。「もしハンプソンが犯人なら、生まれたことを後悔させてやる」

「でも……」イブは唇を湿らせた。「彼は子爵よ」

彼が口の端をあげ、ふたたび窓の外を見る。「一方、おれはビール醸造所経営者の勘当された息子ときた」

それが現実なのよ、そうでしょう？

エイサの笑みは、まったく心地いいものではなかった。「おれみたいな平民でも、何かしら復讐の手段はあるはずだ」

それを聞いてイブは息をのみ、ヘンリーのほうを見た。座席によじのぼろうとしているのは、おそらく窓の外を見るためだろう。彼女はしんみりと、ヘンリーは鳩が恋しいのかしらと考えた。

わたしはそうだ。

自宅の前で馬車からおりると、イブは思わず安堵のため息をついた。これでようやくジャン・マリーを介抱できる。

彼女は御者を振り返った。「すぐそこに住んでいるお医者様を呼んできてちょうだい」ほんの数ブロック先の住所を告げる。「大至急来てほしいと伝えて」それから、今日同行していた従僕のほうを向いた。「ボブ、ジャン・マリーがベッドに行くのを手伝ってあげて」イブの隣でジャン・マリーが弱々しい抗議の声をあげたが、彼女はさらに警戒を強めただけだった。

「さあ、急いでちょうだい」ボブに言う。

ボブがさっと馬車から飛びおりた。

「それからビル、ルースに言って、化粧室にある浴槽にお湯を入れておいて」

ビルがうなずく。「はい、お嬢様」彼は正面玄関の階段を駆けあがっていった。

ビルが見えなくなってすぐ、玄関のドアがぱっと開き、テスが階段を駆けおりてきた。真っ白な顔に、そばかすが血の染みのように見える。

ジャン・マリーが無傷なほうの手を差し出した。「取り乱さないでくれ、マ・シェリ」

テスとボブに介助されながらジャン・マリーが階段をのぼるのを、イブは見送った。

それからエイサを振り返る。

「来て」そう言って、彼を居間に案内した。

ふたりは魚とジャガイモの質素な夕食をとった――テスが厨房で温めておいてくれたものだ。そのあいだにルースが浴槽に湯をため、診察の状況を報告してくれた。

それからイブは一階におり、白いショートヘアのかつらをかぶった若い医師と話をした。医師は厨房で手を洗いながら、彼女に暗く鋭い視線を投げた。「肩の脱臼を治しました。いまは縛ってありますが、安静にしなければ、また骨が外れてしまうでしょう。少なくとも、一週間はベッドで横になっていたほうがいい」

骨がまた外れるかもしれないと聞いて、イブは恐怖に目を見開き、テスとふたりでジャン・マリーをベッドに縛りつけておくことをかたく約束した。

イブは料金を払い、階段をのぼって部屋に戻った。

中に入ると、エイサが靴を脱いで、湯気の立つ浴槽を見ていた。「気持ちがよさそうだな」

イブはうなずいてから躊躇した。プライバシーを尊重してエイサをひとりにしてあげるべきなのだろうけれど、彼は昨晩、このうえなくやさしくわたしを抱きしめてくれた。お返しに彼をいたわりたいと思うのは間違いだろうか？

彼女はエイサに歩み寄り、上着を脱がせて、丁寧に椅子の上に置いた。

身をかがめ、服の下にある温かい体を思いながら、ベストのボタンを外す。イブが手を動かすあいだも、エイサは呼吸で胸を上下させながら黙って立っていた。彼女は体が熱くなるのを感じた。彼がベストを脱ぎ、椅子の上に放り投げる。

イブはエイサの首巻き《クラバット》をほどいて外した。白いリネンのシャツについたレースをつまみながら、指が震える。こうして一緒にいられるのは、あとどれくらいだろう？　彼が与えてくれるつもりの時間よりも、もっとずっと長く一緒にいたい。

本音を言うと、一生。

エイサがイブを見て身を引き、頭からシャツを脱いだ。すぐに靴下とブリーチズと下着も脱ぐ。

そして、生まれたままの姿で彼女の前に立った。

エイサは目にからかうような光を浮かべ、静かにイブを見つめた。それからゆっくりと浴槽に足を入れる。

彼には小さすぎるくらいだった。膝を顎につけるようにして座ると、縁から湯がこぼれ、浴槽の隣に敷いてあるマットが濡れた。

エイサが浴槽の背に頭をもたせかけた。日に焼けた首が伸び、胸の小さな突起が水面のすぐ下にある。広い肩は浴槽の横幅よりも広く、片方の腕を外に垂らしていた。そんな彼を見て、ふとスケッチブックを持ってくればよかったと後悔する。この姿を描いて、親密なひとときの記念に、スケッチを永遠に手元に置いておけたのに。

イブは黙ったまま布を拾いあげ、湯に浸してから彼の肩にのせて、ゆっくりと背中をこすった。

エイサが深く静かなうなり声をあげる。「ああ、気持ちがいいよ」

もう一度布を湯に浸し、上腕二頭筋の青筋に驚嘆しながら腕をさすった。前腕から手へと布を滑らせる――わたしの手よりもずっと大きい。イブはそっと手を返し、かたい手のひらと指のあいだを洗った。

布をもう一度湯に浸そうとしたとき、エイサがなかば閉じた目でこちらを見ていることに気づいた。まぶたのあいだから緑色の輝きが見え、イブは期待に体を震わせた。反対側に移動し、首、肩、腕を布でこする。動きを止めて彼の手を取り、一瞬だけ手を合わせて大きさを比べてから、手のひらを洗った。

それを終えると、彼女は体を傾けてふたたび浴槽に布を浸そうとしたが、できなかった。エイサがイブの肩をつかんで濡れた胸に抱き寄せ、熱いキスをしたからだ。

ドレスが濡れるのもかまわずに、エイサはイブを抱き寄せた。夕食で飲んだワインと、彼女自身――純粋なイブの味がした。甘くて酸っぱい、これまでの人生で知りあった誰よりも複雑な女性。

どうしようもなく惹かれてしまう。

今日の午後、イブが事務室に閉じ込められ――あのしかめっ面と笑顔、すばやい反論、上品ぶった非難のまなざしが炎にのまれると思うと、エイサは恐怖に陥った。想像するだけでも頭がどうかなりそうだった。体当たりしてドアを破壊するつもりだったし、イブを逃がすのと引き換えに自分が気絶してもかまわないと思っていた。

本能的な恐怖を思い出して、エイサはイブをきつく抱きしめた。彼女を失うことなどできない。気の強い、大切なイブ。イブがおれのもとを去ったとしても、おれは彼女を思いながら眠りにつくだろう。世界のどこかで彼女が生きていて、その繊細な女性らしい指でマスティフを撫でているところを思い描きながら。

イブ。おれのイブ。

彼女はいまここに、エイサとともにいる。彼がドレスのボディスに濡れた手を滑らせ、みだらな手形をつけても、いつものように取り澄ましていた。

イブに質問しなければならない。彼女の兄が庭園をどうするつもりなのか探り出さなくては。けれども初めて、エイサには庭園よりも優先させたいことがあった。

彼女が欲しい。

「イブ」エイサはキスをやめ、濡れた唇を彼女の首に滑らせた。ウエストをつかもうと手を動かすと湯がはねた。「イブ、きみと愛しあいたい」

彼女がエイサに微笑みかけた。ほろ苦い、秘密の笑み。「ええ、お願い」

何年もあと、オールドミスになったわたしはひとり寂しくベッドに横になり、この瞬間を思い出して、失ったものに涙するだろう。でも、いまこの瞬間——浴槽の湯で袖が濡れ、コルセットの下で息をのむこの瞬間は——生きて、この男性を楽しもう。すばらしい男性を。

浴槽に浸かっているエイサを見おろしながら、イブは女としての力のようなものを感じた。体をまっすぐにして、ウエストをつかんでいた彼の手を引き離す。立ちあがってフィシューを引っ張り出すと、ボディスのひもを解き、室内履きを脱ぎ捨てた。エイサをまっすぐに見据えたままボディスを脱ぎ、ひもをほどいてスカートを床に落とす。コルセットとシュミーズだけの姿で立っているイブを見て彼は手を伸ばしたが、首を横に振って一歩さがった。胸がふくらむのを感じつつ、ゆっくりとコルセットのひもをほどく。そうしてコルセットを脱いでから、エイサに手を伸ばした。

彼はその手を取ると、浴槽から足を踏み出した。体から湯が滴り落ちる。ああ、なんてたくましいのだろう！　初めて会った朝、イブが予想した——そして恐れたとおりの体だった。肩幅が驚くほど広く、胸には濡れた毛が渦巻いている。ウエストは引きしまっていて、男性の証は脇腹から下腹部に走るV字形の筋肉に縁取られていた。濡れたこわばりがぴくりと動く。太腿は長く筋肉質で、足も大きい。

この男性がわたしを欲しているなんて、自分が死ぬときになっても信じられないだろう。

イブはエイサのもとへ行くと、広くなめらかな肩に腕をまわして、頭をさげさせた。ふつうの女性のように恐れを感じることなく唇を重ね、どれほど彼を求めているかを示した。

すぐにシュミーズがふたりのあいだで濡れ、胸の頂が張りつめた。濡れた布越しに、彼の胸毛が胸をかすめるのがわかる。

エイサが膝を彼女の脚のあいだに押しつけた。秘めやかな部分に生地を集め、脚を開かせてひだを撫でる。

気がつくと、彼の熱く濡れた体で歓びを得ようと、膝に合わせて腰を前後させていた。

「イブ」不意にエイサが身をかがめ、軽々と彼女を抱きあげて、まるで賞品を手にした勝者のように化粧室から寝室へ向かった。「イブ」

彼は自分が下になって、イブを抱いたままベッドに倒れ込んだ。彼女はエイサの上にまたがるような形になっている。

「イブ」彼がかすれた声で言った。「少しでも想像がつくかい？　おれはきみの胸を夢に見て、むき出しのおなかに触れたくて、こうしてヒップを包みたかった」大きな手でヒップをつかむ。

「そうなの？」小声で尋ねる。

エイサの情熱の証に秘所が重なるように、彼女は体を動かした。

イブの下で、彼が大きな体をそらせる。首の腱がくっきりと見えた。彼の両手がシーツをつかんだ。「イブ、何をしている？」

彼女はエイサを見つめたまま、ゆっくりシュミーズに手を伸ばすと、腹部、胸、頭へとまくりあげた。

「頼む」エイサがあえぎながら言う。緑色の瞳が色濃くなっていた。「きみの中に入らせてくれ」

黙ったまま受け入れるように体を持ちあげると、彼は自らのこわばりをつかんで上に向け、熱く潤った部分に先端を押しつけた。

イブは正しい位置を見つけて息をのみ、体を沈めはじめた。

「ゆっくりだ、イブ」エイサがささやく。「傷つけないようにゆっくり。ああ、イブ。おれのせいできみが痛みを感じるのは耐えられない」

彼のものは大きく、これを自分の中に入れるのはとうてい不可能に思えたが、そうしたいとイブは望んでいた。

心の底から。

身をよじりながら体を沈めると、中を押し広げるようにして、彼がゆっくりと入ってきた。イブは体を半分貫かれたままのけぞり、完全にひとつになれる瞬間を待った。

エイサは両手でイブのヒップを支えていたが、急かしはしなかった。ただ横になって、彼女にゆだねている。彼女のペースで動けるように。

イブはあえぎつつ腰の位置を調整し、エイサを見おろした。

彼は唇の上に汗を浮かべながらも、笑顔で見あげた。「きみがやっているんだ、イブ。すべてきみにゆだねている」

イブは息を吸って、少しだけ体を浮かせた。

それからありったけの力をこめて身を沈め、エイサの情熱の証を体の中に包み込んだ。

彼がのけぞり、歯を食いしばる。「くそっ、イブ、痛くないか?」

「ええ」彼女はヘアピンを取ろうと髪に手を伸ばした。

エイサが胸を上下させながら、なかば閉じた目で彼女を見つめる。「死んでしまいそうだ、マイラブ。きみの美しさのせいでね」

イブがヘアピンを外すと、髪が肩に流れ落ちた。それからエイサの胸を覆うように手をつき、体を持ちあげる。自分の中で彼が滑る感覚といったら！　苦痛に近いほどの深い快感に、彼女は目を閉じて酔いしれながらふたたび身を沈めた。

エイサがわたしの中にいる、わたしに向かって腰を突きあげ、もっと欲しいと懇願している――その感覚にやみつきになりそうだ。エイサにまたがり、自分ひとりで楽しむために、寝室に彼を隠しておきたかった。

自分より前にエイサと体を重ね、このすばらしい行為を堪能し、彼のうめき声を聞いた女性たちが妬ましい。

イブは目を開けた。でもそれよりも強い嫉妬を感じるのは、これから現れる女性たちだ。エイサはわたしのもの。二度とほかの女性とこの体験を分かちあってほしくない。

彼女は首をのけぞらせて、激しく腰を動かした。胸のあいだを汗が伝い落ちる。不意にエイサが上体を起こし、イブの体に浮かんだ汗をなめた。

エイサが片方の胸の先端を口に含むと、イブはあえぎ声をあげ、彼の頭を抱き寄せた。体が引きつり、それに応えるように蜜があふれ出てくるのを感じる。体が粉々になって、星が飛び散った。

息を切らしながら、エイサがイブの胸を放した。頭をさげ、もつれた髪を振り乱して、うめき声とともに身を震わせる。

体の中に熱いものがほとばしると、彼女は最後にもう一度脚を大きく広げ、エイサを奥深くまでいざなった。

永遠に、彼をつなぎ止めておきたかった。


その夜遅く、ブリジットはろうそくを高く掲げ、各部屋を確認しながらヘルメス・ハウスの廊下を歩いていた。

彼女は震えた。ハウスキーパーになって以来、豪邸からこぢんまりした屋敷まで、さまざまな家で働いてきた。使用人たちを適切な場所に配置し、最適な運営方法を見つけ、正確な時計のように家を切り盛りする形を作ってから、次の家に移るのがブリジットのやり方だった。

これまでに働いた中には、以前のハウスキーパーや執事のやり方が悪かったために、手入れが行き届いていない屋敷もあった。効率的に滞りなく屋敷をまわすべく働いているあいだ、主《あるじ》である家族が不在で、家の中ががらんとしていることもあった。

ただどの家においても、ヘルメス・ハウスのような冷たさを感じたことはなかった。ここは温かみに欠けるどころではない。まるで冷気が引っ越してきて、ここに住みついたかのようだった。こんな屋敷を家庭的にするのは至難の業だ。家の中をぴかぴかに磨いておくことはできる。メイドたちを五時に起こし、暖炉を磨かせ、火をくべさせることも。従者のお仕着せを染みひとつない美しさに保つこともできる。

それより難しいのは温かみを取り入れることだ——これまでぬくもりが皆無だったところに、家庭らしい居心地のよさを持ち込むこと。

ブリジットはため息をつき、きびすを返した。

そしてアルフが背後に立っていることに気づき、思わず悲鳴をあげそうになった。

アルフがにやりとしたので、ブリジットは彼女をひっぱたきたくなるのを懸命にこらえた。そう、この少女に、みんながみんな見た目だけで簡単にだまされるわけではないと教えてやりたい。

けれどもそれはあまりにも酷だし、身の安全のために素性を隠したいという気持ちはブリジットにも理解できた。

そこで、非難のまなざしを向けるだけで勘弁してやることにした。「なんの用？」

「閣下からの手紙だよ」アルフが紙切れを振りながら快活に答える。

ブリジットは驚いて眉をあげた。ミス・ディンウッディがモンゴメリー公爵に手紙を送ったのは、つい昨日のことだ。

でもこれはその返事ではなく、それより前に送ったものかもしれない。

「それならミス・ディンウッディのところへ持っていくべきでしょう？」

アルフは手紙を振っていた手を止め、暗くなった廊下を見渡した。「いま？　ちょっと遅い時間だよね？」

「たしかに遅いけど、ミス・ディンウッディはすぐに受け取りたいと思うはずよ」

アルフは真面目くさった顔になった。「わかった」

そうして階段を踏み鳴らしながら、階下におりていった。

ブリジットは考え込むようにアルフを見送ってから、ふたたびモンゴメリー公爵の寝室に足を向けた。部屋に入るとまっすぐ公爵の肖像画に向かい、ろうそくを掲げてじっくりと見た。

なぜかはわからないけれど、ほぼ全裸のこの肖像画のほうが、階段の吹き抜けにあるシルクや毛皮、ベルベットに身を包んだ肖像画よりも公爵の性格をよくとらえている気がする。まるで、富と地位という仮面を取ったら獰猛な獣が姿を現した、という感じだ。

絵の中の公爵はゆったりと横たわっている。白い肌は青白いほどで、からかうような青い瞳で観る人を見返している。その視線は相手をあざけり、こう言っているみたいだった。

〝わたしはここにいる。下腹部はむき出しで、胸も引きしまっている。きみの目の保養にこうして裸で横たわっているが、すべてを支配するのはきみではなくわたしだ〟

生まれたままの姿という傲慢さが、彼の権力を強調している。

ブリジットは頭をあげ、ゆっくりと公爵の美しい裸体を見据えた。

そして、ささやいた。「いったいあなたは何をたくらんでいるの？」

17

お昼になると、エリックは立ち止まって切り株に座り、パンとチーズが入った袋を取り出しました。「きみも少し食べたいだろう?」

「もし、かまわないのなら」ダブは申し訳なさそうに言いました。

エリックは口では文句を言いましたが、パンもチーズもふたつに分けました。ダブは、これまでで一番おいしい食事かもしれないと思いました。

それからふたりは旅を続け、最後にとうとう荒廃した小屋にやってきました。

エリックは立ち止まり、ぞっとした表情になりました。「きみは黙っていたほうがいい。ぼくに話をさせてくれ」

そして、ふたりは中に入っていきました。

『ライオンとダブ』

イブはぐったりして、静かにエイサの胸に寄りかかった。彼の男性の証はまだ体の中にある。彼女は深い安らぎを感じていた。

頬の下で、エイサの胸が震えている。精を解き放ったせいだろう。熱い息がイブの髪にかかった。

彼の分身が体から抜け落ち、彼女はエイサが自分の中で達したことを思い出した。彼の種が植えつけられたかもしれない。

その可能性に恐怖を覚えてしかるべきだった。けれど、感じるのは激しい喜びだけだ。ああ、どうかエイサの子を授かりますように！　もしそうなったら、いつか別れても、手元に自分だけの大切な存在を置いておける。イブはイングランドでも一、二を争うほど悪名高い貴族の婚外子だ。失うような体裁もない。

ただ、孤独だった——いまではそれを認めることができる。三人の使用人と迷子の犬ではない何か——誰か——が必要だった。

イブはエイサの体に腕をのせて彼を見つめた。濃いまつげが頬にかかっている。ひどく消耗しているようだ。出会って以来、彼は休みなく働き、いつも庭園のことを気にかけていた。

エイサもまた、自分だけの大切な人がいないのだ。彼は誰かを必要としているのかしら？　もしそうだとしたら、おのれの人生において大切なのは庭園だけだと公言することで、うまく人の目をあざむいているのだろう。

たぶん必要ではないのだ。

そのとき、エイサが気だるげに緑色の目を開けたので、イブは思わず口走った。

「あなたには庭園がすべてなのね」

それを聞いても、彼は驚いた様子さえ見せなかった。おそらく女性とベッドをともにしていても、心の中にはいつもハート家の庭園があるのだろう。

「ああ」エイサが言った。「庭園はおれの生きる糧だ」

さも当然という口調だった。

イブは体を丸めて彼の隣に横たわった。「残念だわ」

エイサが頭をめぐらせて不思議そうに彼女を見る。少し憤慨しているのかもしれない。

「残念だって？　なぜだ？　美しい庭じゃないか。ロンドンじゅうで一番……」

「ロンドン一、きれいな庭よ。知っているわ」肩をすくめる。「ええ、本当にすばらしい場所よね。だけど、わたしも含めロンドンの人たちは庭園を見て、また家に帰れるの。あなたはそれができない」

彼は何も言わず、ただ警戒したような緑色の目でイブを見つめている。おそらく自分でも、庭園の奴隷になっていることに気づいているのだろう。

彼女はためらってから言った。「今日の火事で、あなたがどうなったか見ていたわ。もしまた庭園が燃えて、劇場が崩壊したら、あなたは死んでしまうかもしれない」

寝室が静まり返り、エイサが口を開いた。「それは大げさだ」

「そうかしら？」彼の胸の小さな突起に指を這わせる。「エイサ・メークピース、この数週間で、あなたという人のことがわかってきたわ。短気で、頑固で、わがままで、必ずしも正しいとは言えないまでも、自分の進むべき道は熟知している。怒鳴りちらして劇場の人たちを怖がらせることもあるけれど、それでもみんな、あなたを尊敬しているわ。動物や小さい子どもには親切だし、知性があって、勇敢で、やる気にあふれている」イブは言葉を切って彼を見た。「あなたが好きよ、エイサ。もっと知りあう機会をもらえたら、もしかしたら愛するようになるかもしれない」彼の緑色の目に警戒の色が浮かぶ。彼女は首を横に振った。「でも、そんなことはしないわ。あなたが望んでいないもの。だけどね、エイサ、人生を仕事だけに捧げるのはもったいないわ」

「捧げる？」彼がばかにしたように言う。「まるで庭園で殉職するような言い方だな」

イブは悲しげに笑った。「違うの？」

「違う」彼は目を細めた。「それなら、きみはどうなんだ？」

目をしばたたく。「どういう意味？」

エイサが寝室を示すように手を振ってみせた。「おれのことより、自分の心配をしたほうがいいんじゃないか？」

傷ついて、イブはたじろいだ。

けれども一度急所を突いた彼は、手をゆるめようとはしなかった。「家と使用人、それから熱心に仕えている兄さんのほかに、きみには何がある？」

彼女は息をのんだ。「わたしはバルを愛しているわ……」

「なぜだ？」裸であることもかまわずに、エイサが上体を起こす。「モンゴメリーは、自分と関わった者全員を利用するのと同じように、きみのことも利用している。やつは本当にき

むなんて。

しい部屋にはまったくそぐわなかった。そして、まるでそうするのが当然と言わんばかりに激しく彼女を糾弾している。


「金と家をくれるから?」ベッドに座る彼は体が大きく筋骨隆々としていて、イブの女性らしい部屋にはまったくそぐわなかった。そして、まるでそうするのが当然と言わんばかりに激しく彼女を糾弾している。

「いいえ」イブは声を荒らげた。自分を抑えられなかった。「いいえ。兄はわたしを愛しているわ。わたしを愛してくれたのはバルだけよ。あのとき……」

そこで口を閉ざした。言葉がふくれあがり、喉につかえている。

つかのま静寂が訪れ、エイサが真実を見極めるように彼女を見つめた。

突然、彼はイブを温かく力強い腕に抱き寄せた。

彼女の髪を撫でながら言う。「話してくれ」

そのときが来たのだ。

イブは息を吸った。どこから始めよう? どうしたらわかってもらえるだろう?

「わたしの父は田舎に土地を持っていたわ。もちろん正確にはいくつかあったのだけれど、わたしが育ったのは一箇所――アインズデイル城よ。母は、バルが小さかった頃に彼のナースメイドをしていたの。母は……」彼女は躊躇した。これまで口に出して言ったことはない。

一連のことは、これまで口にしたことがなかった。幼少期から抱えてきた秘密は肌まで浸透し、蔦のようにイブの体に巻きついている。

「母は少し頭がどうかしていたの」慎重に言う。「いやなことは、まるでなかったかのようにふるまっていたわ。同意のうえだったのか、それとも強姦《ごうかん》だったのかはわからないけれど、父はしばらく母を囲っていたのよ。少なくとも母がわたしを身ごもって、そのあともしばらくは。わたしが思うに――いいえ」イブは深く息を吸った。「わたしは知っていたの。父は妻である公爵夫人へのいやがらせで、わたしと母をアインズデイル城に置いていた。公爵夫人はバルのお母様よ。夫人は公爵が嫌いで、わたしと母のことも憎んでいたわ。いつもは母とふたりで子ども部屋にいたの。わたしがすごく小さかった頃はバルも一緒だった。大きくなって、もう子守はいらないと言われるまではね。それからは、兄とはたまに会うだけだった。公爵夫人はバルとわたしをあまり会わせたくなかったのだと思うわ。わたしは食べるものと着るものを与えられて、少しだけ教育も受けた――実際、一年くらいは家庭教師もつけてもらったのよ。でも、あの家は冷たかった。底冷えするような寒さだったわ」

息切れがして、イブは空気を吸うためにひと呼吸置いた。過去の話をしたせいか体が熱い。汗が噴き出る。毒のせいで体から汗が出ることがあるというけれど、いまはその状態なのかもしれない。

子ども時代、自分の思い、そして人生という毒が、体から汗となって出てきているのだ。

「モンゴメリー公爵は悪い人だった」そう小声で言って、エイサが抱きしめてくれていてよかったと思った。そうでなければ、口にすることさえできなかったかもしれない。「使用人に暴力を振るったし、女性を強姦したわ。それに子どもたちを傷つけた」

イブの髪に触れていた手が一瞬動きを止め、それからまたゆっくりと髪を撫でた。

「傷つけたというのは？」

彼女はつばをのみ込んだ。喉がつかえて息ができない。いままで誰もが口を閉ざしてきたことだ。自分が口にするべきではない。

「イブ」エイサが言う。深く落ち着いた声が、すぐ近くで響いた。「話してくれ」

彼から離れまいとして、胸にしっかりとしがみつく。「父は秘密組織のようなものに入っていたの。たぶん……刺青が仲間のしるしなんだと思う。イルカの刺青よ。年に一度、春になると、アインズデイル城に集まるの。公爵夫人はその場に居あわせないよう、いつも注意していたわ。あの人たち――あの人たちはいつも……」イブは息を吸ってから、吐き捨てるように言った。「ワインを飲んで、何日も何日も遊びほうけていた。その場にはいつも女性と……」つばをのみ込む。「子どもがいた」

寝室が静寂に包まれる。エイサが息をのんだ。イブの出生の秘密を知り、愕然としたのだろう。

イブが生を受けた、忌まわしい集まり。

彼女は手でエイサの胸を押した。彼の腕から、そして自分が何者であるかという事実から逃れたかった。

かつての自分から逃げたかった。

けれどもエイサはすばやく彼女を引き寄せ、きつく抱きしめた。おごそかな声で言う。「しいっ、じっとして。今回は洗いざらい話してもらうまで放さないぞ、イブ」

彼の落ち着いた口調に、イブは緊張を解いた。「まだあるの」

「話してくれ」

唇を湿らせて、自分を抱くように腕をまわす。「春になって公爵の会が催されるときには、母はわたしをアインズデイル城の中に隠したの。秘密の部屋とか、そういったものではないわ。ただ子ども部屋に鍵をかけてふたりで閉じこもって、なんの音も聞こえないふりをするのよ」彼女は体を震わせた。「恐ろしい音が聞こえるときもあったけれど」

何も言わず、エイサがイブの髪を撫でる。

彼女は息を吸い込んだ。「でも、ある年の春、あの人がわたしを呼びに来た。公爵よ。公爵はわたしも父親の祭典に出席するべきだと言ったわ。だからわたしは新しいドレスを着て、髪を結い、客人たちと食事をするために階下《した》へおりたの。紳士淑女や身分の低い女の人、それに泣くことも忘れるほど怖がっている子どもたちと食事をするのよ。男の人たちはみな、仮面をつけていた。恐ろしい動物が描かれたひどい仮面を――奇妙な犬や、ヒョウ、ヒヒなんかの。公爵以外は全員がそんな仮面だった。公爵はふつうの、髪にブドウをつけた美男子の仮面よ。食事はすばらしかったけれど、全然喉を通らなかった。吐いてしまうかもしれないと思ったわ」

エイサがイブを抱き寄せた。広い胸は温かく、安心できる天国のようだった。

「でも公爵がワインを飲めと言ったから、グラスを取ってすすったわ。それからダンスと音楽があって……すごく騒々しくて、服を脱いでいた女性もいた。それから男性も——恐ろしい仮面以外は全裸だった。そのとき、公爵が猟犬たちをいっせいに広間に放ったの」

「なんてことだ」

彼女はつばをのみ込んだ。呼吸は速く浅い。これを話し終えたら、もしかしたらようやく忘れることができるかもしれない。もう二度と考えなくてすむかもしれない。

夢で見ることもなくなるかも。

「犬が子どもたちに向かってきて、みんな逃げ出した。ほかにどうすることもできなかったわ。うしろで誰かが狩猟用のらっぱを鳴らすのが聞こえて、子どもがひとり倒れた。犬がその子を襲って、血が流れて——ものすごい血だったから、もしかしたらあの子は……」イブは空気をのみ込むように息をした。「わたしは走り続けた。子ども部屋まで行ければ、犬を締め出せるかもしれないと思ったの。走って走って、重いドレスの裾を持ちあげて二階へ行った。でも、二階の廊下は真っ暗だった——公爵の命令で、ろうそくの火は全部消されていたから。わたしは向きを変えて部屋に駆け込んだけど、そこで追いつめられたことに気がついた。振り返ったときには、もう犬たちが襲いかかってきていたわ。全身ばらばらにされると思った。口からよだれを垂らしながらすごい勢いで吠えていて、犬の息のにおいもした。でも仮面をかぶった男の人が笑って、犬を追い払ってくれたの。猟犬の仮面だった。おまえはもうわたしのものだ、とその人は言ったわ。わたしのことをウサギみたいにつかまえて、食べるつもりだったのよ。その人は……」

声にすすり泣きが加わった。エイサが大きな手でイブの顔を包み込み、自分の力を分け与えるかのように額を近づけた。

「新しいドレスをはぎ取った」小声で言う。吐く息が彼のそれと混ざった。「スカートを乱暴にたくしあげてわたしに触り、無理やり脚を広げさせた。ものすごく痛くて叫んだの。殴られて頭がくらくらして、血が出たわ。男の人の仮面にも、服にも、髪にも血がついていた。きっとこの人は悪魔なんだと、殺されるんだと思ったわ。けれどそのとき、奇跡が起きた。兄が来たの。バルがその人のシャツをつかんで投げ飛ばしてくれた。仮面に血がついた男の人を追い払って、わたしを抱きあげて隔離してくれた。どこだったかは覚えていないけれど、そこにいれば安全だった。バルが助けてくれたのよ。その翌日、バルはわたしをジュネーブに移らせた」

「なんてことだ」エイサは小声で言うと、大きな手で彼女の頬を押さえて顔にキスをした。「うぬぼれ屋で頭のどうかした、でも誠実なきみの兄さんに感謝しなくては」

「これでわかったでしょう？　どうしてわたしがバルを愛しているか。どうしてバルに感謝しているか」

「ああ」エイサが言う。「おれも、あのくそ野郎を好きになったかもしれない」

それを聞いて、イブは笑いそうになった。彼にキスをされて口を開くと、昔の記憶が急速に遠のいた。エイサに口づけされると、まるで人生と愛と幸福がよみがえるかのようだった。

彼がこの世界のありとあらゆる正しいものを手にしていて、それを分け与えられている気がする。

寝室のドアを叩く音がして、ルースの声が響いた。「失礼いたします、お嬢様。アルフが閣下からの手紙を持ってきました」

「まあ」イブはベッドからよろよろと抜け出し、部屋着を探した。「居間で待つように伝えてちょうだい」

「かしこまりました」

部屋着を取ってエイサにささやく。「長くはかからないわ」

そしてイブは廊下に出た。

居間に入ると、アルフはじっとヘンリーとにらめっこをしていた。

「メイドが言っていたことは本当なの？」イブは尋ねた。「兄の手紙を持ってきたって」

「ああ」アルフが手紙を突き出して、ぶっきらぼうに答える。

イブは手紙を受け取ってレターオープナーで開封すると、文面を読もうとろうそくにかざした。

内容は単純明快だった。

〝あの夜の男はハンプソン卿だ〟

署名はなかったが、バルの筆跡だとわかる。イブは息を吸い込んだ。そのとき突然、うしろからエイサが吠えるように言った。

「殺してやる」

イブが驚いて振り返ったが、エイサは手紙から目を離さなかった。「兄さんに手紙を送ったのはいつだ？」

彼女が顔をしかめる。「昨日よ」

「なぜこんなに早く返事が来たんだ？　モンゴメリーはヨーロッパ大陸にいるんだろう？」エイサは少年を見やった。

アルフが肩をすくめた。「おれは届けただけだよ」

エイサはぶつぶつ文句を言いながら、捨てるように手紙を置いた。「ハンプソンは危険だ。おれがやつを見張る」

「彼は子爵よ」イブが消え入りそうな声で言う。「彼をこらしめることはできないわ。エイサ、あなたには何もできない」

そうとも言いきれない。エイサは気色ばんだが、今夜はこれ以上、彼女を悩ませたくなかった。「まあいい。とにかく、きみには近づかせない」

「あの人がわたしに危害を加えようとしているとは思えないけれど」イブがゆっくりと言った。手紙を見ながら眉根を寄せる。「庭園で会ったときも、とくに何もされなかったもの」

「自分を覚えているかと、しつこく尋ねていたじゃないか」エイサはうなるように言った。あの会話を思い返すだけで、何かを殴りたい衝動に駆られる。「くそっ。とにかく身支度をしよう」

　エイサは寝室へ戻ろうと大股で廊下を進みはじめた——シャツを羽織り、ブリーチズをはいただけの姿で居間に飛んできたのだ。

「行かないで」イブが追いかけてきて寝室のドアの前に立ちはだかり、傷ついたような表情で彼を見た。「これから帰るつもり？　もう真夜中よ。前回、夜に外出したときは、襲われたじゃないの」手のひらを上に向けて両手を差し出す。「ここにいて。夜だけでいいの。ここにいて、エイサ」

　彼はどうしようもなくドアを見つめた。「ああ、くそっ」心が揺れている。イブと一緒に過ごし、守ってやりたい。エイサは彼女を見た。

　彼女がエイサを見つめた——ただじっと。「置いていかないで」

　目を閉じて、汗が背中を伝うのを感じた。もしハンプソンが夜に乗じて逃げてしまったら？　そしてイブにつきまとったら？

　だが傷ついた青い目で見つめられると、視線をそらせなかった。「ここにいるよ」

「ありがとう」そう言うと、イブは息を吸い込んだ。「バルに返事を書くわね——ひとことだけ。それからアルフに託すわ」

　彼女から目を離す気になれず、エイサも一緒に居間へ戻った。

少年は恋人同士のごたごたには慣れっこの様子で、壁にもたれて待っていた。イブはふたりに見守られる中、テーブルに向かいすばやくペンを走らせてから、インクを乾かす砂をまき、蠟で封をした。

その手紙をアルフに手渡す。「外では気をつけてね」

少年は彼女をばかにするような表情を浮かべた。「誰もおれを相手にしやしないよ——まして姿は見せないようにしてるから」

そう言って、アルフは出ていった。

イブが頭を振る。「自信満々だけど、まだ年端もいかない子どもよ。たまにアルフのことが心配になるの」

それからエイサを見て微笑んだが、どこか悲しそうでもあった。イブは彼に手を差し伸べた。「ベッドに行きましょう」

「つかまえたよ」三日後、ハート家の庭園の事務室の入り口からアルフが知らせてきた。

イブは机からさっと顔をあげた。会計の仕事にすっかり没頭していた。

「誰をつかまえたんだ?」彼女の向かいから、エイサが鋭い声で尋ねる。

ハンプソンが見つからないので、この数日というもの、エイサはイバラが刺さったライオンのように荒れ狂っていた。子爵は姿をくらませたか、あるいは少なくともロンドンから出ていってしまったらしく、イブは不本意ながらも、ひそかに胸を撫でおろしていた。

エイサが逮捕されてはたまらないし、運が悪ければハンプソンに殺されるかもしれないと思っていたからだ。

アルフがじれったそうにエイサを見る。「代理人だよ」

イブは困惑して顔をしかめた。

だが、エイサはさっとテーブルから立ちあがった。「ハンプソンの代理人か?」

少年がにやりとする。「まあ、そんなもんかな」

アルフは廊下に身を乗り出して、顎で誰かを示した。

ミスター・ボーゲルとミスター・マクレイシュが、男をはがいじめにして事務室に連れてきた。ごくふつうの男だ——痩せてはいるが小柄ではなく、作業員の服を着ている。けれども目は怒っていると同時に、恐怖におびえていた。

「こいつはオールドマン」アルフが言う。「少なくとも、本人はそう名乗ってる。今朝、新しい舞台の下で火薬が詰まった樽《たる》に火をつけようとしているところをつかまえた」

エイサが無言でオールドマンに歩み寄り、思いきり顔面を殴りつけた。男はミスター・ボーゲルとミスター・マクレイシュの手から吹き飛ばされ、壁に激突した。

イブはため息をついた。「そんなことをしてなんになるの?」

「おれの気が晴れる」エイサが頭を振る。「せいせいした」彼は身をかがめ、オールドマンに向かって言った。「ハンプソンがおまえを雇ったのはいつだ?」

「なんの話かわからないね」床に倒れている相手が答えた。

「ハンプソン子爵だよ」アルフが語尾を伸ばしながら言う。「つい五分前に、そいつから金をもらってるって言わなかった？　ころころ主張が変わるんだな」

エイサが拳を振りかざす。

「やめてくれ！」オールドマンが悲鳴をあげた。「たしかに金を払っているのはハンプソンだ」

エイサが体を起こし、ゆっくりとイブに笑みを向けた。「証人を手に入れたぞ」

彼女も微笑み返す。「子爵を訴えるの？」

エイサはきっぱりと首を横に振った。「法廷で貴族と争う？　ありえないね。裁判官はおれのことなど見向きもしないだろう。だが、おれにも友だちはいる」ちらりとイブを見る。「たとえばアポロだ。アポロの義理の兄はウェークフィールド公爵。ハンプソンの悪事――やつがおれの庭園に何をしたかを証言する人間がいれば、聞く耳を持ってもらえるかもしれない」

イブは顔をしかめた。「でも、ウェークフィールド公爵に何ができるというの？」

彼が狡猾そうな笑みを浮かべる。「何ができるかって？　ウェークフィールド公爵はイングランド一の有力者と通じている」肩をすくめた。「それに公爵が助けてくれないのなら、そうだな、前にも言ったように自分の手で子爵をこらしめるさ」

エイサが危険を冒すことを想像して、彼女は心臓が締めつけられた。「まずは公爵にお願いして」

まるでイブの頭の中を見透かしたように、彼が皮肉っぽく眉をあげる。「仰せのままに」

エイサはオールドマンの胸ぐらをつかみ、持ちあげた。アルフとミスター・マクレイシュ、ミスター・ボーゲルを見やる。「きみたち三人はおれと来てくれ。証人になってもらう――こいつの言ったことを聞いたからな」それからイブを見て、顔をしかめた。「くそっ、ジャン・マリーがいないんだった」

「ヘンリーがいるじゃない」イブはもどかしげに応えた。

犬が自分の名前を聞いて尻尾を振る。

エイサは疑わしそうにヘンリーを見た。「きみをひとりにするのは気が進まない」

あきれて目をぐるりと目をまわす。「真っ昼間なのよ、ひとりになるはずがないわ――いたるところに人がいるでしょう」

それでもエイサはためらっていたが、オールドマンが身じろぎをすると、意を決したようだった。放火犯を激しく揺さぶる。「すぐに戻るよ。ヘンリーと一緒にここにいてくれ。劇場を出るんじゃないぞ。それから……」

イブは彼の温かな唇に指を当てた。「さあ、行って。ここで帳簿づけを終わらせておくわ」

そうしてエイサたちは出ていった。

彼女はゆっくりと椅子に腰を沈め、不安に唇を噛みしめた。ハンプソンは貴族で、爵位もある――エイサよりもずっと権力があり、おそらくエイサよりも策士だ。ウェークフィールド公爵の協力をもってしても、勝てないかもしれない。イブはため息をついてヘンリーを見おろした。

大型犬は立ちあがって近づいてくると、彼女の膝に大きな頭をのせ、返事をするかのようにため息をついた。

耳のうしろをかいてやる。「あなたも鳩に会いたい、ヘンリー？　わたしは会いたいわ」

犬は悲しげな目でじっとイブを見てから、鼻を鳴らして寝床に戻った。

彼女は頭を振り、ふたたび帳簿に取りかかったが、集中して数字を処理できるようになるまで何分もかかった。

一時間後、初めてうなり声が聞こえてきたときは、なんの音だか見当がつかなかった。

ヘンリーはこれまでうなったことなどない。

イブは顔をあげて犬を見た。

マスティフは彼女の机の隣に立っていた。背中の短毛が逆立っている。そして喉から、これまで聞いたことがないほど恐ろしい声を響かせていた。

ヘンリーがドアのほうを向いていなければ、おそらくイブは恐怖を感じただろう。

彼女は息をのんで、ドアのノブがまわるのを見守った。開いたドアの向こうに立っていた人物はエイサではなかったが、イブはさほど驚かなかった。

ハンプソン子爵。

「おやおや」ハンプソンが穏やかな調子で言った。「わたしのことを覚えているか尋ねる必要はなくなったようだね、かわいいイブ。顔を見ればすべてわかる」

彼女はヘンリーの頭に手をのせて立ち尽くした。「覚えていますとも。お引き取りいただいたほうが身のためよ。ハート家の庭園で起きている事件の黒幕はあなただということも、先日の夜、攻撃を仕掛けた犯人たちの正体もばれているわ。ミスター・ハートはウェークフィールド公爵に協力を求めに行ったの。まもなく軍人を引き連れて戻ってきて、あなたを逮捕するはずよ」少しだけ嘘も混じっていたが、状況を考えればこのくらいの嘘は許されるだろう。

「そうかね？」ハンプソンは平然と言うと事務室の中に入ってドアを閉め、鍵をかけた。「正直に告白すると、計画は予定どおりに進んでいる。だが計画が完遂する前に、少しだけ一緒にいようじゃないか」顔をあげ、ぞっとするような笑みを浮かべてイブを見る。「さて、教えてくれ。なぜあれがわたしだとわかった？　どうも不思議でね。あの晩は仮面をつけていたはずだ」

イブは口を開き、そして閉じた。恐怖が全身を駆けめぐる。この人はどういうつもりなのだろう？「声よ。それに刺青も」

「これかな？」袖をめくって手首を返し、小さなイルカを見せる。「みなが彫っている。知っているだろう？」ハンプソンはウインクをした。「きみのお父さんもね」そう言うと、ふたたび袖をおろす。「ただ、全員が手首ではない。この刺青はある組織の一員である証なんだ」

「でも、どうして？」危険にさらされているのはわかっていたが、どうしてもきかなくてはならなかった。なぜ危害を加えることにあんな喜びを見いだしているのか？　人間のすることとは思えない。「あなたは――あなたたちは、どうしてあんなことをするの？」

ハンプソンが顔をあげ、あろうことか笑みを浮かべた。「しない理由があるかね？　わたしたちは貴族だ。年に一度の祝祭で、思うがままにふるまっているのさ」肩をすくめる。「きみは犠牲者のひとりにすぎない。むしろ誇りに思ってもらいたいくらいだ」

誇りに思う？　あの恐ろしい体験を？　イブはヘンリーの首まわりの毛にすがるようにしてあとずさりした。

ヘンリーが鋭い声で吠えたてる。

ハンプソンが声をあげて笑った。「おやおや、驚かせてしまったようだな。まあ、どちらにしろ、そろそろ時間だ」隠した手首をいたずらっぽく叩いてみせる。「このことを知られただけで殺さなくてはいけないのだが、きみを殺す一番の理由は別にある」

イブは鍵のかかったドアに目をやり、唇を湿らせた。「どういう意味？」

ハンプソンの顔から不意に笑みが消えた。まるで最初から笑みなど浮かべていなかったかのように。「わたしはハート家の庭園が欲しいんだが、手下たちはまったく無能で、劇場を燃やすことも、舞台を壊すことも、きみやハートを殺すこともできないときた。だから自分でやることにしたんだよ。ハートと軍人たちが帰ってきたときにあるのは、彼が自らの手で殺したきみの死体というわけだ。あいつはずいぶん運のいいやつだが、公爵の妹を殺したとあっては、さすがに絞首台は逃れられないだろう」

つかのま、イブは彼を見据えて嘲笑した。「頭がどうかしているのではなくて？　ミスター・ハートがわたしを殺したなんて、誰も信じないわ」

「そうだな、まず凶器はハートのレターオープナーだ」ハンプソンがエイサのテーブルからそれを取りあげ、くるくるとまわす。イブはつばをのみ込んだ。真鍮製のレターオープナーは短剣の形をしていて、刃も鋭い。「それから密偵の報告によると、ハートは少なくともふた晩、きみの家で過ごしている」ハンプソンは驚いたように目を丸くしてみせた。「この事実が明るみに出れば、痴情のもつれからきみを殺したというのはわかりやすい筋書きじゃないかね？」

18

小屋の外観は古くみすぼらしいものでしたが、中は大理石の床に黄金の壁と、豪華で贅沢《ぜいたく》な広間になっていました。そしてそこには、ダブが見たこともないような絶世の美女が立っていました。

エリックは美女に袋を捧げましたが、この魔女が袋を開けると、クレソンは上等な絹に、ドングリはきらきらと輝くエメラルドに、キノコはかぐわしい香水に変わりました。

魔女は満足げに微笑みましたが、そのとき、ダブに気がつきました。

「かわいいエリック、わたしの前に連れてきた、この娘は誰なの?」

『ライオンとダブ』

エイサがボーゲルとマクレイシュをすぐうしろに引き連れて劇場に足を踏み入れると、イブの悲鳴が聞こえた。ウェークフィールド公爵の屋敷に向かう道のりの中ほどで、オールドマンがさらなる事実を打ち明けたのだ。ハンプソンはロンドンを去ってなどいない。しかも市内にいるだけでなく、劇場でオールドマンと落ちあうことになっているという。

エイサは即座に馬車を引き返させた。

無我夢中で駆けだし、劇場の裏廊下を走りながら、恐ろしい既視感《デジャブ》に襲われた。事務室の前では踊り子がふたり、ばんばんとドアを叩いていた。

そのうちのひとり、ポリーが顔をあげる。「鍵がかかってるの」

イブがふたたび悲鳴をあげた。

エイサはドアを無視して角を曲がり、以前マクレイシュが教えてくれた秘密のドア――壁が薄くなっているところ――へ向かった。

一歩さがり、右足をあげて壁を蹴り倒す。

事務室に押し入ると、石膏《せっこう》と木材の破片が肩から降りかかった。イブは机のうしろに身を隠し、ヘンリーの隣でうずくまっていた。頬は血まみれで、犬が恐ろしい声でうなっている。

エイサの心臓が止まった。

さっと駆け寄り、犬の胸に腕をまわして体ごと持ちあげる。犬を床に叩きつけようとしたところで、イブが彼の腕をつかんで押しとどめた。

「違うわ!」エイサに向かって叫ぶ。「ヘンリーじゃないの!」

彼は動きを止めて、じっとイブを見た。この犬に襲われたのではないのか?

それから彼女が指差したほうを見る。

ハンプソンが床に倒れてうめき声をあげていた。

「あの男がヘンリーを刺したのよ」イブが息を切らしながら言った。頬についた血の上を涙が伝う。「わたしが切りつけられそうになったとき、ヘンリーがあいだに入ってくれたの」見ると、ヘンリーの脇腹から血が流れていた。そっと床におろすと、たしかに痛そうな鳴き声をもらした。

ハンプソンが床に落ちたレターオープナーにそろそろと手を伸ばす。するとイブが――あの物静かでおとなしいイブが――思いきりその手を踏んづけた。

ハンプソンが苦痛のうめき声をあげる。

エイサはあざ笑い、ハンプソンの頭部めがけて力いっぱい足を振りおろした。

子爵は床に伸びた。

「まあ」両手で頬を覆った彼女は手まで血まみれだった――おそらくヘンリーの血だろう。「死んでしまったの？　警察に任せなければいけないのに」突然、彼女の目から涙があふれた。

「大丈夫だ」エイサは腕にイブを抱きかかえた。「おれはどこにも行かない。それに」ハンプソンを見おろして、きっぱりと言う。「残念だが、こいつはまだ生きている」

「ああ、でも、ヘンリーはどうなるの？」彼女が犬を振り返った。

勇敢なマスティフは、自分の名前を聞いて尻尾を振った。

「おれが思うに」犬の脇腹を調べて告げる。「切られたのは肩だけだ。浅い傷だから治るはずだよ」

「ああ、よかったわ」イブが言った。「ヘンリーが無事で」

「おれはどちらかというと、きみが無事でよかった」エイサはそう返すと、情熱的にキスをした。

それから一週間と少しが過ぎたある日、イブはジャン・マリーがおそるおそる腕を頭上に伸ばすのを見守っていた。腕の動きはなめらかで、痛みも伴わないようだ。

彼女は顔を輝かせた。「肩がすっかり治ったみたいで、とてもうれしいわ」

「わたしもですよ、モナミ」護衛は低い声で言い、白い歯をきらめかせて微笑んだ。

庭園で一日を過ごしたあと、ふたりはイブの家の居間にいた。ジャン・マリーは長椅子に、彼女は肘掛け椅子に座っている。ハート家の庭園の再開を明日に控えているため、エイサは一緒には帰ってこなかった。最後に見たとき、彼はまだ庭師や作業員、歌手たちに大声で指示を飛ばしていた。それでもイブは、今夜の仕事が終わればエイサもここに帰ってくると信じて疑わなかった。

なんといっても、ハンプソンに襲われて以来、エイサは毎晩イブのベッドで眠っているのだ。情熱に満ちた夜。愛にあふれた夜――もっとも、愛を約束することはなかった。

そのことに思い当たり、イブは両手を見おろした。バルにもらったオパールの指輪が、ろうそくの火を受けてきらめいている。「ずっと考えていたのだけれど……」

「何を考えていたんです？」ジャン・マリーが首をかしげた。

イブは息を吸って背筋を伸ばした。「わたし、ヨーロッパ大陸に行くわ。バルを探すの」

眉をあげたジャン・マリーに向かってうなずく。「誰かがバルのやっていることに立ち向かわなくては。兄はたくさんの人を脅迫しているのよ。これまでは、バルに向きあう勇気なんてなかった。わたしの言うことなど聞いてくれないかもしれない——耳も貸さないかもしれないわ。でも、少なくともやってみなければいけないと思うの」

ジャン・マリーが重々しくうなずいた。「賢明かつ立派な決断ですよ、モナミ。あなたのことをとても誇らしく思います」

イブは首から上が熱くなるのを感じた。彼女にとって、ジャン・マリーの意見はきわめて重要なのだ。「ありがとう」

彼がどこか悲しげに微笑んだ。「ですが今回のご旅行には、わたしはご一緒しないでしょう」

彼女はあんぐりと口を開けた。「えっ？　どうして？」

「もう潮時です」イブの護衛——友人——は端的に言った。「もう何年も一緒に過ごしてきました。そうでしょう？」

「一〇年以上になるわ」小さな声で言う。

ジャン・マリーはうなずいた。「そうです。初めてお会いしたときのことを覚えていますか？　怖い夢を見て、来る日も来る日もうなされていたことを？」

イブは身震いした。あの悪夢に何年も苦しめられたのだ。「ええ」

彼が肩をすくめる。「あなたはもう、うなされてはいません」

「三回うなされたわ」ぼそりと言った。

「ええ、その三回だけです」ジャン・マリーは満面の笑みを浮かべた。「ですが、それだけではありません。男性に触れられることを許したのです。あなたには恋人ができました。もしまた夜に恐怖に襲われることがあっても、もう大丈夫です。わたしがいなくてもね。わたしはもう必要ないのですよ」

イブはとっさに反論しようとした――ジャン・マリーはこれまでずっと、すぐそばで彼女を支え、守ってくれた――けれど、すぐに彼が正しいと気づいた。

イブにはもう、ジャン・マリーは必要ない。

彼女は長年の友を見つめた。「たしかに必要はないかもしれない。でもね、ジャン・マリー、そばにいてほしいと思っているわ」

「そう言っていただけて、すばらしい友情を築けて、本当にうれしいですよ。ですが、わたしにはもうひとり大切な人がいます――申し訳ないのですが、その人のほうが大切なのです。そう、テスです」

当然、ジャン・マリーにとってはテスが一番だ。テスと結婚したときから、そうだろうと思っていた。ジャン・マリーは軽々しく結婚するような人ではない。それでも嫉妬心がわきあがるのを抑えることができなかった。

わたしも誰かの一番になりたい。

エイサの一番に。

でも、そのことはいまは関係ない。イブはジャン・マリーを見た。「それで、テスはどうしたいと？」

「地元で酒場を営みたいようです」ジャン・マリーが即答する。「そうです《ウィ》」イブの驚いた表情を見てうなずいた。「そうなんです。テスのお兄さんが、売りに出ているいい物件を知っているので、そこを買ってお兄さんと一緒に商売を始めたいと。ミートパイを作って、店の名前は〝クレオール〟にする予定です」彼は肩をすくめた。「小さな村では、間違いなくかなりエキゾティックな名前だと思うんですけどね」

イブは笑った。エールを運んだり、地元民と他愛ない噂話をしたりしながら、酒場を仕切るジャン・マリーの姿が目に浮かぶようだった。「すばらしい案だと思うわ。あなたがいなくなってしまうのは、とても寂しいけれど」

「わたしも同じですよ、モナミ」ジャン・マリーが応える。「公爵閣下を探す旅行は、いつ出発される予定ですか？」

「わからないけれど、すぐにと思っているの。庭園が再開したら、船を予約してから発《た》つつもりよ」

「なるほど」ジャン・マリーは顔をしかめた。「ミスター・メークピースはご一緒ではないのですか？」

「彼は……」なぜか喉がつかえてしまい、ひと息ついて咳払いをしなければいけなかった。涙は流すまい——恐怖に打ち勝ったばかりなのだから。「一緒に行く予定はないわ」

一瞬、ジャン・マリーがイブを見据えた。

それから身を乗り出した。懇願するような顔をしている。「お願いしてみてください、マ・プティット。あなたは強く、勇気ある女性です。疑念や恐怖で、この機会を逃してはいけません」

思わずあふれた涙に目をしばたたき、イブはつばをのみ込んだ。「でも、庭園が……」

ジャン・マリーがはねつけるように手を払う。「庭園はすばらしいですが、女性とは違います――それがわからない男は大ばか者です」

彼女はかぶりを振って言葉を返そうとしたが、そのとき玄関のドアをノックする音が聞こえた。

イブはさっとジャン・マリーを見た。

彼がうなずいて長椅子から立ちあがる。「わたしが言ったことを忘れないでください」

そう言って、ジャン・マリーはエイサを出迎えに行った。

座っていると話をしづらいと思い、彼女は立ちあがった。敵に対峙するような心持ちで、ドアのほうを振り返る。

エイサはドアを開けて部屋に入ってきたが、イブの顔を見てはたと足を止めた。

「どうした？」

彼女は顎をあげた。庭園で長い一日を過ごしたとあって、エイサは疲れ果てているようだが、同時に旺盛なエネルギーのようなものも感じられる。おそらく、庭園の再開を明日に控えた興奮の名残だろう。

エイサが命をかけている仕事に張りあうなんてことが、本当にできるのだろうか？

「ヨーロッパ大陸に行って、バルを探すことにしたの。面と向かって、兄のしたことは――いい、していることは、間違っていると伝えるわ。他人を脅迫するのはよくないと」

彼は呆然とした。「いつ？」

イブは深く息を吸った。「庭園が再開したら、すぐにでも」

瞬時にエイサが顔をしかめる。「なぜそんなに急ぐんだ？　再開は明日なんだぞ。おれを置いて――」

「一緒に来てほしいの」心臓が早鐘を打った。生きた、傷つきやすい心臓はいま、彼女の手の中にある。

エイサが顔をそむけた。イブは身がふたつに切り裂かれるような気がした。

「無理だ。わかっているだろう。無理なんだ」

心臓をふたたび差し出す思いで、イブは応えた。「わからないわ。庭園は息を吹き返した。明日の夜が終われば、誰か代わりの人を探して、少し留守にしているあいだ管理を任せられるじゃない。わたしは――」

彼がさっと振り返り、叩きつけるように長椅子に手を置いた。「くそっ、イブ、きみか庭園かを選ばせるつもりか！」

家じゅうに言い争いが知れ渡るのもかまわずに叫び返す。「わたしにだって、選ばれる権利があるはずでしょう？　誰かの——あなたの一番になる権利が」

「もちろん権利はある」エイサが苦しそうに顔をゆがめる。「当然の権利だ、イブ。ただ、それはおれじゃない」

「じゃあ、誰なの？」イブは疑いの目で彼を見つめた。「あなたのことは忘れて、別の恋人を見つけろと？」

「違う！」エイサがうなった。「ここにいてくれ、頼むから」頭を抱えてから、彼女に手を差し出す。「なぜだ？　なぜこのままではいけない？　これまでどおり、おれは庭園で過ごし、きみはこの家で過ごせばいい」

「どうして？」イブは言った。「ひとりの男性に、ほかのどんなものよりも大切にされて、家族と幸せを手に入れたいと願うのは、そんなにいけないことだと言うの？」

「それなら行け」彼がうめくように言う。「とっとと出ていって、白馬の王子を見つけて脚を開けばいい。それで望みのものが手に入るのなら」

彼女はエイサに歩み寄り、頬を平手打ちしてから、自分のしたことに気づいて目を見開いた。「まあ、ごめんなさい《ソーリー》」

彼がゆっくりとイブのほうに向き直った。「おれは申し訳ない《ソーリー》とは思わない」

不意にエイサは彼女を抱きしめ、荒々しく唇を重ねた。片手を髪に差し入れて頭を押さえつけ、彼女の唇を嚙み、舌を滑り込ませて絡める。

体の中心が溶けていくのを感じながら、イブは彼の肩に腕をまわし、ぎゅっと抱き寄せてから唇を離した。「わたしが欲しいのはあなただけよ」

「おれが欲しいのもきみだけだ」エイサも噛みつくように言う。

彼はイブを抱きあげると寝室へ行ってベッドにおろし、肉食獣さながらに四つん這いになって獲物にまたがった。

彼女は一瞬凍りつき、じっとエイサを見つめた。乱れた黄褐色の髪が眉や頬にかかり、唇はキスのせいで赤く濡れて、目はぎらついている。

彼が動きを止めた。「やりすぎか？」

枕に頭をのせたまま、イブはかぶりを振った。「いいえ、足りないくらいよ」

エイサはにこりともせずに彼女を見つめ、ゆっくりと覆いかぶさった。大きな体がイブの体を包み込む。彼はイブの唇に押し当てた口を開きながら、スカートをつかんで引きあげた。

ひんやりした空気がふくらはぎを、そして太腿をかすめる。コルセットに押さえつけられた胸が、エイサの広い胸に当たった。

彼はイブの口の中へ舌を差し入れながら、下腹部に手を伸ばした。

「濡れてくれ」彼女の唇にささやく。「おれのために」

イブはうめき声とともに脚を広げ、その身を捧げた。

太い指がなめらかなひだをなぞり、待ち焦がれたように秘所に触れる。

エイサが唇を噛んだ。「ロンドンから出ていかないでくれ」

彼女はぎゅっと目を閉じ、ふたりの体のあいだに手を滑り込ませて、ブリーチズのボタンをまさぐった。

エイサの指先がそっと体の中に入ってくる。「イブ」

ボタンをふたつ開けた。三つ目も。

「イブ」

あと少しで前開きが開く。

「おれを見ろ」

目を開けてにらむと、緑色の目が勝ち誇ったように彼女を見つめると同時に、エイサの親指が敏感なつぼみに触れた。

イブはうめき、身をのけぞらせた。ブリーチズを開くのも忘れて指をこわばらせる。

「イブ、一緒にいてくれ」

手の存在とその使い方を思い出し、前開きと下着を開けた。息が熱いあえぎとなり、彼の欲望の証を手で包み込んだ。このことをわたしは忘れない、死ぬその日まで覚えていようと、心に誓った。

「ああ、イブ」エイサがうめき、首をそらした。息をのむのに合わせて喉が動く。彼はいきなりイブの脚を持ちあげて開かせ、こわばりを手から引き抜いて、彼女の中に身を沈めた。

イブは息をのんだ。あまりにも性急すぎる。わたしは彼のものなのだ。

エイサが体を上にずらし、彼女の肩の外側に手をついてゆっくりと腰を浮かせた。情熱の証が少し引き抜かれ、また沈み込んでいく。

彼のものは熱く、かたくなっていた。

イブは脚を広げ、官能の嵐に身を任せた。エイサはいまや激しい突きで、彼女の体を粉々にしている。

それでも懇願するような緑色の目でイブを見つめ、何かを要求していた。けれど、もう何も差し出そうとは思えない。そんな余裕はなかった。

ついにイブは絶頂を迎え、胸がぐっと動いて止まった。脚が震え、ひと突きごとに秘めやかな部分が脈打っている。彼女はエイサを見つめた。彼は歯を食いしばり、欲望と快感に唇を引きつらせている。

エイサの大きな体が跳ねあがり、彼女の中にすべてを注ぎ込むと同時に、イブの名を呼ぶ叫びが静かな寝室に響き渡った。

彼女はエイサの要求に応じなかったが、それでどちらが勝利を手に入れたのかはわからなかった。

いや、おそらくふたりとも負けたのだ。

19

エリックは魔女の前にひざまずきました。「ご主人様、まだほんの少女です。森で迷っているところを見かけたのです」

「わたしの領地で？」魔女は恐ろしい声で尋ねました。「どうしてすぐに殺さなかったの？」

魔女は素足をエリックの首にのせ、想像を絶するほどの力で踏みつけました。

ダブは飛びあがりました。「やめて、エリックを傷つけないで！」

そして広間からその叫び声が消える間もなく、魔女の頬をひっぱたいたのです……。

『ライオンとダブ』

翌日の夜、ハート家の庭園は再開した。そしてエイサの欲目だとしても──実際そのとおりなのだが──開園行事はこのうえない大成功だった。

エイサはボックス席に座っていた──ありがたいことに今日の公演のボックス席は完売だったので、最前列ではなく後方の席だった。紫と金色の衣装で着飾ったビオレッタが舞台に立ち、天使のような声で歌っている。

「すばらしい歌い手だわ」イブがエイサの隣でつぶやいた。目は舞台に注がれている。

「ああ、まさしく」彼は応えたが、その目はビオレッタではなくイブに注がれていた。

今夜、彼女は新しいドレスを着ていた。鮮やかな黄色で、ろうそくの光を浴びて肩が真珠のように輝いている。イブが灰色や茶色以外のドレスを着ているのを見るのは初めてだ。しかもとびきり華やかな黄色は、まるで宝石の石座のようだった。今夜のイブは美しい。けれどもエイサのマドンナは——黄金の女神は——彼のもとを去ることを心に決めているのだ。

いや、いまそのことを考えるのはよそう。

ビオレッタが砕け散りそうな高い音色で歌い終えると、観客はいっせいに立ちあがって拍手喝采した。

ふたりのまわりの客たちも同様だった。もちろん、エイサとイブはふたりきりではない。まずエイサの家族がいた。サイレンスと海賊の夫、テンペランスと貴族の夫、ベリティと穏やかなジョン・ブラウン、それからウィンターとしとやかなイザベル。全員が、劇場で一番大きいボックス席にぎゅうぎゅう詰めに座っている。もちろんコンコードは、わざわざエイサと同じ席にはやってこなかった——窮屈なところはごめんだと、ローズや年長の子どもたちと一緒に一階席に座っている。あまりいい席ではないものの、それなりに劇を楽しんでいたようだった。ジョンが——あるいはジョージかもしれない——がクルミを割り、母親の目を盗んで、殻を双子の片割れに投げつけた。エイサは唇の片端をあげた。あの子は目を離したら大変だ。

イブが所属する〝〈恵まれない赤子と捨て子のための家〉を支える女性たちの会〟も隣のボックス席で観劇していて、彼女たちが劇場を出ようと立ちあがると、廊下は会員でごった返した。

エイサは腕でイブを支え、ボックス席の外にエスコートした。一行は、ロンドンじゅうでもっとも美しく着飾った富豪たちの流れにのまれた——これがおれの顧客なのだ。ビオレッタの愛人の公爵や、社交界の有力な夫人たちを見つけ、エイサは満足げにその姿を眺めた。今夜の公演を見逃した人々は、明日になれば、みな一様に後悔するだろう——そして次回の公演の券を買いに走るに違いない。

エイサはほくそ笑んだ。大成功だ。

外は月がのぼり、ひんやりとした夜風がさわやかだった。バルコニーにある柱の陰から、弦楽器の演奏が聞こえてくる。夕食をとりたい人たちはテーブルとカーテンのある奥の部屋を所望した。今宵のお楽しみは食事だけではないのだろう。ほかの人たちは幻想的な明かりで照らされた小道を通り、庭園へと向かった。

エイサはイブを連れて薄暗いバルコニーに行き、家族や客たちを眺めながらたたずんだ。頭上で花火が鳴り響き、続いてまばゆい光が人々に降り注ぐと、女性陣が歓声をあげた。

「きれいだわ」イブが光のほうへ顔を向けて言う。

彼女を見て、エイサは何かに内臓をわしづかみにされたような感覚に陥った。イブの瞳には花火が映り込み、きらきらと輝いている。

彼女の肩越しに、恋人同士が柱の陰に隠れるのが目に入った。頭をかがめて抱きあっている。

エイサは目を見開いた。「なんてことだ、いったい――」

イブが振り返って彼の視線の先を見た。マルコム・マクレイシュとハンス・ボーゲルが抱きあって、エイサが二〇年ぶりくらいに顔を赤らめたくなるようなキスをしていた。

「まあ、よかった。ミスター・マクレイシュが気持ちを伝えられるのか、心配していたのよ」

エイサは驚いて彼女を振り返った。「知っていたのか?」

「知らなかったの?」イブがこれ見よがしに眉をあげる。「愛情を表に出せるのって、すばらしいと思うわ――ましてあのふたりは、仲が知られたらもっと大変なことになるのに」

これまでエイサを意気地なしだと責めた人はいなかった。彼は顔をしかめた。

「イブ……」

しかしその先を続ける前に、アポロと茶色い髪の美人が近づいてきた。

「ミス・ディンウッディ、妻を紹介させてください。彼女はリリー・グリーブズ、キルボーン子爵夫人です」アポロが言った。「リリー、こちらはミス・ディンウッディだ。ここ数週間、エイサの帳簿を管理している」

イブがお辞儀をすると、かつてロビン・グッドフェローという名女優だったリリー・グリーブズが陽気な笑顔を輝かせた。「踊り子や歌い手のために子守を雇ったとうかがったわ、ミス・ディンウッディ。とてもやさしいのね」

「ありがとうございます」イブは頬を染めた。「でも、実際的な判断でもあったんです。子どもたちを世話してくれる人がいなければ、劇場にいる女性たちは働けませんから」

「それを聞いて、ますます聡明な方だとお見受けしたわ」リリーはそう言うと、腕を絡めてイブを抱き寄せた。「ハート家の庭園について、ほかにどんな改革を計画しているのか、ぜひ聞かせてちょうだいな」

「ハンプソンが死んだ」エイサの隣で、アポロのかすれた声が響いた。「聞いたか？」

エイサはアポロを見た。「なんだって？」

アポロが肩をすくめる。「刑務所で刺されたらしい。少なくとも、そういう噂だ」

「そうか」ハンプソンが死んだと聞いて、感じるのは安堵ばかりだった。

ウェークフィールド公爵の力で、ハンプソンはまずニューゲート監獄に送られた。だがハンプソンには有力な友人がいたようで、重罪にもかかわらず、釈放されるのも時間の問題のように思われていた。

エイサは自らの手で裁きを下すという考えを手放した。

少なくとも、もうその必要はない。

「死を悼む人が大勢いるとは思えない」アポロが言った。手を振るリリーに、自分も手をあげて応じる。ローズとテンペランスも、リリーやイブと一緒だった。「リリーが何か用があるらしい」彼はエイサを見て、不意に笑顔を見せた。「とにかく、開園のお祝いを言いたかったんだ。やったな」

「みんなの力だよ」気分は晴れなかったが、エイサも笑顔を返した。「奥さんのところに行ってやれ」

アポロはうなずき、大股で去っていった。

「この愚か者」耳に男の声が響いて振り返ると、コンコードが立っていた。

もちろん、この兄に決まっている。

「招待券で楽しんでもらえたようでうれしいよ」エイサは声を絞り出した。

コンコードは白髪交じりの頭を横に振った。「その話じゃない。あっちだ」そう言って、ローズに笑いかけているイブのほうへ頭を傾ける。

エイサは眉根を寄せて顔をそむけた。「なんの話かさっぱりだ」

「ばかめ」

「いいか」エイサは言った。「庭園に来て、食事をして、観劇をしろと強制した覚えはないぞ」

「いい劇場だ」コンコードが感慨深げに言う。「それに庭園も美しい」

エイサは目をしばたたいた。「なんだって？」

兄が目を向けてきた。「気に入ったよ。ローズはもう、ここのとりこになっている。子どもたちも、また来たいと言っていた。立派な仕事だ」

エイサは口を開け、また閉じた。

「父さんはときどき……」コンコードは顔をくしゃくしゃにして、言葉を探しているようだった。これを伝えるために、兄はどれほどワインを飲まなければならなかったのだろう？

「保守的だった」

「なるほど」エイサはいぶかしげにコンコードを見つめた。父が保守的だというのは、海には水があると言っているようなものだ。

兄がうなずいた。「善良だったが、新しいものは好まなかった」そう言ってエイサを見る。

「父さんはおまえに、劇場で力を見せる機会を与えるべきだったんだ」

「おれは……」どう応えていいかわからなかった。

「だが」コンコードは続けた。いつになっても引き際を学ばない男だ。「ミス・ディンウッディを逃したら、おまえは大ばかだ。ローズが言っていたぞ、ミス・ディンウッディがヨーロッパ大陸に行くが、おまえはここに残ると。どこに自分の女をひとりで行かせる男がいる？　フランスにはどんな色男がいるか知っているか？」

兄はフランスの近くにすら行ったことはないはずだが、そんなことは問題ではない。

「彼女はおれの女じゃない」エイサは息巻いた。

コンコードがエイサの顔を指差す。「自分の女にしたいんだろう」

「だとしたら、なんなんだ？」歯のあいだから絞り出すような声で言った。「イブはおれのもとから離れていく。引き止めることはできない」

「ならば一緒に行け！」

「庭園を放っておけるわけがないだろう！」

「じゃあ、フランス野郎に奪われても仕方ないな」兄はエイサを見た。「いいか、あの女性はどんなすばらしい庭よりも価値があるんだ。欲しいものを逃すんじゃない」

どっと疲れを感じて、エイサはため息をついた。「おれが欲するものと、おれが持っているものは相容《あいい》れない。ほとんどの男がいつか気づくことだ」

彼はコンコードを通り過ぎ、イブのほうへ向かった。

彼女はローズと談笑していたが、エイサが近づくと真顔になった。「エイサ」ローズを振り返って微笑むかに見えたが、その顔に笑みはなかった。「あなたの義理の弟さんと少し席を外してもいいかしら？　家へ帰る前に、お別れを言っておきたいの」

イブは今夜、馬車でローズとコンコードを連れてきたから、当然ながら帰りも一緒だ——ただしエイサは残る。庭園で夜を過ごし、明け方、最後の客が疲れきって家に帰るまで、園内を監督するつもりでいたからだ。

なんといっても、庭園は彼の生きがいなのだから。

ローズがイブの手を叩いた。「もちろんよ」義姉は厳しい目でエイサを一瞥してから、夫のもとへ歩いていった。

イブが真剣な面持ちで彼を見た。「おめでとう。すばらしい成果だわ、エイサ」

「どうも」ぶっきらぼうな声だった。エイサはイブから顔をそむけた。出発の日は聞いていない。あと数日残っているのかもしれないが、これで最後という気がした。「切符はもう買ったのか？」

なんの切符かは言うまでもない。

「まだよ」イブが答えた。「明日、買おうと思っているの」

エイサは顔をしかめた。「そんなすぐに？」

「ええ」彼女はさらりと言って顔を伏せた。「もちろんヘンリーは連れていくわ。でもジャン・マリーとテスは、テスが生まれ育った村に帰ることになっているの。テスのお兄さんと一緒に、酒場を始めるんですって」

「旅に出るのに付き添いがいないのか？」

イブが肩をすくめる。「ルースを連れていくわ。彼女は楽しみにしてくれているの。それと兄の屋敷で従僕をしているボブも連れていくかもしれない」

「そうしたほうがいい。護衛が必要だからな」

「そうかしら？」彼女は首をかしげた。「もう必要ないようにも思うけれど」

「とにかく……」エイサは目を細めた。「とにかく気をつけてくれ」

「ええ」イブが指でそっと彼の頬に触れる。「おやすみなさい、エイサ・メークピース」

エイサは前かがみになって、唇でイブの頬に触れた。

そして背を向けた。

最後にもう一度、今日の成功を眺める。楽しげに笑いあう客と、目に花火を灯したイブ、酔っ払いでにぎわう庭園。それから彼は振り返って、劇場の中に歩いていった。踊り子と女優が何人か、着替えたりうれしそうに声を張りあげたりしながら、まだ舞台裏に残っていた。今日の成功は全員の収入につながる。

おれの劇場と庭園——そう、おれは大成功をおさめたのだ。

事務室のドアを押し開けてテーブルに座ると、奇妙な音が聞こえた。ふたたび立ちあがり、じっとテーブルの向こう側を見つめる。ヘンリーの寝床で鳩がちょこんと座り、きらきらした目をしばたたいていた。

「いったいどうやって入った?」エイサは鼻を鳴らし、ふたたび腰をおろした。「どうでもいいか。イブは出ていくんだ、鳩よ。まあ、おまえが戻ってきたことを知ったら、一緒に連れていくと思うけどね。置いていかれるのはおれだけだ」

テーブルの下にしまってあったワインのボトルを一本取り出すと、テーブルの上に両脚を投げ出し、歯でコルク栓を抜いた。

成功を祝い、ボトルを掲げて酒を飲む。

劇場の扉がばたんと閉まり、奇妙な静けさが訪れた。表のどんちゃん騒ぎや談笑する声、花火の爆発音などは聞こえたが、どれも少しくぐもっている。

またひと口、ゆっくりとワインを飲んだ。酸味が強い。あまりいいワインではなかった。

エイサはふと考えた。日頃から尊大で口がすぎるコンコードだが、今回だけは兄の言うことが正しいかもしれない。

おれは大ばか者だ。

「くそっ」

テーブルに勢いよくワインを置いて部屋を飛び出した。疾走するエイサを見て驚きの声をあげる楽団員や歌手を無視して、劇場を駆け抜ける。イブと別れたのはわずか数分前、まだ遠くへは行っていないはずだ。

外では花火がけたたましく鳴り響き、大詰めを迎えていた。誰もが色鮮やかに彩られた夜空を見あげている。

エイサ以外の誰もが。彼は人込みをかき分け、悪態をつきながらイブを探した。まだいるはずだ。花火の終わりを見ずに帰る人間などいるはずがない。

しかし彼はイブのすべての希望を切り捨て、さよならのキスみたいなものまでしたのだ。恐慌状態にも似た感覚が胸を締めつける。

そのとき、イブを見つけた。

彼女は中庭のほぼ中央に立ち、友人たちやエイサの家族に取り囲まれていた。弾け散る星に、愛らしく気高い顔を向けている。

最後の花火が空にのぼり、ドンという音を響かせた。

それから蛍のような光が地面に落ちてくると、突然あたりは静寂に包まれた。

降り注ぐ光の中、エイサは彼女に向かって歩いた。イブもその気配に気づいたのだろう、振り返って彼を見た。中庭のまわりにあるたいまつが、見開いたイブの瞳を照らす。

エイサは彼女の前に行ってひざまずいた。

「結婚してくれ」イブを見あげて言う。「愛している、イブ・ディンウッディ。庭園よりも、おれの人生よりも。残りの人生はきみに支配されて、きみとけんかをして、そしてきみを腕に抱いて眠りたい。きみさえ隣にいてくれれば、ロンドンを出ようとここにいようと、いっこうにかまわない。だから結婚してくれるか、イブ?」

長いあいだ――これほど時間が長く感じられたことはなかった――イブは目を見開いて、じっとエイサを見ていた。

それから豊かな唇が開いた。「ああ、エイサ。もちろんよ」

ふたりのまわりで家族が、友人が、そして見知らぬ人たちまでもが歓声をあげた。劇場の関係者も、庭園の客も、その場にいた人全員が。

だが、エイサ・メークピースにはどうでもよかった。エイサはイブにキスをした。愛すべき、大切な、美しい彼の女神に。

20

さて、信じがたいことかもしれませんが、なんとダブのこの平手打ちで、魔女は死んでしまいました。魔女の弱点はただひとつ、人間に触れられることだったのです。

ダブはエリックを見て言いました。「まあ、本当にごめんなさい！」

これを聞いて、彼は首をのけぞらせて笑いました。「謝らなくていい。ダブ、これでぼくは奴隷から解放されたんだから」


『ライオンとダブ』


ブリジット・クラムがモンゴメリー公爵の寝室に向かう途中、広間の時計が午前零時を告げた。彼女は昼間メイドたちに、蜜蠟とレモン油のつや出しクリームの作り方を教えているとき、ふと思い当たったのだった。公爵の部屋にあるベッドが異様なほど大きく、異様なほど分厚いヘッドボードがついていることに。秘密の小部屋がひとつやふたつ隠されていても、おかしくないほどの大きさだった。

それが、こんな夜ふけにここへやってきた理由だ。

公爵の裸の肖像画に見つめられながら、ブリジットは机にろうそくを置いた。炎がまたたき、風に当たったときのように揺らめいた。

彼女は顔をしかめてためらったものの、ベッドへ向かった。まず湾曲した太い柱に触れてみたが、埃を払わなければいけないということ以外、何も見つからなかった。

一歩さがって、しばしヘッドボードを見つめる。やはりほかに選択肢はないようだ。ブリジットは室内履きを脱ぎ捨て、巨大なベッドによじのぼった。ヘッドボードに近づき、蔦の模様や削れた部分など、華麗な彫刻をじっくりと慎重に調べはじめる。小さな穴に指が滑り込むと、突然手のひらほどの大きさの羽目板が開いた。

信じがたい幸運に思わず動きを止める。狭い空間に指を突っ込むと、小さな絵画が出てきた。男と妻、そして赤ん坊の絵だ。

女性はインドの衣装を身につけている。

つかのま静寂が訪れた。聞こえるのは自分の息遣いだけ。勝利の喜びが胸を駆けめぐった。ついに見つけた！

そのとき、背後から低い笑い声が聞こえた。

背筋に冷たいものが走り、ブリジットは凍りついた。聞き違いようがない。これは風の音でもなければ、家がきしむ音でもなく、壁の中にひそんでいるネズミの鳴き声でもなかった。

彼女は絵を手の中に隠すと同時に、肩で羽目板を閉めて振り返った。

金髪に鋭い青い目をしたモンゴメリー公爵が、紫のベルベットのスーツに身を包み、部屋の反対側の角にある肘掛け椅子から微笑みかけていた。

「わたしのベッドに美しい女性がいるとはうれしい驚きだ」彼はわずかに頭をあげ、口元に冷淡な笑みを浮かべた。「教えてくれ、ミセス・クラム。いったい何を探している？」


「話がある」その日の夜遅く、エイサがイブに言った。

「話？」彼女はうわの空で聞き返した。エイサは生まれたままの姿で、イブのベッドに横たわっている。五分間は動かないと約束させたのだ。

「ああ」声が少し張りつめているのは、彼女がエイサの情熱の証を撫でているからかもしれない。「もしまだ大陸に行って兄さんを探すつもりなら、おれも一緒に行く」

「うーん」男性のしるしにすっかり魅了されながら応える。

彼女が頭をあげてイブを見た。

「動かないで」ぴしゃりと言う。

エイサはしぶしぶ頭を枕に戻した。「留守のあいだ、庭園を監督してくれる人を探さなければ」

「それで？」

「それから、先に結婚しておかなければならないだろう」エイサはかすれた声で言った。

「おれの姉妹や義理の姉妹たちが、もう結婚式の計画を練っているようだ。ささやかなものにしてくれと言ったんだが、そうはいきそうもない」

屹立したものの先端に指を這わせると、イブの鼓動が少しだけ速くなった。

「わたしは大がかりなほうがいいわ」

エイサが思いきり顔をしかめる。「だったらそうするといい。なんでもきみの好きなようにしていいんだ。覚えておいてくれ、イブ」

眉をあげる。「なんでも？」

彼はにらみつけるようにイブを見た。「そうだ！」

イブは前かがみになり、こわばりの先端からにじみ出ているものをなめた。

「くそっ！」

彼女は少し驚いたように身を引いた。「言葉が悪いわ」

「ちくしょう、イブ。おれはきみを幸せにしたいだけだ」

「わたしは幸せよ」そっと言う。「あなたといると本当に幸せなの。結婚するのが待ちきれないわ」

エイサはぐるりと目をまわしてみせた。「それならこっちに来て、ちゃんとキスをしてくれ」

名残惜しい思いで、かたくそそり立ったものを見る。

「あとで好きなように触ってかまわないから」

「約束してくれる？」

「ああ」

エイサはイブを腕に抱き寄せ、心ゆくまで情熱的なキスをした。

「愛しているよ、イブ・ディンウッディ」ようやく体を離すと、彼は喉を鳴らすような低い声でささやいた。「ワインよりも、右手よりも、庭園よりも、きみを愛している。たぶんきみがおれの部屋に乗り込んできたときから、恋に落ちていたんだ」

それを聞いて、イブは身を引いた。こんなばかげた発言を聞き流すことはできない。

「そんなの嘘よ！　わたしの鼻をけなしたじゃないの」

エイサは彼女の鼻にキスをした。「なるほど、そのときは違ったかもしれないが、それでもきみに惹かれていたのは間違いない。それにきみのせいで、馬車の中で自分を慰めるはめになったときには、すでに少し愛しはじめていた」

「わたしのせいじゃないわ」イブは反論した。「あなた、とても満足そうだったわよ」

「黙って」彼が言う。「愛を伝えようとしているのに、きみのせいで台なしだ」

「そうでもないわ」イブはささやいた。「完璧な愛の告白よ」

「そうか？」エイサが不意に真剣な顔になった。「おれはきみのためならなんでもできる、イブ。どんなことでもだ。もしこんなおれに毎日愛していると言われたいんだったら、そうしよう。ばかな真似をした罪滅ぼしに」

「うれしいわ」イブは小さな声で言った。「だって、わたしもあなたを愛しているから」

エイサはあの自信満々の危険な笑みを浮かべ――いまではこの笑顔も、すべてイブのものだ――彼女にキスをした。

エピローグ

「これできみを家に連れて帰れる」エリックは言いました。

でも、ダブはこれを聞いて悲しくなってしまいました。「わたしには家がないの」そう言って、つらい身の上と、父と兵士がいまも森の中で彼女を探していることを話しました。

「なるほど、答えは簡単だ」エリックはそう言うと、絹とエメラルドと香水の入った袋を持って、ダブの父親のもとへ向かいました。

城の中庭に足を踏み入れたとたん、王が飛び出してきました。「心臓をよこせ！」王はダブに向かって叫びました。

しかし、エリックは巨大なライオンに姿を変え、恐ろしいうなり声をあげながら、でっぷりとした王の腹を切り裂いてしまいました。死んだ王の腹の中から、まだ脈打っている王の子どもたちの心臓が出てきました。そうしているあいだに、中庭に埋められていた子どもたちが墓から出てきました。心臓は持ち主の子どもたちのもとへ飛んでいき、胸の中におさまりました。こうして、王の子どもたちはふたたびひとつの体として命を得て、生まれ変わったのです。

「妹よ!」生き返った王子や王女たちが、いっせいに言いました。「わたしたちを救ったあなたこそ、王女になるべき人です」

すると、王の兵士たちがダブに忠誠を誓いました。

ライオンもダブのもとへやってきてひざまずこうとしましたが、彼女はその豊かなたてがみに指を絡ませて言いました。「いいえ、エリック。あなたはわたしにひざまずく必要はないわ」

これを聞いて、エリックはふたたび人間になり、尋ねました。「ならば、ぼくはどうすればいいのです?」

「そうね、わたしの夫になって、この国の王となってくれるかしら」ダブは言いました。「これから一生、わたしと一緒にこの地をおさめてほしいの。幸せに、平穏に暮らしましょう」

そして、そのとおりになりました。

『ライオンとダブ』

訳者あとがき

人気作家エリザベス・ホイトによる大好評の《メイデン通り》シリーズ。最新作となる第九作目をお届けいたします。

舞台は一八世紀なかばのロンドン。ふだんはほとんど外出せず、屋敷に引きこもって絵を描いているイブ・ディンウッディは、意を決してミスター・ハートの部屋を訪れます。彼が所有するハート家の庭園はロンドンでも有数の社交場でしたが、火災で焼け落ち、イブの異母兄のモンゴメリー公爵が再建のための資金を出すことになりました。彼女はロンドンを離れざるをえなくなった兄からその件を任されたのですが、費用があまりに高額で、このままでは兄のためにならないと思い、出資の中止を通達するためにやってきたのです。無礼なミスター・ハートに腹を立て、出資分の庭園への権利を彼のライバルに売るかもしれないと言い捨てて帰ろうとしたイブですが、追いかけてきた彼に、せめて庭園を見てから判断してほしいと言われて了承します。再建途中の庭園には問題が山積みでしたが、イブが帳簿を管理すること、そしてミスター・ハートが彼女の絵のモデルを務めることを条件に、引き続き出資することになりました。イブは過去のある出来事から犬と男性を極度に恐れているのですが、活力あふれるミスター・ハートには興味を引かれたのです。

ミスター・ハートことエイサ・メークピースにとって、庭園は人生のすべてでした。時間もお金も注ぎ込んできましたが、それだけではありません。亡くなった父は信仰心の篤《あつ》い厳格な人で、娯楽用の庭園や劇場の経営を罪深いことと考えていました。エイサは勘当され、いまでは家族とも疎遠に。庭園を成功させることが、彼自身の存在意義となっているのです。それを脅かそうとするミス・ディンウッディの存在は、エイサにはいらだち以外の何物でもありません。ところが一緒に過ごすうちに、彼女に興味を覚えはじめます。臆することなく彼に立ち向かってくる一方で、犬や男性との接触をひどく怖がるのはなぜなのか……。

この《メイデン通り》シリーズの魅力のひとつは、ところどころで顔を出していた登場人物が、シリーズが進むうえで少しずつ出番が増え、やがてヒーロー、ヒロインとなるところにあるのではないでしょうか。物語の最後には次作への布石が打たれていて、続きが気になって仕方がありません。著者のホームページには家系図や、各作品に登場する主要人物のリストなどもありますので、シリーズが長くなってきて少々混乱してきたとお感じの方は、ぜひ訪れてみてください。ちなみに第一〇作目にあたる次作はいよいよ、イブの異母兄であり、ハンサムだとか、女性のような美しさだとか、派手な服装だとか、道徳心をかけらも持ちあわせていないだとか、何を考えているかわからない変わり者だとか、これまでにもいろいろな描写がされてきた、あのモンゴメリー公爵バレンタイン・ネイピアの登場です。かなりひどいこともしてきた彼が、いったいどんなヒーローになるのでしょうか。そして（あいだに中編をひとつはさんで）第一一作目では、謎めいたアルフが主役を務めます。これらの作品も引き続き、皆様にご紹介できることを願ってやみません。

二〇一七年二月

ライムブックス

慕《つの》る想《おも》いは花束《はなたば》にして

著　者　エリザベス・ホイト
訳　者　白木智子《しらきともこ》

2017年3月20日　初版第一刷発行

発行人　成瀬雅人
発行所　株式会社原書房
〒160-0022東京都新宿区新宿1-25-13
電話・代表03-3354-0685　http://www.harashobo.co.jp
振替・00150-6-151594
カバーデザイン　松山はるみ
印刷所　図書印刷株式会社

落丁・乱丁本はお取替えいたします。
定価は、カバーに表示してあります。
 ISBN978-4-562-04494-8 Printed in Japan